CORINNE MICHAELS

Traduzido por Daniella Parente Maccachero

1ª Edição

2022

Direção Editorial: Anastacia Cabo
Gerente Editorial: Solange Arten
Tradução: Daniella Maccachero
Revisão final: Equipe The Gift Box
Arte de Capa: Bianca Santana
Diagramação e preparação de texto: Carol Dias
Ícones de diagramação: xnimrodx/Flaticon

Este livro segue as regras da Nova Ortografia da Língua Portuguesa.

CIP-BRASIL. CATALOGAÇÃO NA PUBLICAÇÃO
SINDICATO NACIONAL DOS EDITORES DE LIVROS, RJ
Camila Donis Hartmann - Bibliotecária - CRB-7/6472

M569n

Michaels, Corinne
Nada até você / Corinne Michaels ; tradução Daniella Maccachero. - 1. ed. - Rio de Janeiro : The Gift Box, 2022.
232 p. (A segunda chance ; 3)

Tradução de: Not until you
ISBN 978-65-5636-121-5

1. Ficção americana. I. Maccachero, Daniella. II. Título. III. Série.

21-75050 CDD: 813
CDU: 82-3(73)

DEDICATÓRIA

Para Katie Miller e Mindi Adams — minhas galinhas cacarejantes. Este grupo de meninas nos representa de muitas maneiras. Que possamos ter sempre um Dia de Ação de Graças entre amigos para desfrutar e irritar os fazendeiros. Eu amo vocês com todo o meu coração.

Có. Có.

Piu. Piu.

Capítulo 1

NICOLE

— Você não quer se casar? Ter filhos? — minha mãe pergunta pela centésima milionésima vez.

— Não exatamente. — Reviro os olhos e bato a caneta no bloco de desenho na minha frente.

— Você me enfurece, Nicole!

Bem, assim como você, mãe.

Você também não é exatamente um doce de pessoa.

Cada vez que nós discutimos isso, ela diz a mesma coisa, o que me faz pensar por que ela traz isso à tona constantemente.

Tenho certeza de que é difícil para ela de certa forma. Eu sou a filha do milagre para os meus pais. Depois de anos tentando, gestações fracassadas e dez amantes do papai, eu finalmente ganhei vida. Ela orou por uma linda garotinha que completasse suas vidas, e então conseguiu a mim.

A criança problemática.

Não importa que eu seja proprietária da empresa de design de interiores mais bem-sucedida de Tampa. Ela não poderia se importar menos que eu esteja satisfeita, feliz e sem necessidade de nada. Não. Para ela, eu sou uma vagabunda solteira que nunca vai lhe dar netos. Uma filha decepcionante de quem não se espera nada.

— Mãe — eu digo, com os dentes entrecerrados, para o receptor. — Por mais que eu fosse adorar continuar esta conversa, que já deveria ter acontecido há muito tempo, eu realmente preciso terminar esta proposta.

Tenho uma grande apresentação de venda para um novo cliente em dois dias e não estou nem perto da conclusão. Desde que demiti meu outro designer, perdi muitos negócios. Tem sido um inferno, mas pelo menos *meus* clientes ficaram comigo. Estar preocupada com o meu negócio significa uma Nicole muito mal-humorada.

Felizmente, esta não é uma reunião completamente formal. Eu conheci o proprietário algumas semanas atrás em uma conferência, então nós somos meio que conhecidos, e espero que isso me ajude a ganhar a licitação.

— Apenas me prometa que você vai parar com esses ridículos... seja o que for que você faça. — Ela suspira e sua voz cai. — Com vários homens. Isso não é normal. Você precisa sossegar.

— Não nessa vida — eu digo para contrariá-la. — Olha, as mulheres não precisam mais se casar, mãe. O casamento é uma transação comercial e não estou à venda.

— Você absolutamente não é minha filha.

Bem que ela queria.

— Não, sou do papai.

Assim que as palavras saem, eu me odeio por dizê-las. Ela tem sido uma ótima mãe, um pouco autoritária e intrusiva, mas ela me ama. Meu pai é um homem que não interfere em nada. Acho que já se passaram cerca de seis meses desde que liguei para ele. Faço uma nota mental para fazer isso. O fato é que sou um pouco parecida demais com ele. Faço o que quero com quem eu quero. Ele se entregou muito e eu segui seus passos. A vida é viver; não há razão para eu precisar estar amarrada a alguém que só vai acabar quebrando meu coração de qualquer maneira.

— Bem. — Ela bufa. — Isso não é algo para se gabar, querida. Se eu fosse você, repensaria tentar ser qualquer coisa parecida com aquele homem.

Ela realmente tem todos os motivos para odiá-lo. Ele não consegue nem soletrar a palavra fidelidade, muito menos praticá-la. Depois da namorada número doze, ele decidiu que era hora de trocar por um modelo mais novo. Minha nova mamãe é apenas seis anos mais velha do que eu e cheia de silicone. Mamãe conseguiu metade de sua fortuna com o divórcio, mas nunca foi o suficiente para se recompor.

— Eu não quis dizer isso, mãe, mas realmente preciso ir. A menos que você queira que eu perca minha empresa, esteja falida e tenha que voltar a morar com você. Quer dizer, tenho certeza de que sente falta de morar comigo.

Ela ri.

— Tudo bem, vá trabalhar. Estou indo para o clube, gostaria que me encontrasse para jantar.

O relógio marca duas da tarde e, embora eu prefira cortar meu braço a ir para o clube, fui um pouco cruel com ela. Por mais que goste de torturá-la, não gosto de machucá-la.

— Que tal eu te encontrar às sete?

Quase posso ouvir a surpresa pelo telefone.

— Sério? Tem certeza?

— Se você preferir...

— Não, não! — ela me interrompe. — Eu te vejo lá. Sete está ótimo. Você termina de trabalhar e eu te vejo lá.

— Só se você prometer não tentar me armar com ninguém! — adiciono, para garantir.

— O que você quiser. Vejo você em breve.

Ela é uma mulher inteligente e desliga antes que eu possa dizer qualquer outra coisa. O clube está cheio de sócios que vêm de dinheiro antigo e seus filhos solteiros. Não consigo contar quantos jantares se passaram comigo sentada com o filho de alguém, que por acaso estava em casa de uma viagem de negócios ou que se lembrava de mim de quando eu tinha dez anos. A pior parte é que a maioria dos caras joga junto. Eles realmente não querem me conhecer ou namorar comigo. Eles só querem que suas próprias mães saiam de suas costas.

Deduzi que a minha reputação de ser muito... interessante na cama me seguiu. No entanto, a última coisa que eu quero é um engomadinho tentando provar conversa suja pela primeira vez. Não, obrigado, vou deixar isso para os homens que realmente são cordeirinhos treinados. Nenhum deles é um leão, mas eu com certeza sou a leoa.

Eu me dedico pelas próximas horas, e antes que eu perceba, são seis da tarde e vou me atrasar para o jantar. Hoje o dia foi um inferno. Minha nova assistente ligou dizendo que estava doente, os modelos que encomendei para a nova cortina dos escritórios que estou projetando vieram errados e perdi uma conta que trabalhei muito para conseguir. Como eu poderia saber que o ex-namorado dela e eu dormíamos juntos e por isso ele a deixou?

Odeio dias como este, mas, ainda assim, uma promessa é uma promessa.

Não querendo irritar minha mãe, decido vestir algo que não faça sua cabeça explodir como fiz da última vez. Pego a saia lápis que vai até os meus joelhos, uma blusa vermelha, e a combino com as pérolas que ela me deu no meu aniversário de dezesseis anos. Sério, quem dá pérolas a uma garota aos dezesseis anos? Não o meu pai, isso sim. Ele me deu um carro.

Ter pais divorciados é uma droga, não me entenda mal, mas eu aprendi muito cedo como jogá-los um contra o outro.

Enquanto entro no carro, começo a me perguntar como teria sido se eles tivessem ficado juntos. Não consigo imaginar que algum deles ainda estaria vivo. Bem, um estaria vivo, apenas estaria na prisão.

Meu telefone toca e o nome de Kristin aparece no Bluetooth.

— O que foi, amada? — respondo com um sorriso.

A cada dia agradeço ao Senhor que minhas três melhores amigas ainda me amam. Heather, Kristin e Danielle são as melhores pessoas do mundo. Os outros falam sobre ter apenas um melhor amigo, e eu acho isso uma merda. Eu as conheço desde a escola primária e, apesar de tudo, nós permanecemos próximas. Às vezes estou mais próxima de uma, mas não há nada que não faríamos uma pela outra. Não sou uma pessoa fácil de lidar, mas de alguma forma elas conseguiram enxergar além das minhas camadas e me aceitar como eu sou.

— Estou apenas verificando se você ainda vai poder tomar conta da Aubrey neste fim de semana — ela diz, enquanto escuto a garota gritando no fundo. — Espere aí. — Ela suspira. Eu sei que ela está cobrindo o telefone, mas ainda posso ouvi-la ameaçando queimar animais de pelúcia em uma fogueira ou algo assim. — Desculpe, tem sido um longo dia.

— Noah não voltou das filmagens? — pergunto.

— Não, e os empreiteiros estão destruindo a cozinha, Aubrey está tendo um colapso, Finn se trancou em seu quarto e eu preciso me encontrar com esta possível redatora.

E esta é o controle de natalidade que eu conheço. Amo minhas amigas e seus filhos, mas não tenho nenhuma pressa em ter os meus próprios. A esta altura, se eu conseguir aguentar mais alguns anos, isso não será uma opção, de qualquer maneira.

— Você quer que eu vá depois do jantar com a minha mãe? — digo a última palavra como se estivesse xingando. Às vezes, penso que "mãe" é o melhor palavrão de todos os tempos. Puta que pariu e filho da puta são ambos relacionados com "mãe", e ambos são quase tão versáteis quanto porra… quase.

Kristin fica em silêncio. Ela sabe que, se vou jantar, isso significa que alguma coisa aconteceu ou vai acontecer.

— Por favor, me diga que é na casa dela — ela finalmente diz.

— Não.

— Onde Esther vai te fazer ir agora?

Eu gemo.

— Na porra do clube.

— Bem, agora você definitivamente deveria vir depois. — Ela dá uma risadinha. — Mal posso esperar para ouvir mais.

Agarro o volante e faço meu caminho na estrada para o inferno.

— Na verdade, eu me ofereci. Ela deve ter fodido a minha cabeça de alguma maneira.

— Provavelmente — Kristin concorda. — Ela sempre foi boa nisso.

Viu? Até ela sabe que minha mãe é uma mestra na guerra mental. Acabo concordando com as coisas e não tenho ideia de por quê ou quando isso aconteceu. Muitas vezes me pergunto se talvez ela tenha me hipnotizado em algum momento sem eu saber, para que eu nunca superasse sua tortura.

— Enfim, sobre a Aubrey, por que ela não fica com o Cretino? — pergunto.

Scott, o ex-marido de Kristin, agora é conhecido como Cretino. Não há nenhuma razão para chamá-lo por outro nome. Ele é literalmente o maior babaca que conheço. Felizmente, ela viu quem ele é... um cretino... e se afastou.

Eu o odeio.

Odeio que tenha, alguma vez, machucado a Kristin, porque às vezes acho que ela acredita que marshmallows são cocô de unicórnio. O copo dela está sempre cheio e ele tentou chutar a maldita coisa e esvaziá-lo.

Homens como ele merecem ser castrados. Eu seria a primeira da fila a me voluntariar para fazer isso.

— Porque ele está ocupado, eu não sei... você sabe como ele está agora que sua vagabunda se foi. Além disso, qualquer coisa para ajudar Noah ou a mim, e esqueça, ele tem planos. Finn está indo para a casa de um amigo, então ele está bem. Eu normalmente cancelaria, mas já remarquei essa garota duas vezes. Eu *preciso* contratar outra redatora para a revista. Então, você *realmente* estaria me ajudando mais do que qualquer coisa se pudesse cuidar da Aub.

Ela não precisa dizer mais nada. Eu amo Aubrey. Não há nada que eu não faria por aquela criança. Ela é minha afilhada, e estou transformando-a na garotinha que fará sua mãe beber.

— Fico feliz em tomar conta dela. Já faz um tempo que não tenho tempo para corrompê-la — digo.

— Sim, é com isso que me preocupo. Você fez um excelente trabalho com a Ava.

Minha outra afilhada, Ava, é a filha mais velha de Danielle. Não tenho certeza do que ela estava pensando quando me escolheu. Honestamente, eu não sei o que nenhuma das minhas amigas estava pensando quando tomaram essas decisões. Elas me conhecem desde que eu era adolescente, me viram fazer coisas que as faziam se perguntar se eu tenho alguma moral, e ainda assim... elas ainda me deixam chegar perto de seus filhos.

Mas Ava é a melhor. Ela tem quatorze anos e me ama. Eu a deixo fazer todas as coisas que sua mãe diz que ela não tem permissão para fazer. Ela é uma ótima criança. Notas altas, está competindo no grupo de dança e ainda acha que os meninos só são bons para alcançar as coisas que estão na prateleira de cima.

Eu era um pouco tímida com a Ava.

Pretendo retificar isso com a Aubrey.

Sorrio.

— E você deveria se preocupar.

Um estrondo alto ressoa na linha um segundo antes de Kristin praguejar.

— Maldição, eu tenho que ir. Amo você.

— Também te amo. Divirta-se.

— Sim, bastante — ela diz sarcasticamente e desliga.

Não sei como ela consegue. A ideia de ter filhos é ótima, realmente é, mas qualquer senso de identidade se perde. Sua casa se torna um mar de desordem com todos os seus brinquedos, você não pode comprar coisas bonitas porque as crianças fazem bagunça e destroem seu corpo. Meu corpo é um país das maravilhas que eu preferia que não fosse invadido — por uma criança, pelo menos.

O caminho para o clube é curto, e eu quase gostaria de ter mais tempo para me preparar para qualquer idiota que vai aparecer na mesa da minha mãe. O manobrista pega o carro e eu entro e rezo por uma intervenção divina.

Mas não consigo.

— Nicole, aí está você — minha mãe fala, quando me aproximo.

Respire fundo e não seja uma espertinha. Ok, certo.

Eu sorrio, porém mais com a ideia de *não* ser uma espertinha do que por estar feliz.

— Oi, mãe, aqui estou eu em minha glória, apenas para você.

Ela ignora meu tom.

— Você está usando as pérolas que eu te dei.

Eu as toco instintivamente.

— Estou.

Vejo o brilho de alegria em seus olhos e estou feliz por ter feito isso agora.

— Bem, vamos esperar que o seu comportamento continue tão bonito quanto você está por fora. Deus sabe que essa boca vai começar a agir mais cedo ou mais tarde.

Minha atitude nunca é tão bonita quanto o meu exterior. Nem que ela quisesse.

— Eu também senti sua falta, mamãe. Se eu for uma boa garota, você vai me trazer sorvete?

— Eu deveria ter dado a custódia para o seu pai. — Ela revira os olhos e se afasta.

Mordo a língua e vou para a área de jantar. Às vezes, é muito fácil deixá-la louca.

O clube é simplesmente lindo. Tudo está sempre em seu lugar perfeito. Como uma designer de interiores, aprecio os detalhes finos que foram levados em conta para fazer este lugar parecer sofisticado, mas ainda acolhedor. As cores são quentes, a iluminação é suave e há muitos cristais que enviam feixes de luz por todo o lado, acendendo o espaço de uma forma que dá vontade de olhar em volta.

— Nicole, é você? — a Sra. Akins pergunta como se não pudesse acreditar no que vê.

— Sra. Akins, a senhora está tão bonita quanto eu me lembro — eu digo sarcasticamente. Ela não parece bem; ela parece de plástico. A quantidade de cirurgias plásticas que essa mulher faz é absolutamente ridícula, e eu nem consigo imaginar o quanto custou a seu marido muito rico. Esse é o problema de vir aqui, uma vez que você olha além da mobília, tudo que vê é cuspe em um monte de merda. — Parece que você não envelheceu nem um pouco.

Ela me dá um sorriso e depois beicinho, e eu fico lá olhando para ela como se ela fosse louca. Seus lábios nem sequer se movem, não tenho certeza se ela está cagando ou tentando sorrir.

— Oh, Nicole. Você é tão doce, eu simplesmente te amo.

— Own. — Eu dou um sorriso real. — Você não está sozinha nisso. Diga-me, você fez alguma cirurgia ou está usando algum produto de pele milagroso?

Minha mãe sente que as coisas vão piorar rapidamente, então decide desviar a atenção e começa a falar com ela sobre seus filhos. Fico parada aqui, enquanto elas conversam, desejando que eu pudesse estar em qualquer outro lugar.

Examino a sala, procurando por alguém que eu conheça que possa me salvar do tormento de escutá-las, e então meus olhos pousam nele. Um homem de terno preto com uma camisa azul-clara impecável e uma gravata azul-escuro, que beirava o marinho, está no bar, levando lentamente um copo aos lábios. Seus ombros são largos, seus braços são grossos e há uma camada leve de barba ao longo de sua mandíbula. Puta merda, aquele homem é lindo.

Tipo, eu faria com ele de seis maneiras diferentes até domingo e duas vezes na segunda.

Não sei quanto tempo fico parada olhando para ele, mas minha mãe dá um tapinha no meu braço e eu a contragosto arrasto meus olhos para longe do homem.

— Você ouviu o que eu disse? — pergunta.

— Desculpe, devo ter divagado por um segundo. Você mencionou crianças, e eu simplesmente perdi o interesse.

Mamãe me lança aquele olhar desagradável que me diz, mais uma vez, que eu a decepcionei. Um dia vou melhorar, tenho certeza. Ou não.

— Eu disse que a nossa mesa está pronta.

— Mostre o caminho — eu digo a ela.

Nós nos sentamos e eu faço o meu melhor para ignorar o homem sexy no bar, mas é praticamente perto de impossível. Mamãe tagarela sobre vários projetos em que está se envolvendo, e eu falo um pouco sobre o negócio. Todo o tempo, sigo-o com o olhar conforme ele se move ao redor da sala. Nosso jantar é monótono como um todo e, honestamente, muito bom. Ela me conta um pouco mais sobre a nova ala que estão construindo no hospital quando somos interrompidas.

— Olá, senhoras — um homem que eu reconheço diz, apoiando a mão nas costas da cadeira da minha mãe.

— Olá, Ted. — O rosto dela se ilumina.

Ted? Eu conheço algum Ted? Acho que não, mas há alguma coisa familiar nele que não consigo definir. Juro que conheço esse homem.

Fico olhando para ele, tentando localizar de onde nos conhecemos antes. Faço um esforço com meu cérebro, mas nada surge.

— Eu vi você aqui, Sra. Dupree, e queria dizer olá. Além disso, não pude acreditar quando vi Nicole com você — ele fala, os olhos fixos nos meus. — Parece mais bonita do que nunca.

— Sim. — Minha mãe sorri para ele e depois para mim. — Você se lembra da minha filha, não é? Vocês dois saíram uma vez, eu acredito.

Ele me dá um sorriso, e isso me atinge. Garoto cebola. Eu me lembro agora.

— Vocês se divertiram bastante, se bem me recordo — ela continua, como se eu não estivesse a segundos de chutá-la por baixo da mesa. — Estou tão feliz por você estar aqui esta noite para que possam se reconectar.

Os olhos de Ted encontram os meus.

— Eu sei que me lembro. Você lembra, Nicky?

Ninguém me chama de Nicky, porra! Certamente não um trouxa que na realidade tentou me fazer pagar não só pelo meu jantar, mas também pelo dele.

— Eu não.

— Ah, claro que ela lembra, Ted. Ela só está brincando. Minha Nicole sempre teve um grande senso de humor.

Olho com raiva para a nuca da minha mãe, esperando que ela se vire e olhe para mim. Ela prometeu que não haveria nenhuma tentativa de armar para mim esta noite, mas eu deveria saber. Ela não consegue se conter. Depois de alguns momentos, ela ainda não se virou e eu cansei de bancar a boazinha.

— Ah. — Eu bufo. — Isso mesmo. — Sorrio calorosamente. — Você era o cara pão-duro e cujo hálito cheirava a cebola.

Isso chama a atenção da minha mãe. Seus olhos encontram os meus com o fogo do inferno queimando neles.

— Nicole. — Sua voz está cheia de raiva.

— O quê? — Eu me inclino para trás, colocando o guardanapo sobre a mesa.

— Está tudo bem, Sra. Dupree — Ted diz. — Nicole me fez rir muitas vezes no nosso encontro.

Se é assim que ele quer chamar, funciona para mim. Porém, não era um encontro e eu não estava sendo engraçada. Estava sendo sincera.

Abri a boca para dizer algo, mas o estranho que estive observando a noite toda bate no ombro de Ted com um sorriso.

— Ted e eu deveríamos deixar vocês duas voltarem para o seu jantar. Temos alguns negócios a tratar.

Puta merda, ele tem um sotaque britânico.

Pegue minha calcinha agora, por favor.

Ele é ainda mais gostoso de perto. É mais alto que Ted, e não é apenas sua altura que o torna imponente, mas tudo sobre ele. Tenho uma visão muito melhor agora e devo dizer que estou adorando a forma como ele preenche bem o terno. Eu poderia dizer à distância que ele era grande, mas, quando está parado na minha frente, posso ver que subestimei seu tamanho. Examino seu corpo até sua mão e não encontro nenhum anel.

Boa.

— Vocês podem ficar — ofereço ao estrangeiro sexy, com quem eu gostaria de ficar um pouco mais. Nunca encontrei alguém neste clube tão tentador.

Os homens bonitos são todos idiotas. Suas mães ditam suas vidas. Seus pais ditam seus futuros, e suas futuras esposas serão os acessórios destinados a fazer bebês.

Eu não sou um acessório. Sou o conjunto completo.

Ele ri.

— Isso seria maravilhoso, mas receio que nós aborreceríamos vocês com os detalhes do nosso contrato comercial. Peço desculpas.

— Vergonha. — Dou a ele meu olhar sedutor. Eu gostaria de fazer alguns negócios com ele. — Tenho certeza de que não te aborreceria.

O britânico sexy sorri maliciosamente.

— Tenho certeza de que sim.

— Perdoe a minha filha — minha mãe intervém. — Vou colocar a culpa no vinho que ela bebeu.

Ted ignora a recusa do estranho sexy ao se juntar a nós e puxa uma cadeira.

— Sente-se, Callum, uma bebida não vai nos machucar.

— Sim, Callum, por favor, sente-se. — Eu sorrio. Talvez jantar no clube não seja tão ruim, afinal.

Capítulo 2

NICOLE

Uma bebida se transforma em três, e Ted não se cala em nenhum momento.

— Conte a Nicole sobre o seu novo emprego — minha mãe pede.

Luto contra um gemido audível. Eu me pergunto se tímpanos podem se romper de aborrecimento? Nesse caso, estou à beira disso.

A única coisa me impedindo de sair por aquela porta é Callum. Ele está sentado ao meu lado, sem falar muito, bebendo seu uísque com um cubo de gelo. Mas, de vez em quando, seus olhos encontram os meus, e estou perdida. Nunca vi olhos mais hipnóticos antes. Sua colônia permanece no ar ao nosso redor, e eu me inclino um pouco mais perto dele, querendo que ele me toque.

— Estou gerenciando empresas no exterior, ajudando-as a se expandir para o… — ele continua falando, mas eu desligo.

Tento não encarar, eu realmente tento, mas não consigo evitar. E então aquela voz. Não querendo esperar mais um minuto ouvindo o Garoto Cebola e suas histórias entediantes, largo a mão para descansar sobre a de Callum e faço meu movimento.

— Diga-me, Callum, o que é que você faz? — pergunto, parando a conversa de Ted.

Ele dá um sorriso de desculpas para Ted e então olha para mim.

— Eu tenho uma empresa de investimento imobiliário. Você?

— Nicole é designer — responde Ted por mim.

— Obrigada, Teddyzinho — eu digo, em um tom ácido. — Mas sim, sou designer. Na verdade, sou dona da minha empresa de design, então às vezes consigo… apreciar os detalhes mais delicados. — Movo a mão da sua, deixando minha pele roçar a dele um toque mais longo do que o socialmente aceitável. — E outras vezes, eu fico no comando.

Ted pigarreia.

— Não a deixe enganar você, Callum, Nicole está sempre no comando.

Se eu pudesse esfaqueá-lo com um garfo, eu o faria, mas então minha mãe me bateria por isso.

— Isso deve te manter bastante ocupada, então? — Callum pergunta.

— Eu arranjo tempo para me divertir.

Este homem tem pecado, sexo e poder emanando dele. Eu poderia me afogar nisso e ainda querer mais.

— Como todos deveríamos.

Sim, vamos nos divertir, Callum. Muita diversão, suor e alguns gritos incluídos em boa quantidade.

— Diga-me, você vai ficar pelos Estados Unidos por muito tempo?

Ele balança a cabeça em negação.

— Só um dia ou mais. Estou aqui por… motivos pessoais, mas tive algumas reuniões antes de voltar para Londres.

Corro a ponta do dedo ao longo da borda da minha taça de vinho.

— Que pena, eu adoraria mostrar-lhe tudo.

Callum tosse e dá outro gole.

— Tenho certeza de que eu iria gostar bastante disso.

— Ah, eu aposto que gostaria — eu digo, antes de esvaziar o resto do meu vinho.

Minha mãe limpa a garganta.

— Ah, Nicole, eles estão tocando música.

Eles sempre tocam…

— Sim?

— Você e Ted deveriam dançar — ela cutuca.

Se eu não ficasse horrível de laranja, eu a mataria. Primeiro, ela prometeu nenhum encontro armado neste clube estúpido. Agora, eu realmente tenho um cara sobre quem gostaria de conhecer mais, e ela está me empurrando para o Garoto Cebola? Não.

Ted interpreta minha falta de resposta como um sim e se levanta.

Maldição.

— Você sabe, eu realmente adoraria — eu digo rapidamente, enquanto ele caminha ao redor da mesa. — Mas machuquei meu tornozelo hoje, e não acho que seria uma boa ideia.

Ele para e seu sorriso desaparece.

— Você está bem?

— Estou bem, mas é melhor ficar longe disso, entende?

Ted acena com a cabeça.

— Claro. Sra. Dupree, gostaria de dançar? — pergunta a minha mãe.

— Ah, Ted. — Aperto meu peito com falsa admiração. — Ela *adoraria* dançar. Está morrendo de vontade de um parceiro de dança. É tão gentil da sua parte oferecer.

Agora é a minha vez de encarar. A reviravolta é um jogo justo e tudo mais.

Mamãe não sabe como ser rude, então, quando Ted estende a mão, ela graciosamente aceita. Se eu não tivesse um pouco de medo dela, estaria rolando no chão de tanto rir. Bem feito, ela vai poder lidar com seu hálito desagradável de perto.

Eu me sento aqui, em uma situação estranha. Normalmente sou muito franca e não tenho problema em dar em cima de um homem. Às vezes, o caçador gosta de ser caçado, mas às vezes é melhor ser a presa.

Acho que meu dilema realmente é se eu quero ser uma presa, porque Callum é definitivamente um homem dominante.

Ele é o cara perfeito para mim, realmente. Não mora na região, não há expectativa, e eu gostaria muito de ouvi-lo falar coisas sujas para mim com aquele sotaque.

Callum se inclina para trás e seu braço cobre a minha cadeira.

— Você podia dar a ele um pouco de esperança — ele diz, com uma risada.

Eu me mexo e corro a língua ao longo dos lábios.

— Por que eu faria uma coisa dessas?

— É doloroso demais assistir ele tentar, enquanto você continua a destruir seus sonhos.

— Então se afaste — eu sugiro.

— Mas então eu não seria capaz de te ver.

Bem, que tal isso.

— E isso seria uma pena, não seria?

O corpo de Callum se vira, seus profundos olhos azuis se fixam nos meus.

— Caramba, seria uma grande pena.

Nós dois olhamos um para o outro, e o ar crepita ao nosso redor. Não consigo me lembrar da última vez que me senti assim — atraída para outra pessoa. É como se tudo, exceto Callum, tivesse sumido, o que é insano, porque acabei de conhecê-lo. Mas há algo diferente nele, e sua presença é de uma importância descomunal. Seus lábios se erguem para cima em um sorriso malicioso, como se ele pudesse ler meus pensamentos, e eu saio dessa.

Coloco meu cabelo loiro atrás da orelha, encho o copo e acabo com o vinho.

Jesus Cristo, quando foi a última vez que me senti envergonhada por um homem?

Não desde… ele.

Não desde que eu fui estúpida e deixei meu coração se abrir para outro apenas para ele acabar esmagado. Eu era uma garota tola, que achava que amor bastava. Meu mundo existia apenas para ele e, quando descobri a verdade, estava quebrada e não havia qualquer conserto.

— De onde em Londres você é? — pergunto, querendo voltar para um terreno seguro.

Sua mão toca a minha.

— Piccadilly. Você já esteve lá?

— Uma vez logo após a faculdade, mas não ficamos muito tempo. Eu me lembro de amar o lugar, no entanto.

Ele concorda com a cabeça.

— Foi o que eu pensei. — Seu sorriso é caloroso.

— O que você quer dizer?

— Apenas um palpite. — Callum termina sua bebida e depois gira o copo.

— Um palpite, hein? Que eu gostaria de Londres?

Callum sorri.

— É um lugar que uma designer adoraria. Se você ama arte, decoração e arquitetura, a Inglaterra é um lugar maravilhoso. Além disso, você é linda.

Sorrio com o elogio lançado no final.

— Eu sou?

Ele acena.

— Sim.

— Obrigada.

— Não há de quê. Diga-me, você está planejando ir para casa com o Ted?

Olho para cima, encontrando seu olhar.

— Não.

Ele sorri lentamente e eu luto contra um arrepio. Não preciso ouvir as palavras para saber o que ele está dizendo.

Vou para casa com ele, se for da vontade dele.

— Há alguém para *quem* você vai voltar para casa? — A voz profunda de Callum me aquece até o centro.

Meu coração dispara enquanto aquele homem me observa. Em vez de dizer uma palavra, eu balanço a cabeça em negação. Tudo dentro de mim — meu peito, meu estômago, meus músculos — se aperta. Quando ele olha para mim, não consigo respirar.

Eu preciso dizer alguma coisa. Descobrir o que essa atração maluca significa ou colocá-la sob controle, porque essa não sou eu.

Antes que qualquer um de nós possa falar, uma mão toca o meu ombro.

— Nicole? — minha mãe pergunta.

— Sim, oi. — Eu me viro para vê-la.

— Eu estava falando com você. — Seus olhos se movem de Callum para mim. — Não me ouviu?

— Desculpa. — Balanço a cabeça, tentando apagar a névoa que me cerca. — Eu estava...

— Callum — Ted fala, com um pouco de aspereza, que eu não sabia que ele tinha em si. Eu ficaria impressionada se já não achasse que ele era um idiota completo. — Você me ajudaria com as bebidas?

— Claro — ele responde de volta e pisca para mim. — Com licença.

Eu os assisto se afastarem, notando as diferenças distintas. Callum se comporta com confiança, como se fosse o dono do lugar, enquanto Ted está apenas caminhando em sua sombra. Conheci muitos homens poderosos, dormi com alguns também, mas há algo nele que não consigo definir.

A maioria das minhas amigas fugiria de um homem como ele, mas não sou desse jeito. Eu prospero no jogo de poder. Tanto no escritório quanto no quarto. A emoção da perseguição é o que desejo. Uma vez eu pensei que a vida em uma casinha com cercas brancas era para mim, mas então vi a devastação que acontece quando a realidade do casamento se estabelece. Minhas duas melhores amigas são divorciadas e a outra quase foi, mas eles "se resolveram" depois de um ano de inferno absoluto. Que tipo de vida é essa? Estar com um homem que te trata como uma merda, te menospreza e te sobrecarrega com crianças para que você se sinta presa? Não, obrigada. Eu prefiro ser feliz.

— Nicole, qual é exatamente o seu problema com Ted? — Ela simplesmente não vai deixar isso pra lá.

— Você está brincando comigo, certo?

— Não, eu não estou — ela diz com raiva.

Não tenho certeza de onde ela está confusa. Ted não é, definitivamente, o tipo de homem com quem eu estaria.

— O fato de você pensar que eu, alguma vez, namoraria um cara como esse mostra que você não sabe nada sobre mim — respondo, indignada.

— Não, você preferiria muito mais namorar um homem como o seu pai. — Os olhos da minha mãe se afastam quando a tristeza começa a dominá-la.

— Claro que você pensaria isso.

Ela nem sequer conhece Callum, mas sempre assume o pior de mim. O que ela não consegue entender é que sou mais parecida com meu pai do que qualquer homem com quem eu namoraria. Meu pai nunca seria machucado por outro ser humano. Ele construiu paredes ao redor de seu coração, não permitindo a entrada de uma única pessoa. Tanto nos negócios quanto na vida pessoal, ninguém tem o poder de machucá-lo.

— Então você acha que Callum é como o papai? Como? Por quê? Nenhuma de nós sequer sabe como ele poderia ser porque acabamos de conhecê-lo. Mas você achar que eu namoraria o Ted me deixa pensando o que você está fumando. Eu nunca poderia ser feliz com um homem como ele. É isso que você quer para mim, mãe? Um casamento com um homem como *ele*?

Minha mãe se mexe na cadeira, tentando não aparentar como está abalada.

— Não é assim, Nicole. Tudo o que eu quero é que você seja feliz, se case, tenha filhos, mas você não quer nada disso. Eu não entendo você.

E esse é o cerne do problema. Ela não se importa que eu não seja a filha que ela quer que eu seja. Ela não vê que quem eu sou é exatamente quem quero ser.

Eu sou a garota que quer viver a vida em sua absoluta plenitude.

Sou a garota que quer ser feliz, não importa como isso seja.

Sou a garota que está procurando alguma coisa, mas não consegue encontrar.

Sou a garota que só quer ser amada.

Sou a garota que nunca vai deixar ninguém saber que estou um pouco quebrada.

Capítulo 3

CALLUM

Porra. Ela é absolutamente deslumbrante.

Eu não vim para a América querendo encontrar ninguém. Se eu pudesse, continuaria tendo apenas meus casos de uma noite e seguiria em frente com a vida. No entanto, aqui está ela, fazendo-me pensar em coisas que não me pergunto há muito tempo. Eu me sinto um maldito idiota só por pensar assim em Nicole. Estou aqui para enterrar meu pai, não afundar meu pau em uma americana. Preciso manter a cabeça no lugar, estar focado e voltar para casa.

Mas tudo o que tenho sido capaz de pensar desde que entrei no salão é nela.

Fico no bar, tentando não olhar em sua direção, e falho miseravelmente. O que há com essa garota?

— Então, você acha que terá a papelada corrigida esta noite? — Ted pergunta.

Ah, o acordo. Eu esqueci isso completamente. Embora eu devesse estar me concentrando em garantir que os acordos com a empresa do meu pai — minha empresa — fossem assegurados, eu tenho atirado olhares sedutores para a loira.

— Espero como o inferno que sim. — Eu ri. — Presumo que os advogados colocarão tudo em ordem.

Meus olhos a encontram novamente, procurando por ela, mesmo sem perceber isso. Ela me lembra de tudo que perdi uma vez. Tudo que eu esperava de uma mulher.

Eu amo uma mulher que não tem medo de se defender. Nicole definitivamente parece não ter medo.

— Boa. — Ted me dá um tapa nas costas. — Prefiro focar minha atenção na garota que deixei escapar.

Ele é um idiota. Ela não quer nada com ele, e ele não consegue ver isso ou, se vê, não quer acreditar.

— Ah. — Eu sorrio. — Você gosta da Nicole?

— Nós temos uma história — Ted explica. — É só uma questão de tempo até que ela volte. Ela é meio resistente, sabe o que quero dizer?

Não, Ted, não sei o que quer dizer. Não é resistência, ela simplesmente não gosta de você.

No entanto, seria uma má atitude de etiqueta comercial se eu afirmasse isso. Então, dou de ombros.

Já se passaram cinco anos desde que olhei para outra mulher da maneira como olho para Nicole. Não sei o que é, não sei explicar, mas ela me chama. A maneira como enfia o cabelo atrás da orelha. A maneira como sorri quando ninguém mais está olhando. A maneira como seus olhos me seguem enquanto me movo pela sala, e a maneira como tenta fingir que não está olhando.

Eu a quero e sei que ela me quer.

— Isso é interessante. — Eu sorrio, tomando um gole do meu uísque. — Acho que não estávamos sentindo as mesmas vibrações. Mulheres americanas devem ser diferentes.

Ted me observa, inteligente o suficiente para manter sua boca fechada, mas vejo o ódio queimando em seus olhos.

Isso mesmo. Você deveria me odiar, porque vou conseguir exatamente o que você quer — ela.

— Como eu disse, nós temos história.

Uma coisa que Ted deveria saber sobre mim é que eu sempre ganho quando encontro algo pelo qual vale a pena lutar.

O barman coloca outras bebidas no balcão e nós voltamos para a mesa onde Nicole e sua mãe estão sentadas. Do outro lado da sala, nossos olhos se encontram, e nós dois nos observamos enquanto me aproximo. Ela não tem que dizer uma palavra para eu ver o que está queimando sob seus olhos — desejo, paixão, luxúria...

Ted traz a bebida para sua mãe primeiro, o que me dá a oportunidade de me sentar na cadeira ao lado de Nicole. Assim que estou perto o suficiente, o ar entre nós muda, provando que a minha ausência não diminuiu nossa atração; pelo contrário, a fez ferver.

— Pensei que você tivesse se perdido — Nicole diz, com um sorriso malicioso.

Coloco o braço em volta das costas de sua cadeira, e as pontas dos meus dedos apenas roçam seu pescoço enquanto me inclino para perto.

— Tenho a sensação de que eventualmente acabaria encontrando meu caminho até aqui.

Este jogo de gato e rato vai acabar muito em breve. Ela está prestes a descobrir que não gosto de brincar com a minha comida.

Ela estremece na cadeira, e fico confuso quando Nicole deixa cair o guardanapo, seus olhos cheios de malícia quando se inclina para pegá-lo.

Sinto sua mão na minha perna, fazendo meu pau endurecer enquanto ela se move para cima.

— Desculpe, deixei cair uma coisa — explica para a mesa.

No entanto, sua mão continua a encontrar seu caminho mais para cima. Inferno do caralho, essa mulher é ousada. Eu a sinto roçar no meu pau, e praticamente rosno antes de agarrar seu pulso, impedindo-a de me acariciar bem aqui.

Corro o dedo em sua nuca e sussurro para que ninguém mais possa ouvir:

— Mais tarde, você vai pagar por isso.

Ela sorri e levanta as sobrancelhas.

— Estou contando com isso.

Capítulo 4

NICOLE

— O que diabos há de errado comigo? — eu me pergunto no espelho.

Durante todo o jantar, estive jogando esse jogo, querendo exatamente o que ele me perguntou, e em vez de dizer sim, corri para o maldito banheiro.

Ir para o quarto de Callum tem sido o maldito objetivo final, mas, no meu interior, sei que isso não vai funcionar da maneira que espero.

Eu não tenho *encontros* de mais do que uma noite. Faço sexo que não significa nada e sem emoções com homens em quem nunca vou pensar novamente.

Meu coração dispara apenas com o pensamento dele. Ouço sua voz profunda na minha cabeça.

— *Volte para o meu quarto esta noite, Nicole. Eu gostaria muito de foder você até amanhã.*

Argh. Esse sotaque. É impossível resistir. Eu me conheço bem o suficiente para saber que sinto mais por este homem antes mesmo de sequer beijá-lo do que por qualquer um com quem já dormi.

Eu perdi a porra da minha cabeça.

No entanto, eu não surto. Isso não é minha praia, e eu preciso apenas colocar um plano em prática. Assim que tiver isso, posso ir embora, me despedir com um sinal da paz no ar.

Primeiro passo, eu preciso sair daqui.

Pego minha bolsa e espreito para fora da porta. A barra está limpa.

Cada parte de mim quer marchar lá, enfrentá-lo, dizer a ele que não estou mais interessada, mas não tenho certeza se não vou acabar transando com ele no banco de trás de seu carro. Então, vou dar uma de Heather — e desaparecer.

Eu me movo pelo corredor, em direção ao manobrista, mas assim que estou pronta para virar a esquina, Callum me pega.

— Merda — xingo baixinho e procuro outra opção.

Seus olhos encontram os meus, e sei que estou ferrada. Eu posso ir até ele, dizer que não vou voltar para o quarto dele e fazer com que de alguma forma me convença a fazer isso de qualquer maneira ou eu posso fazer o que qualquer mulher que se preze faria e empurrar as portas da cozinha.

Que é o que eu faço.

Porque eu sou ridícula.

— Senhorita — um dos garçons chama.

— Me ignore. — Eu sorrio e continuo me movendo.

— Senhorita, você não pode estar aqui!

Estou bem ciente disso.

Continuo caminhando como se ele não tivesse falado.

— Madame! — outra pessoa grita.

Agora estou correndo por uma cozinha para evitar um homem. Alguém precisa me internar.

Eu sorrio e dou um pequeno aceno, continuando em direção à parte de trás. As cozinhas sempre têm algum tipo de saída, parece razoável que esta tenha.

— Senhorita. — Um garçom agarra meu braço. — Você realmente não pode estar aqui atrás.

— Eu entendo isso... — Olho para o crachá dele e tento não gemer. — Ned, mas veja só, eu realmente preciso escapar da... minha... mãe, sim, minha mãe. Ela está me deixando louca, tentando me mandar para casa com este homem terrível que cheira a cebola — explico rapidamente. — Eu realmente agradeceria se você apenas me ajudasse, eu ficaria grata para sempre.

Espero que ele possa sentir o desespero em meu apelo.

Ele balança a cabeça para os lados e temo perder este aqui.

— Você tem uma mãe maluca?

Ned acena com a cabeça em concordância.

— Então entende que, se ela conseguir, eu não terei escolha e... sabe, só estou tentando fazer o que posso para evitar algo com o qual não posso lidar. Eu não quero aborrecê-la, porque isso vem junto da culpa de uma vida inteira.

Ned suspira e olha por cima do meu ombro.

— Tudo bem — ele concorda. — Vou te levar pela saída dos fundos.

Sim! Ned é ótimo, Ted é um perdedor.

— Eu poderia te beijar, Ned.

Ele ri.

— Não acho que a minha esposa gostaria disso.

— Bem, ela é uma senhora de sorte.

Começamos a nos mover pela cozinha ampla, Ned liderando o caminho. A garçonete carregando uma bandeja de doces me olha.

Não se importe se eu pegar.

Pego um e coloco na boca, o que me garante um olhar bravo.

— Isso não foi feito para você.

Encolho os ombros.

— Desculpa! Eu como quando estou estressada — eu murmuro, a boca cheia de bombons com cobertura de chocolate.

Deus, isso é bom.

Os olhos de Ned estão prestes a pular fora de sua cabeça, eu dou de ombros e estamos em movimento novamente.

Chegamos à saída dos fundos e eu solto um suspiro de alívio.

— Obrigada — eu digo, tocando no braço dele.

— Boa sorte.

A saída da cozinha fica na parte de trás do prédio, que não é nem um pouco perto do manobrista. Eu claramente não pensei sobre isso. Não tenho certeza de como vou chegar até a frente, entrar no meu carro e sair sem que ninguém me veja.

Se minhas amigas pudessem me ver agora...

Eu dou um passo ao redor das lixeiras nos fundos, preocupada com os meus sapatos e um pouco enojada que o clube que minha mãe gasta só Deus sabe quanto para ser um membro tem espaços como este. Claro, ela nunca vai saber porque eu estarei morta quando ela me estrangular por isso, mas com certeza contarei a alguém antes de morrer.

Pego meu telefone e envio uma mensagem para Kristin.

Eu: Se eu morrer, saiba que o terreno por trás do clube é nojento.

Kristin: Humm... por que você está atrás do clube? Tenho certeza de que Esther nunca permitiria qualquer tipo de exploração do terreno. Mais do que isso, você também não faria. O que diabos está acontecendo?

Minha mãe é certinha e recatada. Tudo na vida dela tem ordem, exceto por mim. Eu sou o curinga que a mantém jovem, pelo menos, é isso o que digo a mim mesma. Minhas amigas sabem que posso não ser nada parecida com ela, mas, ainda assim, não faço sujeira, não acampo, nem faço qualquer tipo de escalada em alguma merda.

Este é um dia triste, porque o medo de sentir qualquer coisa por um cara que eu não conheço me levou a escalar o lixo com meus saltos vermelhos Manolo Blahnik.

Eu: Talvez eu te conte quando chegar na sua casa. Se eu conseguir sair daqui viva.

Kristin: Mal posso esperar por essa.

Aham, tenho certeza de que essa será uma história pela qual minhas amigas me torturarão nos anos a seguir.

Chego aonde estão os carros, aliso minha saia e tento arrumar o cabelo para não parecer como se eu tivesse acabado de correr uma pista de obstáculos.

— Ei! — grito quando vejo o manobrista.

— Senhorita? — Ele olha em volta, confuso. — Você está perdida?

Eu suspiro.

— Escute, eu preciso que você me ajude. Aqui está o ticket para o meu carro. Você seria o manobrista maravilhoso que sei que você é e pegaria minhas chaves para mim?

Seus olhos se arregalam.

— Eu poderia ser demitido por isso.

— Mas eu tenho meu ticket, e é o meu carro.

— Sim… — ele olha para onde fica a entrada — mas os sócios do clube não têm permissão para ficar aqui, e você tem que pegar o carro na mesa.

Por que todos aqui realmente seguem as regras? Estou apenas tentando pegar meu carro estúpido e sair daqui sem ter que enfrentar Callum. Não deveria ser tão difícil evitar um homem que faz minha virilha doer.

Belisco a ponte do nariz e vou com minha melhor estratégia de saída.

— Você conhece Ted Edwards? — Seus lábios formam uma linha reta, me dizendo que ele o conhece muito bem. — Veja, ele está esperando por mim lá em cima e, como você pode ver, estou disposta a fazer qualquer coisa para evitá-lo. Você poderia ajudar?

Ele concorda.

— Você não pode contar a ninguém.

Eu sorrio, chego mais perto e toco seu peito.

— Será o nosso segredinho.

— Estou feliz em ver que você sobreviveu — Kristin fala ao abrir a porta.

— Vai se ferrar. Você vai me deixar entrar na sua casa?

Ainda é estranho para mim dizer que é a casa dela. Esta é a casa em que Heather cresceu e viveu até que conheceu o homem perfeito e se mudou para uma área rica da cidade. Para mim, sempre será a casa da Heather.

Ela dá um passo para o lado e eu atravesso a porta da minha segunda casa.

Passei muitas noites aqui quando era criança. Dei meu primeiro beijo neste quintal, aprendi a depilar as pernas no banheiro do andar de cima e encontrei um lugar quente, longe do frio que minha casa emanava na mesa da cozinha.

— Bem, bem, bem, olhe o que o gato trouxe para dentro. — Heather sorri, saindo da cozinha com uma garrafa de vinho na mão.

— Heather! — grito, e corro em sua direção. — Já faz muito tempo, sua vaca!

Ela ri e eu nos balanço para frente e para trás, segurando-a em meus braços.

— Eu também senti sua falta, idiota.

— Por que vocês não me contaram? — pergunto para as duas.

Kristin encolhe os ombros.

— É muito mais divertido desse jeito.

— Não tinha certeza também, mas Eli praticamente me forçou a sair de casa depois que continuei reclamando sobre como sentia falta das minhas garotas e odiava seus amigos fedorentos.

Eu a aperto novamente e luto contra as lágrimas que ameaçam se formar. Hoje foi um pouco opressor para mim. Já se passaram anos desde que pensei… nele. Anos que mantive meu coração preso com força nas correntes, me recusando a deixá-las até mesmo chacoalhar. Então, bastou um olhar de Callum e as correntes não conseguiram mais aguentar e os elos se estilhaçaram.

— O que está acontecendo com você? — Kristin pergunta, do outro lado da sala.

— Nada — eu atiro de volta.

Ela levanta a sobrancelha.

— Mesmo? Quer tentar de novo sem fingir?

Malditas amigas estúpidas que me conhecem bem demais.

— Eu faria, mas tenho alguns caras esperando por mim. — Eu me sento no braço do sofá. — Não posso ficar por muito tempo.

Heather e Kristin trocam um olhar, e então Heather concorda com a cabeça.

Excelente. Elas vão formar uma dupla para cima de mim. O que, normalmente, eu estaria totalmente a favor, mas Kristin sabe demais. Ela é a única que tem alguma ideia sobre as coisas que escondi durante anos. Isso dá a ela uma vantagem.

— Então, você não tem nenhum bom motivo para estar nos fundos do clube? — Kris pergunta, com um olhar conhecedor.

— Prefiro não falar sobre isso — eu desvio.

— Ah, querida. — Heather toca minha perna. — É engraçado você pensar que nós vamos deixar isso para lá. Desembucha.

Olho para as duas, mas elas simplesmente sorriem de volta. Muitas vezes eu me pergunto por que ainda falo com elas. Elas são amigas malucas, intrusivas, irritantes e estúpidas que amo mais do que qualquer coisa. Além disso, tenho certeza de que elas sentem o mesmo por mim.

— Sim, vamos ouvir isso. — Kristin cruza seus braços sobre o peito.

Heather acena com a cabeça.

— Você sabe que acabaremos ligando para a Esther se não o fizer.

— Ei, isso é golpe baixo.

Elas encolhem os ombros.

— E o que vai acontecer é que ela nos dará uma versão muito diferente daquela que você nos daria. — Kristin bufa.

— O que nos levará a uma investigação mais aprofundada — Heather continua.

— E então nós seremos forçadas a tirar nossas próprias conclusões depois de conversar muito com pessoas com quem você provavelmente não quer que nós falemos.

Sério? Essas duas não são mais minhas amigas. Vou encontrar novas que não sejam cretinas autoritárias.

— Ok. — Kristin pega seu telefone. — Você não me deixa escolha.

— Tudo bem, eu conheci um cara! — grito, e fico de pé. — Eu conheci um cara, e ele me assustou pra caralho. Eu flertei com ele a noite toda e planejei foder seus miolos, mas quando a oportunidade realmente apareceu, eu corri para o banheiro. Me escondi como uma garota estúpida, corri pela cozinha até a saída dos fundos e subornei o manobrista para evitar falar com ele. Felizes agora?

Ambas explodem em gargalhadas. Elas continuam por um tempo, rindo e se divertindo muito com o meu momento ridículo.

— Ai, meu Deus! — Kristin bufa. — Você é tão ruim quanto nós!

— Hmm — eu digo, com as mãos nos quadris, olhando incisivamente para Heather. — Não, eu não sou. Eu não escalei uma cerca. — Meus olhos cortam para a Kristin. — Ou caí em uma piscina quando estava bêbada pra caramba!

Heather se recosta, bebendo seu vinho.

— Você poderia muito bem ter feito algo assim, minha amiga.

Eu não dormi com Callum, só fiquei com medo e... ah, foda-se.

— Ah, pelo amor de Deus! Eu fiz um *Heathergate*! — Eu desabo. — Eu sou ridícula pra caralho como vocês duas!

— Um o quê? — Heather guincha.

Reviro os olhos e, em seguida, cubro o rosto.

— Eu não estava escalando nenhum portão, mas fiquei com medo e corri.

— Ok, mas que porra é um *Heathergate*?

— Você sabe... foder e fugir. Acho que é um ótimo nome para um escândalo. Você transou com o Eli e depois escalou um portão. Faz todo o sentido.

Heather me mostra o dedo do meio e então eu cubro meu rosto novamente. Não consigo olhar para elas... ou para mim mesma.

Kristin ri.

— Você sabe o que isso significa?

Lentamente puxo meu braço para baixo, encontrando seus olhos.

— Não?

— Você tem um coração. Ficou com medo. Com certeza vai se casar com esse cara.

Ela perdeu a cabeça.

— Eu nunca vou me casar. Nunca. Eu não tenho um coração, ele murchou anos atrás. E eu não fico com medo; especialmente dos homens. Eu gosto tanto deles que frequentemente convido dois.

Sei que elas não entendem nada disso, mas é assim que eu sou. Não gosto de amarras ou coisas que durem mais de um único momento. No entanto, gosto de ser o centro das atenções. Gosto quando dois homens estão focados no meu prazer. Quando eles vão para casa e me deixam saciada e feliz, fico ainda mais feliz.

— Sim, nada como ser o recheio em um sanduíche de homem. — Heather se serve de outra taça de vinho.

— Nada de ódio.

Ela sorri.

— Eu não odeio. Acho que você é maluca e está se escondendo. Então, o que havia nesse cara que te fez correr e escalar o lixo?

Foi tudo.

A maneira como ele olhou para mim.

A maneira como agitou esse sentimento profundo na boca do meu estômago.

A maneira como disse o meu nome.

A maneira como eu pensei em algo mais do que uma noite de sexo inacreditável.

Eu acredito que todo mundo comete erros, mas quando você segue propositalmente o mesmo percurso que te conduziu por um caminho ruim, isso é insanidade. Eu não sou insana.

— Não era só ele, foi a Esther também.

Kristin me estuda e eu sei que ela não está acreditando nisso. Heather sempre foi a mais crédula.

— Quase acreditei em você — ela desafia. — Mas você não se afasta da Esther. Você não corre e não estraga sapatos de mil dólares por causa dela. Tente novamente.

Olho para os meus lindos sapatos, tocando-os e dizendo que sinto muito. Minhas amigas podem tirar sarro de mim ou nem sempre me compreender, mas elas me amam. Nunca duvidei disso. Existem apenas algumas coisas que não posso dizer a elas, e esta é uma.

Em vez de mentir, dou uma pequena sacudida em minha cabeça para Kristin, sabendo que ela vai entender.

Seus olhos me dizem que ela recebeu minha mensagem e se volta para Heather.

— Está claro que ela não vai nos contar. — Ela franze os lábios. — Conte mais sobre o *Heathergate*. Já faz um tempo que rimos de suas palhaçadas loucas em relação ao Eli.

Quando Kristin olha para mim de novo, *eu murmuro um obrigada*, e ela dá uma piscadinha.

Eu posso ter escapado esta noite, mas de jeito nenhum este será o final da conversa.

Capítulo 5

NICOLE

— Kim — chamo a minha assistente. — Você pode confirmar se estamos prontas para as Empresas Dovetail na sala de conferências?

A reunião é em uma hora e eu não estou nem perto de estar preparada. Tudo o que Martin me disse foi que ele tem um orçamento grande e deseja que os projetos de seus novos apartamentos de luxo sejam impressionantes.

Eu expliquei, quando tomamos algumas bebidas, que posso impressionar, agora tenho que entregar.

O problema é que eu obtive meia informação e uma possível planta baixa. É realmente complicado fazer um projeto de design quando não se tem ideia se a ilha da cozinha tem três metros ou um metro. Independente disso, sou uma baita profissional e farei o melhor para mostrar que posso pensar rápido.

Pelo menos, essa é a mentira que estou me alimentando.

Kim entra, fungando, porque eu disse a ela que não me importava se estivesse doente ou meio morta, ela viria para o trabalho hoje.

— Eu não sei se estamos prontas.

Eu suspiro e caminho até ela, coloco minhas mãos em seus ombros e falo suavemente.

— Sei que você não está se sentindo bem, mas isso? Este é o dia do jogo. Você sabe o que os vencedores fazem no dia do jogo?

Seus olhos se fecham um pouco, mas ela os força a abrir de volta.

— Vencem?

— Isso mesmo. Somos vencedores?

— Eu acho que sim.

— Não. — Eu suspiro. — Nós somos. Somos vencedores e precisamos colocar nossas bundas em marcha, ok?

— Nicole, estou morrendo.

Ela com certeza parece como se estivesse.

— Você não está — eu lhe asseguro. — Parece que você está pronta para enfrentar... humm... alguma coisa.

Kim me encara, brava, e depois espirra.

— Estou pronta para descansar.

— Bem, eu prometo que vou redesenhar o seu apartamento se você puder pelo menos me dar mais trinta minutos de trabalho. — O suborno não é para onde eu geralmente apelo, mas estou desesperada.

Duas noites atrás me atrapalhou. Eu tinha planejado trabalhar um pouco quando voltasse do jantar, mas isso não aconteceu. Em vez disso, desenhei fotos de uma mandíbula esculpida, cabelo castanho-claro e olhos azuis. Cada contorno de seu rosto era perfeito. Cada linha foi gravada em minha memória. E então eu tive que me safar com minha bala de confiança.

O trabalho não estava acontecendo.

Dez minutos depois, Kim retorna, fechando a porta atrás de si com pânico em seu rosto.

— O que está errado?

— Ele está adiantado — ela diz.

— O quê?

— Ele está aqui!

Olho para o meu relógio e começo a entrar em pânico.

— Merda. Eu não estou pronta! Nós não estamos nem perto de estarmos prontas. — Começo a organizar os papéis em algum tipo de ordem. — Ele não está adiantado, ele está, tipo, meio dia adiantado.

Eu ainda tinha horas. Maldição.

Kim se aproxima e começa a agrupar uma pasta.

— Vou fazer a apresentação dos documentos. Você pode enrolar ele um pouco?

— Eu posso tentar.

— Ah, Nic, ele é gostoso também.

Eu reviro meus olhos.

— Ele tem uns cem anos! Ele não é gostoso.

— Bem, ele é ridiculamente quente para quem tem cem anos.

Jesus.

— Isso é irrelevante e você tem problemas. — Eu bufo, pegando um dos designs que estava no chão. Eu posso ter que ficar com este, e eu odeio isso.

Deus, por que as pessoas chegam tão cedo? Agora eu pareço uma idiota e provavelmente perderei o maldito projeto.

Tenho uma chance de mostrar a Martin Dovetail que posso fazer isso. Não vou ferrar com tudo. Não posso.

— O que mais você precisa? — Kim pergunta.

— Pegue isso e coloque na sala de conferências. Diga a eles que estou em uma ligação com outro compromisso — eu instruo.

— Vou tentar protelar o máximo que puder.

— Bom, me consiga pelo menos dez minutos. Vai! — ordeno que ela saia pela porta.

Esta crise econômica está assustadora como o inferno para o mercado imobiliário e, para os designers, é ainda pior. Em alguns meses, ficamos tão atarefados que não conseguimos acompanhar e, em outros, estou girando os polegares de tédio. É realmente festa ou fome, mas estou rezando para que essa oportunidade nos dê uma série de empregos.

Dovetail é uma novidade em Tampa, mas eles estiveram na Flórida nos últimos anos. Pelo que posso dizer, são uma empresa com sede na Geórgia e estão se expandindo para outros mercados. Eu me encontrei com Martin alguns meses atrás, mas depois eu não tinha ouvido mais nada, então imaginei que ele tinha se esquecido de mim. Duas semanas atrás, recebi um telefonema informando que ele estaria na cidade e queria um encontro.

Recebi um fax com os detalhes do que ele estava procurando em uma licitação e quase morri. Isso seria tudo para a minha empresa.

Pego o resto dos papéis e rezo para que o que tenho seja impressionante o suficiente para uma segunda reunião.

Kim volta, ajuda um pouco e agarra meu braço enquanto saímos.

— Escuta, você vai se sair bem. Mesmo no seu pior dia, você é melhor do que qualquer outro designer. Me ligue quando terminar. Se eu não responder, é porque morri desse resfriado. Vá ser incrível e, sério, prepare-se para um cara realmente gostoso.

Eu gemo.

— Kim, cale a boca. Ele não é gostoso, o cara é assustadoramente velho!

— Tanto faz. Eu tenho vinte dólares que dizem que você vai tirar sua calcinha antes do final da reunião.

Não estou apenas ligeiramente perturbada por ela achar que o velho é gostoso, mas ela sabe que essa é minha única regra neste negócio. Eu não durmo com clientes. Nunca. Fiz isso uma vez e foi um desastre terrível depois. Acabei me afastando do trabalho e indo para longe de um dinheiro que eu definitivamente precisava na época.

— Ok, eu estou com alguma coisa nos meus dentes? — pergunto, mostrando a ela meu sorriso.

— Não. Empine seus seios.

Eu dou uma pequena mexida nas meninas, balanço meu cabelo para trás, endireito os ombros e saio da sala.

Em minha mente, repasso os designs, os argumentos de venda, as opções de mudanças e desejo que tivesse ligado para uma das minhas conexões típicas para que pudesse me livrar de um pouco dessa energia nervosa, mas não, não consegui fazer isto.

Porque eu sou uma idiota e estou tendo algum tipo de crise de meia-idade.

Abro a porta da sala de conferências com um sorriso que morre assim que meus olhos encontram o homem sentado na cadeira.

— Sr... Callum?

Ele fica de pé com um sorriso largo e sua mão estendida.

— Olá, Srta. Dupree. É bom te ver de novo.

— Certo, mas... — Estou tão confusa. Eu conheci Martin. Jantei com o homem e ele não tinha um sotaque britânico sexy, ombros largos e fortes ou um corpo de um deus. Ele era pequeno, irritante, mas carregado de dinheiro, e me daria mais dois anos de trabalho. — Tem mais alguém vindo? Quero dizer, você não é... Eu deveria estar me reunindo com...

— Martin Dovetail? Não. Eu não sou ele. Sou seu filho bastardo, que agora possui esta empresa.

— Não entendo.

Callum escova o cabelo para trás e senta em uma cadeira.

— Martin Dovetail morreu. Agora você tem que me impressionar, se quiser o trabalho.

E o chão desaba debaixo de mim.

Eu estou tão fodida — e não no bom sentido.

Capítulo 6

CALLUM

Tudo o que consigo pensar é: *obrigado, pai*. De novo e de novo em minha mente. Esta é a única coisa boa que o bastardo já fez por mim. Não me liguei no outro dia quando escutei o nome dela. Honestamente, eu tinha acabado de passar três horas ouvindo os funcionários chorarem sobre o grande homem que Martin era.

Tanta besteira.

Ele era um cretino implacável que tratava todo mundo com a mesma quantidade de ódio — inclusive a mim. Claro, ele me trouxe para os Estados Unidos nos feriados e em parte das férias de verão, mas só fez isso porque foi forçado. Também insistiu que eu o chamasse de *Martin* ou de *pai*, não de papai, porque queria garantir que eu não ficasse confuso desde que mamãe se casou novamente. Nunca foi um relacionamento típico de pai e filho. Ele não me ensinou a dirigir ou jogar uma bola. A única coisa que ele me ensinou foi como ler ações.

Eu realmente nunca gostei dele e, embora sua morte tenha sido um tanto inesperada, foi mais um fardo do que qualquer coisa.

A única coisa boa que saiu disso é que agora eu possuo cem por cento das Corporações Dovetail, tanto nos Estados Unidos quanto em Londres. Eu posso vendê-las, mantê-las, expandi-las ou vê-las queimar até o chão.

No entanto, a única coisa que eu quero fazer é lidar com Nicole.

Ela se senta na cadeira ao meu lado, mexendo em seus papéis.

— Em primeiro lugar, quero dizer que sinto muito por sua perda.

— Não se desculpe. Não há nada de triste nisso.

Seus lábios se abrem e ela acena com a cabeça.

— Ok, eu tenho um pai, e acho que você poderia dizer que eu estaria como você nesse momento, mas ainda sinto muito.

— Seu pai é um bastardo egoísta que partiu o coração da sua mãe e depois falava mal dela constantemente?

Não sei por que estou perguntando isso a ela, mas não posso deixar de querer saber mais. Nicole me intrigou desde o momento em que a conheci. A pequena fuga dela depois do jantar na outra noite só me deixou mais curioso.

— Na verdade, ele é. Meus pais se odeiam mais do que os seus jamais poderiam.

— Duvido, mas parece que nós temos muito em comum.

Ela sorri, mas abaixa a cabeça da maneira que uma professora faria ao agradar um aluno, ainda que em seu jogo.

— Certo.

— De qualquer forma, estou aqui no lugar dele.

— Então, você quer adiar a reunião? — Nicole pergunta.

Absolutamente não. Eu quero ficar aqui, forçá-la a ficar perto de mim, descobrir o que diabos a fez esfregar meu pau e depois fugir sem dizer uma palavra. Não, esta reunião está acontecendo agora.

— Isso não é uma opção. Estou voltando para Londres em alguns dias e a minha agenda não tem espaço para mais nada. A menos que você não esteja pronta...

Nicole se mexe em sua cadeira.

— Estou pronta. O projeto mudou?

— Honestamente, eu não sei. Martin tinha muitos negócios em jogo, então estou reunindo as informações esta semana antes de decidir o que fica e o que vai. Por que você não me diz o que entendeu desta reunião?

Ela me conta o que ele explicou. Não é uma má ideia e é muito semelhante ao que estou fazendo em Londres. O espaço imobiliário é limitado para mim e, para combater isso, estou subindo com meus prédios. Posso vender centenas de unidades de luxo em uma área desejável por muito mais dinheiro do que construir dez casas. É bastante interessante que meu pai estivesse adotando uma abordagem semelhante aqui.

— Eu não quero perder nosso tempo, Cal... — Ela se conteve. — Senhor?

— Huxley.

— Mas você disse…

— Eu peguei o sobrenome do meu padrasto. Ele foi meu pai em todos os sentidos.

Ela dá um pequeno sorriso.

— Eu entendo.

Sentindo-me um pouco desconfortável, que é sempre o que acontece quando falo do meu pai, mudo a reunião de volta para os projetos.

— Mostre-me outra maquete. Eu gostaria de ver o que mais você estava pensando.

Nós passamos pela reunião, mantendo o foco em sua visão para os condomínios de estilo industrial. Admito que sou muito mais tradicional em meus gostos de design, mas Nicole tem um olho muito bom. Além disso, ela é americana e sabe o que está vendendo aqui em comparação com o que é popular na Inglaterra.

— Você gosta deste?

É muito mais moderno do que eu teria escolhido.

— É um pouco… rígido.

Ela acena com a cabeça.

— Eu posso ver isso. É realmente mais masculino do que eu acho que atrairia o seu comprador médio. Tenho alguns outros.

Tento evitar que meus olhos desviem para o rosto dela, mas não consigo me conter. Ela é verdadeiramente uma das mulheres mais bonitas que já vi. Seus olhos são uma mistura de azul e verde, mudando sempre que a luz os atinge. Seu cabelo dourado está em cachos soltos, roçando seus seios. Não posso nem me permitir um momento de olhar para lá ou nunca vou passar por essa reunião sem a porra do meu pau ereto.

Já é ruim eu estar meio duro agora.

— Você gosta mais desse? — Nicole pergunta com a cabeça inclinada para o lado.

— Eu gosto muito desse.

Só que eu não estou falando dos desenhos.

Eu gosto dela e, embora nós quase não sabemos nada um do outro, sei que quero descobrir tudo o que existe. Sempre acreditei que as pessoas que dizem que sabiam que alguma coisa estava lá no minuto em que conhecem alguém estão mentindo. Pareceu bastante ridículo, mas aqui estou eu, pensando da mesma maneira.

— Boa. Eu posso ter…

— Você está contratada — eu digo, sem pensar.

— O quê?

Não há como voltar agora.

— Você está contratada.

Ela aperta os olhos um pouco.

— É, não tenho certeza se este será um bom projeto para a Dupree Designs.

— E por que não?

Há muito dinheiro neste projeto, assim como em futuros condomínios que eu pretendo construir, se der certo. Apesar de todas as coisas que Martin era, precipitado não estava na lista. Ele deve ter cheirado a dinheiro para aceitar esta reunião.

Nicole pigarreou e começou a organizar os papéis.

— Sabe, nunca é uma boa ideia as pessoas se envolverem quando há algum tipo de… o que quer que seja entre eles.

— O que há entre nós?

Ela bufa.

— Essa esquisitice.

— Não há nada de esquisito no que está acontecendo aqui. Eu gosto de você. Teria te levado de volta para o meu quarto, nós teríamos fodido até o sol raiar, e então estaríamos sentados aqui agora, conversando sobre projetos.

Ela ri.

— Sim, é aí que você está errado. Eu não estaria sentada aqui porque não durmo com clientes. Se eu soubesse que você era a minha reunião de hoje, nunca teria havido nenhum flerte no clube.

— Então é uma coisa boa você ter se acovardado — digo a ela com um sorriso malicioso.

— Como é? — Ela se levanta. — Eu não me acovardei! Eu estava no banheiro; quando saí, você tinha sumido.

Ela está falando besteiras. Eu a vi e sei que ela me viu. E então ela correu.

Eu me inclino para trás na cadeira.

— Se isso é o que você acredita ser verdade, então quem sou eu para argumentar?

— Isso mesmo. — Ela bate a pasta na mesa. — Você não é ninguém para argumentar sobre isso, porque eu sei o que aconteceu. Você fura comigo e depois me chama de covarde, por favor.

Absolutamente adorável, é isso que essa mulher é.

— Então quer dizer que se você soubesse que nós estaríamos sentados aqui hoje, não teria esfregado a mão no meu pau e depois fugido?

Os lábios de Nicole se franzem.

— Talvez eu tenha percebido que não valia a pena tocar no seu pau novamente. Se fosse um pouco maior…

Eu rio. Essa garota é diferente de todas as outras que eu já conheci. A maioria das mulheres ficaria horrorizada com a insinuação, mas ela realmente me insultou de volta.

— Nós dois sabemos que meu pau é grande o suficiente, querida. Eu vi seus olhos se arregalarem… e isso foi apenas uma semi.

Seus lábios se abrem e eu vejo sua respiração presa.

— Uau, muito vaidoso?

— De jeito nenhum. Só sei que você está mentindo sobre a outra noite, para mim e para você. Eu vi o jeito que estava olhando para mim a noite toda.

— Como se você fosse um idiota pomposo?

Eu me levanto, chego mais perto dela e corro meu dedo de seu ombro até seu pulso.

— Não, como se você quisesse saber como é ficar embaixo de mim a noite toda e, acredite em mim, eu queria saber a mesma coisa.

Seus olhos ardem de paixão. Eu posso sentir sua pulsação acelerada sob meus dedos. A sala parece menor, e então ela balança a cabeça e se levanta.

— E é por isso, Sr. Huxley, que a Dupree Designs não pode trabalhar com você.

— Então, isso significa que você pretende dormir comigo?

Ela puxa a mão para trás e me encara, brava.

— Nem mesmo remotamente é uma possibilidade.

Eu sorrio e aceno.

— Ótimo, então você começará na segunda-feira no meu projeto.

Eu tinha planejado terminar aqui, jogar fora os planos do meu pai e voltar para casa, mas isso é muito mais interessante.

Talvez passar algum tempo nos Estados Unidos seja exatamente o que eu preciso…

Capítulo 7

NICOLE

Por que esse homem faz o meu sangue ferver e não do jeito *estou tão puta da vida que quero dar um soco em você*? Por que eu não posso odiá-lo e não querer despi-lo e transar com ele até que ele não consiga mais andar?

Tem que ser o sotaque. É isso.

— Escuta — eu digo, me empurrando de volta para o modo profissional de dona do negócio. — Lamento muito o que eu acabei de dizer. Sei que o que quer que tenha acontecido no clube provavelmente te aborreceu, mas esta empresa significa tudo para mim e eu trabalho muito para continuar a crescer. Só tenho uma regra na vida: não misture negócios com prazer.

Callum expira e se afasta um pouco.

— É uma regra muito boa a seguir.

Ah, isso foi mais fácil do que eu pensei que seria.

— Obrigada.

— Como nós não misturamos nada, então você não deve ter problemas em aceitar esse trabalho — ele afirma.

— Bem…

— Sua única regra não foi quebrada — Callum me lembra.

— Sim, mas…

— E as anotações de meu pai eram claras de que você foi implacável em persegui-lo.

Eu tento falar novamente.

— Não foi exatamente como aconteceu…

— Que você ligou e ligou para obter esta reunião, e que estava disposta a encontrar com ele em qualquer lugar para provar que seus projetos eram superiores.

Jesus. Quem faz anotações assim? Sim, eu fui um pouco insistente, mas é porque esses condomínios são perfeitos e o estilo exato em que eu me encaixaria. Era para o seu próprio bem também.

— Ok, mas o que estou dizendo é…

Callum me interrompe novamente.

— Que você quer o trabalho.

Ok, esse cara está me irritando agora.

— Sr. Huxley, por favor, permita-me terminar a frase desta vez — peço. Ele move sua mão sobre os lábios como um zíper, e eu quase reviro os olhos ao ver como se parece fofo. É exatamente por isso que tenho que me afastar. Vou vender meu corpo antes de me colocar em uma situação ruim com um homem novamente, especialmente alguém capaz de me destruir completamente. — Obrigada. Eu queria este trabalho antes, mas, como disse, meu negócio está um pouco sobrecarregado nesse momento, e não posso assumir um projeto tão grande.

Eu disse isso e não vou voltar atrás, embora tenha quase certeza de que não tenho que vender meu corpo porque acabei de me foder muito bem.

Ele fica parado, com a mão por cima daqueles lábios carnudos que eu quero esmagar contra os meus, e não fala.

Eu espero.

E espero mais um pouco.

Até que ele finalmente se move.

— Entendi.

— Entendeu?

— Sim. — Callum acena. — Você precisa de mais dinheiro. Eu não deixei atraente o suficiente para você.

— Hummm, o quê?

Não foi isso que eu disse. Não é nada remotamente perto das palavras que saíram da minha boca.

— Seu lance original foi definitivamente baixo, o que me leva a pensar que era para trazer o velho aqui. Então, uma vez que você provasse que merecia o tempo dele, planejou fazer com que ele pagasse uma taxa de design razoável. — Callum começa a andar de um lado para o outro. — Brilhante realmente. Eu, por outro lado, não tenho tempo para jogar duro,

Nicole. Prefiro muito mais que nós sejamos simplesmente honestos um com o outro. Então, diga-me qual seria seu novo lance.

Nunca tive um cliente insistindo para trabalhar comigo tão arduamente. Não faz sentido. Tudo bem. Vou subir ridiculamente alto, um número que ninguém em sã consciência jamais pegaria, e então terminaremos com isso.

— Você não vai gostar do número que eu pensei — digo a ele com desafio.

— Me teste.

— Um milhão de dólares. — Eu jogo o número, sabendo que não há uma chance no inferno de chegarmos perto disso.

— Você tem razão. — Callum suspira. — Esse número não é o que eu tinha em mente.

Ah! Graças a Deus. Agora posso me repreender enquanto me mudo para uma caixa de papelão, ou pior… para a casa da minha mãe.

— Isso é o que eu sinto que valho. Sinto muito.

Realmente, eu deveria estar me desculpando. Às vezes, ser teimosa — o que estou sendo neste momento — é uma maldição. Sou uma idiota completa, não estou agindo nem um pouco pensando no melhor da minha empresa. Estou sendo uma imbecil e abandonando um trabalho porque esse homem estúpido me assusta.

Ele é exatamente como Andy.

Deus, só de pensar no nome dele me dá vontade de cair no chão e chorar.

Eu não choro, porra.

Chorar te enfraquece, e eu não sou fraca agora, nem serei novamente.

O sorriso dele faz coisas no meu estômago. A maneira como seus olhos se enrugam no canto quando ele está pensando — como agora.

— Você me deu um golpe baixo de novo — Callum rebate. — É por isso que não é o que eu tinha em mente.

Golpe baixo nele? Ele está bêbado? Esse não foi um golpe baixo. Não tem como alguém em sã consciência aceitar isso.

— O quê?

— Eu não sou um homem que gosta de jogos. — Ele se aproxima. — Prefiro que você entre com a sua melhor oferta, em vez de ir e vir, você não? — Callum não me dá tempo para responder. Ele simplesmente começa a falar de novo. — Acho importante que as empresas tenham uma espécie de confiança. Se você vier com um valor baixo e eu aceitar, isso cria essa animosidade, como se o seu trabalho não fosse valorizado. Eu prefiro que nós nunca tenhamos esse problema, especialmente porque está claro que nós dois temos sentimentos bastante fortes um pelo outro. Então, eu vou escrever o número e, em seguida, vejo você na segunda-feira.

Estou começando a me perguntar se ele tem problemas de audição. Eu não vou aceitar o maldito trabalho, então segunda-feira não vai acontecer. E eu me recuso a me deixar ter sentimentos por ele, e é por isso que estou me afastando.

— Sr. Huxley...

— Callum. Eu acredito que nós dois ganhamos o direito aos primeiros nomes, uma vez que você já colocou a mão no meu pau, não concorda?

— Claro, mas você não está me escutando — eu explico.

Sem responder, ele começa a escrever algo em um pedaço de papel. O que há de errado com os homens? Eles acham que esse comportamento dominante maluco é atraente? Quero dizer... meio que é, mas ainda assim.

— Eu ouvi cada palavra. Simplesmente não aceito os seus termos — ele fala, e então me entrega o pedaço de papel dobrado, toca minha bochecha e sai da sala.

Por não ter ideia do que diabos aconteceu, eu me jogo no assento e desdobro o papel.

Quando vejo o número escrito, quase caio da cadeira. Este homem vai conseguir exatamente o que ele deseja.

— Três milhões de dólares! — Kristin grita e depois joga um travesseiro em mim. — Você está brincando?

Esvazio outra taça de vinho e encho essa bebê toda de novo.

— Não, não estou brincando. O que diabos eu faço?

— Você pega aquele dinheiro e projeta para ele os melhores apartamentos que Tampa já viu!

Por que tinha que ser ele? Por que ele não pôde voltar para Londres para que eu pudesse continuar com a minha vida? Já se passou uma semana desde que fiz sexo. Uma semana! Isso não acontece comigo. Eu gosto de sexo. Não, deleta, eu amo sexo, e desde que conheci Callum, não consigo nem me obrigar a ligar para um dos meus contatos.

Ele me quebrou.

O idiota estúpido quebrou minha vagina sem nem mesmo tocá-la.

— Você não entende — eu digo a Kris.

— Claramente, não.

É melhor contar tudo a ela.

— Ele é o cara de quem eu fugi.

Ela coloca a taça na mesa e me encara.

— Você quer dizer aquele de quem você fez o *Heathergate*?

Eu concordo.

— Bem, isso explica por que você não está dançando por aí e age como se três *milhões* de dólares fosse uma coisa ruim. — Kristin se inclina para trás.

— Vamos ser honestas por um segundo. — Eu suspiro. — Eu sou boa no que faço, mas não valho três milhões de dólares. Isso é algum tipo de armadilha.

— Talvez o trabalho valha esse valor — ela sugere.

— É um monte de trabalho. Quer dizer, muito. Ele quer quinze designs diferentes e que eu supervisione todos os detalhes de cada unidade enquanto elas estão sendo construídas. Elas são totalmente personalizáveis e ele quer ter certeza de que estou envolvida em todos os níveis. Eu vou basicamente projetar cada loft para cada cliente. Não vou ter tempo para nenhum outro trabalho, mas não ganho três milhões de dólares! Eu me pergunto se isso é uma armadilha sexual...

— Aham, é totalmente uma armadilha sexual — ela diz, sarcasticamente.

— Bem, não há outra explicação!

Isso não faz sentido. Se eu fosse qualquer outro designer, ele pagaria isso?

Não. Não, ele não pagaria.

— Ok, vamos voltar porque sinto que estou perdendo alguma coisa aqui — Kristin dispara rapidamente. — O que aconteceu naquela noite que você não está me contando?

A melhor parte sobre as minhas três melhores amigas é que cada uma delas preenche um vazio. Acho que nós fazemos o mesmo em todos os aspectos, umas para as outras. Kristin e eu nunca fomos realmente próximas quando crianças, não até que ela me encontrou no chão, desesperada para parar a dor, que começamos a nos apoiar uma na outra. Ela veio até minha casa na noite em que eu perdi o único homem que já amei. Não foi bonito, mas ela não me julgou ou me fez sentir pior sobre a minha vida. Ela segurou a minha mão após o resultado. Em todos os anos antes disso, ela nunca me viu chorar.

Tenho certeza de que ela estava apavorada.

— Ele me lembra o Andy. Ele é sexy, suave, engraçado, e a única diferença é que ele tem um sotaque britânico que me faz querer fazer coisas indizíveis. Eu ansiava por estar perto dele. Era como se o meu corpo estivesse sendo puxado em direção ao dele e eu não pudesse evitar. Ele olhou para mim como se não conseguisse se conter também. Era exatamente assim para mim antes, e veja como aquilo correu bem.

Kristin balança a cabeça para os lados.

— Andy era um babaca. Ele te machucou porque ele era um mentiroso.

— Eu confiei em mim mesma!

— Ok, mas isso não significa que você vai estar enganada de novo. — Ela tenta me confortar. Ela é péssima em confortar as pessoas. — Você está trabalhando para esse cara, não está se apaixonando por ele, certo?

— Sim.

Pelo menos esse é o plano.

— Mas você está com medo? — pergunta.

Eu não tenho medo de homens. Fico com raiva ou excitada, mas medo não é realmente a minha praia. Sou confiante e, quando coloco minha mente em algo, eu realizo. O que me assusta é que eu estava fugindo do clube quando deveria ter passado direto por ele, entrado no carro e partido. Isso é o que me deixa me borrando de medo.

— Eu não quero me envolver — digo a ela.

— Então não faça isso.

— Eu não planejava me envolver com Andy.

Kristin se inclina para trás.

— Eu entendo, mas você não tinha ideia de que ele era casado, Nicole. Ele mentiu para você, te enganou e te fez pensar que vocês estavam planejando uma vida juntos e não apenas no escritório dele. Além disso, não é realmente justo usar um relacionamento de quinze anos atrás como a sua referência para todos os homens.

— Tanto faz.

Kristin bufa.

— Você é ridícula.

— Talvez eu seja.

— Sabe, nem todo cara é igual...

Acontece que eu pensei que havia alguma coisa errada com cerca de quatro meses de relacionamento. Ele nunca quis conhecer minhas amigas, minha família, nem mesmo me deixar contar às pessoas sobre nós. Tive que manter o nosso relacionamento em segredo, me escondendo, porque ele era um empresário importante e estar solteiro fazia parte de seu discurso de vendas. Na época, aceitei isso porque parecia um tanto plausível. Quanto mais tempo o relacionamento durava, menos aquelas desculpas faziam sentido. Eu não conseguia explicar, mas minha intuição disparava a cada passo.

Ele era perfeito demais. Tudo sempre funcionou exatamente como deveria, e isso me fez desconfiar do nosso relacionamento. Eu não sabia que ele era casado e que sua esposa estava grávida até o término. Mas se eu tivesse confiado no meu instinto, teria cavado mais fundo e evitado muita dor de cabeça.

Levei muito tempo para enxergar o meu fracasso, para realmente explorar os meus medos, porque já sabia a resposta — eu não queria saber a verdade.

— Bem, eu estava realmente errada naquela época...

Ela suspira.

— Sim, mas isso não significa que você está errada *agora*. Você não é mais a mesma garota. Você era jovem e ele se aproveitou disso.

— Ser jovem não é desculpa. Eu sou a culpada aqui. Deveria ter pressionado por respostas. Eu não era jovem, eu era burra.

— Então, um homem, que era dez anos mais velho que você, diz tudo o que você quer ouvir e te dá uma oportunidade dos sonhos que vai te ajudar financeiramente e em sua carreira, brinca com as suas emoções, faz com que você confie nele, fode sua cabeça e está certo?

Claro que não está certo. Eu nunca disse que não fui vítima, mas ela está perdendo o ponto.

— Eu desempenhei um papel nisso, Kris. Quando seu marido transou por aí pelas suas costas, você não culpou a mulher?

Ela balança a cabeça.

— Isso não é nem remotamente o mesmo. Jillian sabia que Scott era casado e tinha dois filhos. Ela foi uma participante ativa nesse caso. Inferno, ela planejou suas pequenas viagens de fim de semana para transar, me ligou para dizer que ele estava fora da cidade e então pegou um voo. Ela tentou ser minha amiga e, o tempo todo, estava transando com o meu marido.

Você o deixou no minuto em que descobriu tudo.

— Nós vamos ter que concordar em discordar — eu digo a ela, colocando minha cabeça para trás contra o sofá.

Eu amava Andy mais do que tudo. Sim, eu tinha vinte e três anos e era ingênua, mas era inteligente o suficiente para desconfiar. Muitas vezes, nós culpamos as coisas por sermos muito jovens para entender, mas isso não significa que a esposa de Andy não tenha ficado devastada. Ela teve que descobrir que alguma loira com peitos grandes estava fodendo seu marido. Ele iria deixá-la, e eu era o porquê.

Eu.

Eu era uma destruidora de lares e me odiava desde então.

— Vou te perguntar uma coisa… — Kristin avisa.

— Você não deveria perguntar a alguém se pode fazer uma pergunta, em vez de dizer a eles que o fará?

— Claro, se eu me importasse com os seus limites.

Reviro os olhos.

— Ótimo.

— Ah, por favor! — Ela ri. — Você é a última pessoa a falar. Enfim, minha pergunta é a seguinte: você acha que merece amor e felicidade? Não estou dizendo com seus amigos ou trabalho, mas um relacionamento real. Um homem que vai te amar, te honrar e te dar uma vida baseada na confiança?

Eu não respondo a ela. Não porque não sei qual seria a minha resposta, mas porque isso nos lançará em outra briga de três horas para a qual não tenho energia. Eu não sei o que mereço, mas às vezes me pergunto se nunca encontrar um homem que seja digno faz parte da minha punição.

Em vez disso, solto uma respiração profunda e sorrio.

— Acho que tenho a vida que desejo e, por enquanto, isso é tudo o que eu preciso.

Os olhos de Kristin se estreitam, provavelmente sabendo que há algum significado oculto nas minhas palavras.

— Bem, eu acho que você está errada, Nicole. Acho que você quer mais, porém você simplesmente não quer desejar isso. No entanto, para responder à minha própria pergunta, não há ninguém neste mundo que mereça ser mais amada do que você, minha linda amiga. Ninguém.

Se eu, pelo menos, acreditasse nela, talvez pudesse me perdoar e aprender a deixar alguém entrar.

Capítulo 8

NICOLE

Ok, fique calma, ele é apenas um homem.

Um homem sexy, alto e bonito com uma voz que faz coisas estranhas com as minhas partes femininas, mas tanto faz.

Isso é negócio. É uma transação simples entre a Corporações Dovetail e a Dupree Designs. Significa: sem sexo, sem flerte, sem sonhar em arrancar as roupas dele e montar seu pau como uma vaqueira em seu garanhão. Todos esses desejos e essas ideias estavam no pré-contrato.

Eu tenho três milhões de razões para fazer isso funcionar.

— Nicole, o Sr. Huxley está aqui — Kim diz pelo interfone.

— Por favor, mande-o entrar.

Consigo pronunciar as palavras sem parecer completamente sem fôlego. Estou interpretando isso como um progresso.

Fico de pé porque ficar sentada parece dar a ele uma vantagem, e preciso de todo o poder que posso agarrar antes que Callum entre e roube tudo para si mesmo. A presença dele é como erva de gato para meninas como eu. Eu realmente não acho que tenho "problemas com o papai", por si só. É mais como se homens poderosos me fizessem sentir bem. Quando meu pai entrava em uma sala, as pessoas notavam. Havia algo atraente sobre isso. Observar outras pessoas pararem e olharem fixamente, imaginando, desejando e alcançando.

Alguns segundos depois, Callum entra. Meu coração começa a acelerar quando o vejo. Seus ombros largos, olhos azuis profundos e cabelo castanho-claro são ainda mais sexys do que eu me lembrava. E seu relógio. Deus, a porra do relógio dele. Como um homem faz um relógio parecer tão bom? Ele o toca como se pudesse ler minha mente, ajustando a parte superior, uma parte superior muito grande que ainda parece um pouco pequena em seu braço. Como diabos isso é possível, eu nunca vou saber, mas não me impede de tentar descobrir. Tudo que fiz nos últimos três dias foi sonhar com ele.

De maneiras muito impertinentes.

Agora ele está na minha frente e eu estou subitamente com muito calor.

— Nicole — ele fala com cordialidade ao se mover para frente.

— Callum. — Limpo minha garganta e caminho em direção a ele. — É ótimo ver você.

Seus olhos brilham à luz do sol, e quando nós estamos perto, eu estendo a mão. Ele a pega, me puxa para mais perto e dá um beijo na minha bochecha, o que não é nem de perto o que eu esperava.

Estou tão surpreendida que não me preparo para não inalar sua colônia. Eu não penso em me proteger, para que eu não vá praticamente colidir contra seu peito sólido. Não, eu vou de cara para ele, quase tombando nos meus saltos de dez centímetros.

Seus braços me envolvem, me impedindo de cair.

Eu esqueço, porque sou uma simples mulher, que não deveria olhar para ele. Não deveria ficar aqui, em seus braços, respirando o cheiro almiscarado que o rodeia, mas aqui estou eu, fazendo exatamente isso.

— Você está bem?

O som de sua voz me tira do meu torpor.

— Sim, obrigada. — Empurro seu peito e me endireito. — Desculpe, eu não estava esperando por isso.

Ele sorri.

— Acho que nós dois ficamos um pouco fora de jogo com os eventos recentes.

Dá para se dizer isso de novo.

— Bem, eu agradeço por você ter aceitado a reunião de hoje. Eu sei que está voltando para Londres em breve.

Ele concorda.

— Sim, está previsto para eu partir amanhã cedo, mas posso me atrasar mais dois dias. Ainda não decidi.

O oceano que haveria entre nós é um dos motivos pelos quais eu concordei com esse negócio. Já que é meio difícil foder alguém quando não se está no mesmo continente, eu estaria segura.

— Depois de muita consideração, eu gostaria de assumir o projeto. Acho que com os meus designs e os planos que seu pai tinha em vigor, nós vamos trabalhar muito bem juntos. Com sorte, haverá muitas ótimas oportunidades de colaboração no futuro.

Kristin trouxe muitos pontos importantes sobre a diferença entre Andy e Callum, porém o mais importante tinha sido eu. Eu estou no controle aqui. Meu coração não corre perigo, a menos que eu permita. No final do dia, negócios são negócios, e eu me odiaria por me afastar por causa de um cara que eu nem sequer conheço.

Então, pelo bem da empresa que passei a minha vida construindo, não vou deixar isso passar. Eu renovei meu senso de determinação. Estou de cabeça fria. E de jeito nenhum vou acabar na horizontal com Callum. Vertical é a única opção.

Mas sempre há sexo na parede.

Não. Nem mesmo isso.

Callum sorri para mim como se pudesse ler minha mente.

— Estou feliz por você ter voltado para mim.

— Em relação ao projeto — esclareço qualquer confusão sobre com o que estou concordando.

Ele encolhe os ombros.

— Por enquanto.

— Para sempre.

— Eu gostaria de discutir os detalhes um pouco mais a fundo — Callum diz, se sentando.

Pego o meu próprio assento, grata por minha mesa ser muito grande, o que coloca um espaço adicional entre nós.

— Ok.

— Durante o jantar.

Bem, deveria ter esperado por essa.

— Por que não discutir agora?

Callum se inclina para trás, estalando o pescoço, seus olhos grudados em mim.

— Porque eu realmente não conheço muitas pessoas aqui além do Ted, e nós dois sabemos que ele é um trouxa.

Eu solto uma risada curta.

— E cheira a cebola.

— Isso também — Callum concorda. — Dito isso, eu gostaria de ter um jantar, revisar os detalhes e colocar algumas coisas no papel. Presumo que você realmente entretenha clientes de vez em quando?

— Eu entretenho. — Essa é uma péssima ideia, mas, novamente, vou tratar isso como faria com qualquer outro cliente que eu teria. A realidade é que ele está me pagando a porra de uma montanha de dinheiro. Se ele quiser jantar, então eu preciso encontrar uma maneira de passar por isso sem tirar a minha calcinha. — Jantar esta noite seria possível. Infelizmente, eu vou cuidar da minha sobrinha amanhã, então essa é minha única disponibilidade.

Ele sorri.

— Esta noite seria ótimo. Eu gostaria de voltar para Londres sabendo que, pelo menos, nós estamos no caminho certo.

— Concordo.

— Você não tem nenhum outro cliente com quem precise trabalhar?

Tenho outros pequenos projetos, mas ele não precisa saber disso.

— Estou comprometida com este projeto, Callum. Garanto a você que posso lidar com isso.

Seus dedos estão entrelaçados na frente dele, e ele acena com a cabeça em concordância.

— É bom saber. Considerando a quantia bastante grande de dinheiro, estou apenas garantindo que seu tempo esteja disponível.

— Estamos bem.

— Sabe, parte do que me torna um bom empresário é ser capaz de ler as pessoas. Tive um pressentimento sobre você no minuto em que nos conhecemos. Eu entendo agora o que meu pai viu em você porque também vejo. — A voz dele é profunda e rouca. — Acredito que este é um ótimo começo para nós.

O elogio me invade.

— Eu não vou deixar você ou seu falecido pai na mão.

Callum se levanta.

— Eu não pensei que você fosse.

Dou a volta na mesa e sua mão toca a parte inferior das minhas costas quando chegamos à minha porta. É um gesto que muitos homens fazem, mas há algo em seu toque que parece diferente. Eu empurro para baixo, focando em não cair em seus braços novamente.

— Obrigada. Vou pedir à minha secretária que envie a você os detalhes do jantar esta noite.

Ele sorri.

— Estou ansioso por isso.

Assim como antes, ele se inclina para frente, só que desta vez estou um pouco mais preparada. Seus lábios tocam a minha bochecha, permanecendo um segundo após o que é considerado amigável, seu nariz roça a pele e eu juro que minhas pernas ficam fracas, mas fico de pé.

Engulo o desejo de envolver meus braços em volta dele e beijá-lo pra caralho.

— Esta noite, então.

Sua voz está mais rouca do que um momento atrás.

— Esta noite.

Ele sai da sala e eu me jogo no sofá com o braço sobre o rosto. Eu estou em tantos malditos problemas.

— O que você vai vestir para este jantar? — Heather pergunta na chamada de vídeo.

— Um daqueles vestidos havaianos largos, o muumuu? — Eu bufo e jogo outra camisa na cama.

— Como se você tivesse um desses!

— Cale a boca.

Ela ri e depois aponta.

— Ah, use o vestido vermelho!

— Eu quero que ele *não* queira fazer sexo comigo, Heather! Que ele não foda meus miolos contra o carro.

Sério, como ela está ajudando? Isso é o que acontece quando sua melhor amiga foge para assistir a outro filme do marido. Estou feliz por Eli, mas ela *tem* que ir com ele todas as malditas vezes? Ele não sabe que ela tem amigas que são carentes pra caralho e que precisam de atenção? Maridos egoístas, todos eles.

— Boa sorte com isso. Eu sou hetero e pegaria você.

— Awww. — Eu sorrio para a câmera. — Adoro quando você fala sujo comigo. Mas você é uma puritana, então nunca seguiria realmente em frente. Eu, por outro lado, pelo menos ficaria com você. Gosto mais de dois homens, mas eu poderia abrir uma exceção se você estiver realmente interessada.

Ela ri.

— Não, estou bem.

— Tem certeza disso?

Heather balança a cabeça.

— Só estou dizendo que eu te ajudaria.

— Isso é porque você é uma aberração.

Eu sorrio.

— Amém.

Não tenho vergonha. Eu gosto de sexo. Não há nada de errado nisso. Faço com segurança, sempre me assegurando do que me rodeia e conheço meus limites.

— Falando nisso, tem algum novo encontro que você está se segurando em nos contar?

Pego o telefone, caio de volta na minha cama e franzo a testa.

— Não. Desde que conheci o Sr. Fodão e o seu sotaque, não tive nenhum. Acho que estou doente, sabe? Como uma daquelas doenças que fazem sua vagina secar. Acho que é terminal.

— Morte por falta de sexo?

— Sim! É isso. Eu preciso de uma boa foda para que eu possa parar de pensar nele e em seu pau.

Heather revira os olhos.

— Tenho quase certeza de que não vai funcionar.

— Quase certeza e certeza são duas coisas diferentes — informo a ela.

Eu acho que vai funcionar? Não. Tenho *quase certeza* de que estarei sonhando com o pau de Callum até experimentá-lo, o que significa que estarei sonhando com isso para sempre.

Por que quando você sabe que não pode ter alguma coisa, você quer mais? Não é justo que agora ele seja meu cliente. Eu deveria ter dormido com ele no clube. Então eu não estaria imaginando como seria. Talvez ele fosse horrível. Então eu poderia ser toda: *não, obrigada, dei um passeio e nunca mais quero fazer isso de novo*, em vez de ficar na fila, esperando que ela se mova.

— Bem, você não pode fazer isso e você sabe por quê.

Mais uma vez, ela é super prestativa.

— Estou ciente disso.

— Embora... — Heather suspira. — Você fez essa regra boba. Não é como se não pudesse quebrá-la.

— Eu tenho meus motivos.

Heather sabe do Andy e o básico do básico do que aconteceu. Ela não sabe que ele era casado ou que eu estava a uma semana de comprar uma casa para ele e para mim. Não sabe que descobri que estava grávida uma semana antes de descobrir sobre a esposa dele. Não sabe que perdi aquele bebê ou que Andy me disse que resolveria as coisas com ela porque era a "coisa certa".

Minhas amigas nunca me julgariam. Sei que elas o veriam como o vilão dessa história, mas a verdade é que sou eu quem me julga. Eu era a razão pela qual aquela mulher se perguntava onde ele estava à noite. Eu estava fazendo amor com um homem que não me pertencia.

Quando descobri que estava grávida, tive vontade de morrer.

Fiquei horrorizada ao descobrir que sua esposa também estava grávida.

Transtornada ao pensar que ele estava dormindo com nós duas.

Apavorada de que todo o meu sustento fosse afetado por causa de um homem.

Não é uma regra boba para mim.

É a única maneira de sobreviver.

— Ok, tanto faz. Não estou dizendo que é uma boa ideia dormir com seus clientes normalmente, mas claramente, há algo aqui, não?

— Tudo que está claro é o contrato com três milhões de razões para não transar com ele. Então, eu vou manter isso em mente: me vestir como uma freira, tentar suavizar minha gostosura, como se isso sequer fosse possível, e sobreviver ao jantar sem tocar em seu material novamente.

— Novamente? — ela grita e quase deixa cair o telefone. — Espera, novamente?

Eu gemo. Eu e minha boca grande.

— Sim, eu já toquei nele uma vez. No clube, eu estava sendo… eu… e eu dei uma esbarrada, esfreguei um pouco.

— Sério, eu não entendo você. Você conheceu o cara uma vez e conseguiu agarrar o pau dele?

— Ela fez o quê? — Escuto Eli ao fundo.

Sim, vamos deixá-lo entrar no assunto também. . .

— Eu toquei no pau do homem, Eli. Estava sentada ao lado dele e ele cheirava bem, então passei minha mão sobre ele. Aí eu corri como a Heather fez depois que te fodeu pela primeira vez. Feliz? Eu sou tão idiota quanto ela é — eu anuncio.

Ele entra no campo de visão da câmera.

— Aposto que ele realmente gosta de você agora. — Eli ri.

— Por quê? Porque eu sou uma idiota?

— Não. — Ele balança a cabeça. — Você é uma provocadora. Não há nada que um cara goste mais do que um desafio. Você lançou o desafio, esteja pronta para os jogos, querida.

— O que há de errado com todo o sexo masculino? Vocês são todos imbecis? — pergunto retoricamente.

— Basicamente.

Heather balança a cabeça com um sorriso.

— Aposto cinquenta dólares que você vai acabar deitada de costas esta noite — ele desafia.

Eu estreito meus olhos para ele.

— Eu deveria ter sido homem, Eli Walsh, porque também gosto de um desafio. Estou prestes a receber cinquenta dólares e ver você perder para uma garota. O jogo começou.

Isso vai ser como tirar doce de um bebê.

Capítulo 9

CALLUM

— Lide com isso, Milo — eu gemo ao telefone para o meu irmão.

Existem dois projetos em Londres que requerem atenção especial. Meu irmão deveria ser o meu braço direito e cuidar deles para mim — não é. Em vez disso, ele decidiu que precisava de umas férias porque a nova modelo que ele está namorando queria viajar.

Eu vou matar o idiota.

— Estou fazendo o meu melhor. Você foi embora numa hora de merda — ele fala, e eu escuto a mulher rir ao fundo.

Já estou de saco cheio dele. Entendo que ele esteja irritado comigo por qualquer porcaria de motivo, mas isso é ridículo. Não sei como posso confiar nele para fazer as coisas quando ele está metendo o pé por qualquer capricho que tenha.

— Não, meu pai morreu. Caramba, eu não tive escolha. Você quer ter mais responsabilidade na empresa? Então conquiste-a! — eu grito e desligo o telefone.

Fecho os olhos, esfregando minhas têmporas antes de precisar ser encantador com Nicole. Não sei qual é o meu objetivo além de ficar perto dela por um pouco mais de tempo. Não há nenhuma conversa real relacionada ao trabalho que nós precisamos ter — eu só preciso tê-la.

Ainda estou esfregando minhas têmporas quando meu telefone toca novamente, e não faço uma pausa antes de aceitar a chamada.

— Olá, Cal. — A voz calorosa da minha mãe me faz sentir melhor.

Não sei o que é sobre a minha mãe, mas apenas o som da voz dela me permite me acalmar. Ela sempre foi desse jeito, e eu gostaria de pensar que minha personalidade vem dela. Não consigo me lembrar de uma época em que ela ficou zangada e perdeu a paciência. Sempre foi ela quem se manteve controlada durante os momentos em que Milo e eu estávamos nos comportando mal.

— Oi, mãe.

— Como está a América? — Não há como confundir o desdém em sua voz. Minha mãe amou a América uma vez. Ela teria "atravessado a poça" em um piscar de olhos, mas o meu pai sozinho solidificou o motivo pelo qual ela nunca mais virá aqui, nem mesmo agora que ele está morto.

— Está quente pra caramba. Voltarei para casa em alguns dias.

— Qual é o atraso? — pergunta.

Uma linda loira que conquistou meu coração. No entanto, eu não digo isso, porque ela vai me repreender implacavelmente. Mamãe não é fã de nenhum tipo de romance com americanos. Ela aprendeu essa lição.

— Estou apenas amarrando algumas pontas soltas. Agora que eu tenho controle total da empresa americana, preciso garantir que as coisas estejam em ordem para não ficar voando de um lado para outro.

Ela fica quieta por alguns momentos.

— E você cuidou das coisas com os bens do seu pai?

— Sim. Está tudo resolvido sobre ele agora.

Quer dizer, tudo enterrado.

— Bem, tenho certeza de que você fez um bom trabalho por ele, mesmo que ele não tenha feito muito por você.

Ele não fez isso, mas não vou concordar com ela nem defendê-lo. Ele também não merece, e ela realmente não vai ouvir de qualquer maneira.

— Sinto muito — digo a ela.

— Não sinta. Eu tive um marido maravilhoso. Seu pai era um homem maravilhoso.

— Sim, ele era.

Eu tive um progenitor e um pai. Tive a sorte de ter o pai de Milo como meu padrasto enquanto crescia. Ele nunca me tratou diferente. Ele me amava como se eu fosse seu filho biológico e sempre esteve lá, não importa o quê.

Meu pai de sangue fazia um cheque a cada mês e visitas obrigatórias. Na maioria das vezes, eu o seguia como um cachorrinho, aprendendo como ser um empresário.

— Eu tenho que ir, mas ligo para você antes de voltar.

— Ok, querido. Tenha cuidado aí. Não se apaixone e deixe de voltar para casa, promete?

— Eu não vou, mãe — digo com uma risada.

Ela não disse nada sobre se divertir, no entanto…

— Por aqui. — A anfitriã acompanha Nicole e eu até uma mesa nos fundos.

Meu Deus, ela é linda pra caralho.

Isso é tudo que consigo pensar ao vê-la caminhar na minha frente. Ela está usando um vestido roxo profundo cortado na altura dos joelhos. Eu não sei se ela está tentando não ser sexy, mas não há nenhuma chance no inferno de que ela não seja.

Seu cabelo está em um rabo de cavalo frouxo com mechas caindo ao redor de seu rosto. Seus olhos estão com uma maquiagem simples, mas isso só me permite ver seus olhos azuis-claros ainda melhor. Ela é de tirar o fôlego.

Nós chegamos à mesa e ela se senta reta em sua cadeira.

— Este lugar está bom?

Concordo com a cabeça.

— Está ótimo.

Ela sorri, e quero garantir que esse sorriso fique lá a noite toda.

— Você vem aqui com frequência?

— Na verdade, não. Normalmente eu trabalho até tarde e este lugar está sempre lotado, mas o marido da minha melhor amiga conhece o proprietário.

— Isso deve ser um bom privilégio?

Nicole balança a cabeça para a frente e para trás.

— Bem, eu normalmente não peço ao Eli para mexer os pauzinhos, mas achei que este seria um ótimo lugar para o nosso jantar.

Eu sorrio e me inclino para trás.

— Você queria me impressionar?

— Eu queria ter certeza de que você notou que sou *profissional* e que valorizo o relacionamento *comercial* que nós estabelecemos. — Nicole pega seu copo d'água e dá um gole.

Em vez de pular imediatamente para responder, eu a deixo esperar um pouco. Não importa o que ela diga, existe algo entre nós. Nós dois sabemos disso, e só está ficando mais forte. Quanto mais estou perto dela, mais quero ficar.

Depois que ela coloca o copo na mesa, eu movo minha mão.

— Parceiros de negócios podem ser amigos.

— Claro, mas não estamos falando sobre nós.

— Não estamos?

Ela suspira.

— Callum, por favor, não torne isso difícil. Eu quero trabalhar com você. Adoraria ser sua amiga, mas nós não podemos ir além, ok?

Eu mostrei o meu jogo muito cedo. Agora tenho que recuar. Levanto as mãos no ar com um sorriso.

— Trégua?

Os lábios vermelhos de Nicole se transformam em um sorriso.

— Trégua.

— Prometo que não vou falar outra palavra inadequada. Se eu fizer isso, você pode jogar a água do seu copo na minha cara. É um pouco dramático, mas tenho certeza de que vai fazer você sorrir.

— Eu nunca faria isso. Bem, eu totalmente faria, mas não antes de você ter visto os projetos e me enviado metade do dinheiro. — Ela ri como se estivesse brincando, embora eu não tenha certeza de que ela está.

— Então acho que não devemos arriscar — digo, vendo o garçom se aproximar.

Nicole e eu pedimos uma garrafa de vinho, algumas entradas e nossos jantares. Amo que ela não tenha medo de comer. Ela pega um bife em vez da comida de coelho que a maioria das mulheres pede nos restaurantes. Deus sabe que a minha ex pedia. Ela sentia que comer na minha frente a tornaria menos atraente. Oito anos depois, eu descobri que era a personalidade dela que era feia.

— Então, você sempre teve uma participação na Dovetail? — Nicole pergunta, passando o dedo ao longo da borda de sua taça de vinho.

— De certa forma. Meu pai só foi generoso depois que percebeu que eu não era um idiota. Depois de ver que eu era bastante habilidoso quando se tratava de negócios, ele me deu um papel maior. Então decidiu que queria um escritório em Londres, e nós construímos um.

— Uau. — Ela se recosta na cadeira. — Isso é impressionante.

— Sim, bem, eu queria fazer meu próprio nome no Reino Unido, então coloquei a maior parte do dinheiro inicial, o resto foi um investimento do meu pai. Ele era um parceiro silencioso e, após o primeiro ano sendo lucrativo, eu comprei a parte dele completamente.

Seu nome não tinha peso lá, e o meu sobrenome, Huxley, tinha. Martin forneceu os fundos para ajudar no início, porque concordei em usar Dovetail como o nome da empresa. Foi puramente uma transação financeira para mim, independente de ele acreditar que era algo para homenageá-lo.

Ele era um bastardo arrogante. Ele odiava totalmente que eu tivesse tomado Huxley como o meu sobrenome quando era menino. Eu tinha oito anos, e queria ser como o meu padrasto, então perguntei a minha mãe, e ela de alguma forma convenceu Martin.

— Eu entendo, provavelmente mais do que você imagina — Nicole fala, com um suspiro.

— Mesmo?

Ela acena com a cabeça.

— Meu pai é importante por aqui. Ele é cheio da grana e casado com uma garota quase da minha idade. Você sabe… o típico caso de "velho com dinheiro". Ele se ofereceu para pagar basicamente por todo o meu negócio, se isso significasse que poderia lucrar com isso, mas eu disse não. Construí a Dupree Designs completamente sozinha.

— E agora é a minha vez de ficar impressionado.

— Dificilmente. Você é muito mais bem-sucedido do que eu.

Eu não vejo dessa forma. Ela teve que trabalhar muito mais do que eu.

— Eu tinha muitas portas abertas para mim. Meu irmão e eu trabalhamos incansavelmente no início para nos estabelecer. Para ser honesto, tivemos sorte na maioria das vezes.

— Como assim? — pergunta.

— Milo encontrou uma propriedade que parecia boa demais para ser verdade. Ele e eu pegamos o pouco dinheiro que tínhamos e arriscamos. Felizmente, valeu a pena. Ganhamos muito dinheiro com aquele terreno. O suficiente para comprar a parte do meu pai e nos estabelecer como uma empresa de investimento imobiliário de primeira linha em Londres.

— E agora você está aqui… — diz, com um sorriso.

— Aqui estamos…

Seus olhos azuis são suaves quando ela olha para mim.

— Acho que estamos.

Alguma coisa se agita profundamente no meu intestino, me fazendo desejá-la mais do que eu desejava antes. Ela parece desprotegida e ainda mais bonita, se isso for possível. Quero tocá-la e sentir sua pele macia sob a minha, mas não posso.

Levanto meu copo, e ela faz o mesmo. Manter minha promessa esta noite vai ser muito difícil.

Capítulo 10

NICOLE

Eu estou totalmente indo mal em toda essa coisa de não arrancar as roupas dele no meu jogo mental. Desde que me pegou, pensei em cerca de trinta maneiras diferentes de fazer sexo com ele. Não é justo que o único homem que eu pareço querer seja o único que eu não posso ter.

Regras sexuais estúpidas.

— Conte-me sobre o seu irmão — digo e, em seguida, dou uma mordida no meu bife.

— Ele é um idiota do caralho.

— Bem, não se segure.

Callum sorri.

— Desculpe, eu briguei um pouco com ele antes do jantar. Ele é brilhante quando quer trabalhar, o que parece ser muito pouco ultimamente. Nós crescemos na mesma casa, mas vivíamos vidas muito diferentes. Eu esperava que ele tivesse mudado no ano passado quando eu o promovi, mas isso pareceu apenas torná-lo um maldito tolo ainda maior.

Eu poderia ouvi-lo falar o dia inteiro. A voz dele tem essa camada extra de delícia, onde eu quero nadar o dia todo. As palavras simplesmente soam mais sexy com o sotaque.

Eli estava certo, vou totalmente acabar fodendo seus miolos esta noite enquanto ele está falando sujo comigo. Não tenho certeza se estarei por cima ou ele, mas será bom demais de qualquer maneira. Já sei que ele está carregando uma pistola bem grande nessas calças. Mal posso esperar para engatilhar essa arma e vê-la disparar.

— Nicole? — A voz de Callum me tira da minha pequena fantasia.

— Humm?

Callum sorri.

— Estou interrompendo algo?

Merda.

Eu fui totalmente pega no flagra tendo um devaneio realmente bom, mas me lembro da minha regra.

Sem sexo. Sem flertar. Nada de sexo que altere a vida com o britânico.

— Não. Desculpe, estou apenas imaginando um design. — Mentira. Mentira. Mentira.

— Um design?

Sexo é meio como um design. Quero dizer... Eu pensei na cama. Isso conta.

— Aham. Para os lofts. Estava pensando em cores e superfícies. — Granito duro e frio, no qual minhas costas vão se apoiar enquanto seu corpo quente e duro está...

— Para os lofts?

Ele não está acreditando nem um pouco, mas vou fazê-lo acreditar. Não tenho outra escolha.

— Sim, eu estava me perguntando se deveria ir mais para o glamour ou talvez para o industrial. Não tenho certeza. Talvez essas possam ser as duas opções. Nós poderíamos fazer um toque moderno mais sofisticado e, em seguida, uma opção de tipo de armazém para aqueles que desejam esse visual. Pode ser ótimo.

Por favor, acredite em mim. Por favor, acredite em mim.

— Ambas são boas opções. — A voz de Callum está cheia de descrença. — Se era isso que você estava pensando.

— Você nunca sabe quando a inspiração vai atacar. É a coisa mais louca com a qual nós, pessoas criativas, lidamos. Acho que tenho ótimas ideias que poderei mostrar a vocês em breve.

Callum limpa a boca e, em seguida, coloca o guardanapo na mesa.

— Tudo bem. Já que estamos falando de negócios, gostaria de discutir alguns dos pontos mais delicados antes de assinarmos o contrato.

Eu sabia que isso ia acontecer, pois era todo o propósito deste jantar. Eu preciso que o contrato seja assinado; até então, tenho que me controlar.

— Claro, vamos fazer isso.

Pego minha bolsa e retiro o pedaço de papel e a caneta que enfiei lá.

Ele sorri, e eu me orgulho com seu elogio silencioso.

— Impressionante.

— O que é?

— É o ápice de uma mulher preparada.

— Ah, eu estou sempre no ápice — eu digo, faço uma pausa, e então me bato mentalmente — da preparação! Eu estou sempre no ápice da preparação, é isso.

Os olhos de Callum se aprofundam, e não tenho nenhuma dúvida de que seus pensamentos foram exatamente para onde os meus foram. Chegar ao ápice da maneira mais gloriosa — juntos. Jesus, isso está fora de controle. Preciso me controlar.

Seus lábios se transformam em um sorriso malicioso. A maioria das garotas ficaria envergonhada, mas eu não. Eu sorrio maliciosamente de volta para ele. Embora isso possa estar beirando o flerte, não tenho uma regra contra ele.

— Eu gosto de ter certeza de que as pessoas com quem eu atinjo o ápice — a voz de Callum fica mais baixa — estejam sempre satisfeitas.

— Bom saber. Tenho certeza de que estão todos muito felizes — eu digo e, em seguida, me inclino para trás, nos colocando firmemente de volta na zona de amigos e parceiros de negócios.

Ele hesita por um segundo antes de ceder.

— Que tal te fazermos feliz, trabalhando em um acordo?

Negócios sempre me deixam feliz.

Nós vamos de um lado para o outro pelos próximos vinte minutos, negociando todos os detalhes, tentando encontrar um meio-termo. Eu gostaria de me considerar uma mulher de negócios muito inteligente. Existe uma arte na negociação, e meu pai é o Michelangelo deste universo. Ele pode fazer os homens se curvarem à sua vontade, e eu observei e aprendi.

Callum, no entanto, parece ter sido aprendiz dele. Não sei como ficamos tão confusos em um ponto, mas tenho quase certeza de que saí dos trilhos, o que nunca acontece.

Eu tento circular de volta.

— Ok, mas você quer que eu projete os lofts *aqui* nos Estados Unidos.

— Sim.

— Certo. Então, por que eu precisaria ir para Londres?

— Porque é onde eu vou estar. Haverá reuniões das quais gostaria que você participasse.

Faz sentido, mas não gosto disso.

— É para isso que existe a videoconferência. Vou precisar estar aqui, supervisionando todo o projeto. Quando o empreiteiro geral vai embora, coisas ruins acontecem.

Já percorri esse caminho muitas vezes. Você sai da cidade, acha que está tudo bem e volta para o caos. Tenho muito a ganhar com isso, então não vou estragar tudo.

— Sim, mas você não é a empreiteira geral.

— Não, mas vou vigiar aquele homem como um falcão — explico.

Callum sorri.

— Humm, talvez eu devesse ser o empreiteiro geral então.

— Fofo.

— Eu gosto de pensar que sou.

Reviro meus olhos.

— Eu não disse que você era fofo. Disse que sua pequena brincadeira foi fofa.

Ele se inclina para a frente.

— É a mesma coisa para mim.

Se ele pudesse simplesmente ter uma falha em algum lugar, seria incrível. Então eu poderia cutucar isso como uma casquinha de machucado até que sangre e talvez fique infeccionada. Assim eu realmente não gostaria de tocá-la.

— Tudo bem, vamos terminar isso para que nós dois possamos assinar na linha pontilhada. Há mais alguma coisa que você gostaria de trabalhar no contrato? — pergunto.

— Sim.

— O que seria isso?

Ele sorri.

— Você.

— Eu?

Callum não se move. Seus olhos permanecem nos meus, sem me mostrar misericórdia enquanto tento cavar em busca de um significado mais profundo.

— Sim, quero que você esteja à minha disposição para outros projetos que tenho em mente. Este não é o único edifício que estarei construindo na área. Eu gostaria de ter uma designer na equipe.

Ok, então nada a ver para onde minha mente suja foi. Aperto minhas mãos em frente a mim, dando-me um tapinha. Não tenho certeza de como responder, e preciso ser inteligente e não reativa. Ele está basicamente me dizendo que gostaria de trabalhar comigo no futuro, o que é um bom presságio para minha empresa. Callum agora está dirigindo a companhia de seu pai, o que significa conexões também. Dito isso, não estou disposta a deixar a *minha* empresa para trabalhar para a dele.

— Você pode esclarecer exatamente como isso seria para você?

Seus olhos se aprofundam e depois se voltam.

— Isso significa que você trabalharia para mim.

— Não vai funcionar para mim — eu digo, dando a ele um leve chacoalhar de cabeça.

— Por que não?

— Porque tenho a minha própria empresa, Sr. Huxley.

— Callum — ele corrige.

— Certo. Bem, eu não quero trabalhar para ninguém — digo a ele, sem espaço para negociação. E então escuto a voz do meu pai no fundo da minha mente: *Sempre há espaço para negociação. Você só precisa saber o que está negociando.*

Ele concorda com a cabeça.

— É algo que gostaria de trazer para dentro da casa.

Também gostaria de trazer você para a minha casa, mas nem sempre conseguimos o que queremos.

— Entendo, e se for esse o caso, então não sou a designer certa para você. Sinto muito, mas isso não é uma opção.

Eu realmente espero que não esteja estragando tudo. É muito dinheiro, e eu basicamente apostei tudo em uma jogada de merda.

Callum me estuda, procurando por algo que ele nunca verá. Eu tenho fraquezas, mas não as mostro. Não importa o quão profundo ele olhe, nunca verá a garota tímida que queria que seu pai a amasse mais do que seu trabalho. Nunca conhecerá a garota que se quebrou tanto que não conseguia sair da cama. Que mentiu para suas amigas porque um homem a destruiu. Ele nunca conhecerá a profundidade da dor que senti quando percebi que não era tão forte quanto eu pensava.

Eu era Nicole Dupree, a mulher que nunca mais permitiria que um homem fosse a causa de sua angústia.

Eu era a fodona que partia corações, não aquela que tinha o seu quebrado.

— Sinto muito por ouvir isso.

Merda. Eu realmente preciso desse emprego. Simplesmente não posso deixá-lo saber disso. Não porque preciso de dinheiro, estou bem nesse aspecto, mas porque este é o próximo nível. É aqui que vou de decoração para donas de casa que querem um olhar mais fresco para contratos que irão me definir para o resto da vida.

Estou prestes a falar quando o garçom chega com a conta. Eu vou pegá-la, mas Callum é mais rápido.

— Nunca vai acontecer quando estivermos jantando.

— Este é um encontro de negócios — esclareço.

Os olhos de Callum encontram os meus, e ele está claramente irritado com isso.

— Nós estamos comendo porque eu pedi a reunião durante o jantar, não é?

— Sim.

— Então é um jantar e uma reunião que eu iniciei.

Meu lado desafiador quer dizer a ele que também é uma reunião de negócios, mas opto por não fazer isso. Tenho a sensação de que há uma luta mais profunda.

— Tudo bem, ainda não muda o fato de que estamos em um impasse.

Ele esfrega a barba em seu queixo, olhando para longe, e eu me mexo na cadeira. Tudo o que ele faz é sexy. Isso realmente não é justo.

— Que tal entrar como uma base de contrato? Você seria uma colaboradora, mas ainda permaneceria como sua própria chefe. No entanto, você deve cumprir seu contrato com a Dovetail — ele fala, me fazendo pular um pouco.

Maldição. Isso funcionaria. Eu poderia romper o acordo se incluísse cláusulas suficientes, mas também poderia me dar a vantagem de que preciso para seguir em frente. Eu poderia trabalhar com Callum e ainda manter a Dupree Designs. Além disso, os contratos podem ser quebrados se ambas as partes tiverem problemas. Sinceramente, é a opção perfeita. No entanto, se eu concordar imediatamente, ele terá algum poder sobre mim, o que é definitivamente algo que eu não posso permitir.

Tenho a sensação de que Callum se banquetearia com isso.

Há outra coisa que eu preferia muito que ele se banqueteasse.

— Vou pensar sobre isso. Eu preciso revisar minha programação antes de me comprometer.

Ele sorri como se eu tivesse jogado bem em sua mão.

— Espero uma resposta amanhã.

Parece que eu dei algo a ele, afinal.

— Você deveria comprar este vestido — minha mãe diz, segurando a coisa mais horrível que eu já vi. — Ficaria fantástico em você.

— A única maneira de você me colocar nisso é se estiver me enterrando, e mesmo assim, eu iria te assombrar por isso.

Ela revira os olhos.

— Você é tão dramática.

Para uma mulher que me ensinou a maior parte do que sei sobre decoração, ela tem o pior gosto possível quando se trata de roupas. É realmente desconcertante. A casa dela saiu direto de uma revista. As melhores cortinas, tecidos, pedras, armários e qualquer outra coisa em que ela possa gastar a fortuna de meu pai, mas roupas? É como se ela não tivesse noção. Seu guarda-roupa é composto por terninhos e vestidos que fazem as freiras parecerem usar biquínis.

— Mãe, por favor, experimente isso. Eu juro que você vai ficar ótima. — Levanto um vestido tão pequeno que nem eu o usaria.

— Nicole! Isso é altamente inapropriado.

Sim. Sim, ele é.

— Esse é o ponto. Você me dá roupas que odeio, e estou mostrando as mesmas para você. Sério, olhe para aquela coisa que você está segurando. Eu, alguma vez, colocaria isso?

Ela suspira e coloca de volta na prateleira.

— Eu gostaria que você se vestisse um pouco mais recatadamente.

— Por quê? Eu sou jovem.

— Não *tão* jovem.

Tanto faz. Discutir com ela sobre isso é inútil. Normalmente, eu faço isso porque é divertido, mas hoje, me sinto fora do lugar. A noite passada exigiu muito de mim. Eu mal dormi depois do meu jantar com o Callum. Fiquei pensando nele. Como ele olhou para mim. Como parecia poder ler meus pensamentos às vezes. Não é normal que eu tenha minha guarda baixa o suficiente para me sentir assim.

Continuo pensando sobre o que isso significa. Por que esse homem, que eu não conheço nem um pouco, me deixa tão louca assim? Por que estou tão atraída por ele que isso me mantém acordada a noite inteira?

Nem mesmo meu companheiro mais fiel tirou o extremo disso. Eu ainda quero foder os miolos dele.

— Você está bem? — minha mãe pergunta com a mão no meu braço.

— Aham, desculpa. Eu só tive uma longa noite.

— Trabalho, eu espero.

Ela parou de perguntar se era um homem depois que eu disse a ela que, na verdade, eram dois homens.

Essa foi uma conversa épica.

Eu concordo com a cabeça. Callum é tecnicamente um trabalho.

— Eu tenho um grande projeto no horizonte. Um que até o papai pode ficar impressionado. Ele deveria ter o contrato elaborado com base nas nossas negociações da noite passada.

Seus olhos têm um toque de tristeza em camadas, e não tenho que perguntar o porquê… Eu disse *papai*. É por isso que o amor é uma merda. Posso gostar de deixar minha mãe enlouquecida, mas vê-la ainda tão magoada por um homem que não pensa duas vezes sobre ela — é triste. É deprimente que algo que nós queremos que nos traga algum tipo de plenitude acabe nos desfazendo em pedaços. Não é isso que o amor deveria fazer, mas é o que sempre parece ser o resultado final.

Ela se recupera e sorri.

— Isso é ótimo sobre o projeto.

— Sim é.

— Quem é a empresa?

— Dovetail — eu digo, sabendo que ela vai saber quem é.

— Uau, Nicole. Isso é impressionante. Pensei ter lido algo sobre o falecimento de Martin Dovetail.

— Ele faleceu. Estou trabalhando com o filho dele. Na verdade, você o conheceu.

— Eu conheci?

Concordo com a cabeça.

— Sim. Callum estava no clube na outra noite, você se lembra?

— O cavalheiro britânico?

Eu teria dito cara britânico quente pra caralho com uma mandíbula que eu quero lamber e olhos nos quais quero cair, mas claro, cavalheiro britânico funciona.

Minha mãe ri baixinho.

— Interessante.

— O que é? — digo, com um tom defensivo.

— Ah, nada. Só que você ficou toda de olhos vidrados e sorridente.

Eu não fiquei.

— Você precisa ver o oftalmologista.

Seus lábios se transformam em um sorriso malicioso completo.

— Ok. Se você diz.

— Nós não vamos falar sobre isso.

— Sobre o fato de você gostar de alguém?

Sério? Como ela tirou essa conclusão? Não importa que ela esteja certa. Vou comer vidro antes de admitir isso.

— Eu não gosto dele.

— Ok.

— Sério, mãe. Eu não gosto.

— Se você diz...

Eu gemo.

— Lembre-se, sou filha única e você está envelhecendo. Quem você acha que vai fazer compras para a sua casa de repouso?

Ela bufa.

— Por favor, vou fugir diariamente para viver com você. Venha, vamos almoçar. Nós podemos discutir sobre o meu arranjo de vida tomando uma taça de vinho.

Agora estamos de acordo. Eu ligo o meu braço ao da minha mãe e nós saímos para o pátio do shopping. Existem alguns restaurantes excelentes e chiques que visitamos com frequência nesta área, mas eu a conduzo em direção à nossa pequena pizzaria favorita.

Mamãe e eu conversamos sobre uma ideia que ela teve de fazer algumas reformulações em sua sala de estar, que eu a ajudei a projetar há pouco mais de um ano. Não sei se é tédio ou o quê, mas é realmente confuso como ela continua a reformar sua casa.

O garçom traz a comida e ela come enquanto eu olho ao redor. Amo vir aqui. Não porque é um lugar aonde só os locais vão, mas porque, por mais pretensiosa que minha mãe às vezes seja, ela come pizza como uma campeã.

— Já faz muito tempo desde que estivemos aqui — ela diz, dando uma mordida.

— Sabe, nunca vou me acostumar a ver você quando estamos aqui.

— Por quê? — ela pergunta, com a sobrancelha levantada.

— Porque você é tão... certinha o tempo todo. Mas coloque uma fatia de pizza na sua frente e, de repente, você está normal.

Ela abaixa a fatia e dá um tapinha nos lábios.

— Não importa quantos anos tenham se passado desde que morei em Nova York, essa parte de mim nunca irá desaparecer. Se as coisas tivessem funcionado de forma diferente para mim, você teria sido criada lá.

Ahhh, a história do meu pai roubando a vida dela. Aí vem.

— Eu sei, mãe.

— Não, Nicole, você não sabe. Nova York é algo que vive dentro de você. Eu sei que você acha que é loucura, mas aquela cidade respira vida. Está cheia de tudo. Você experimenta tanto em um minuto que pode levar uma vida inteira para aceitar isso de verdade.

— Eu me preocupo com você.

Ela balança a cabeça com os olhos fechados.

— Um dia, você encontrará algo que é demais e não o suficiente, ao mesmo tempo.

Meu coração bate contra meu peito. O passado e o presente fazem uma dança no meu coração enquanto penso em Andy e Callum. Andy me fez sentir tudo de uma vez. Era como estar naquele brinquedo de parque de diversões que girava tão rápido que você era jogada contra a lateral. Nunca me senti centrada. Callum faz um pouco do mesmo, mas, por agora, não sinto que ele vai me deixar tonta. O fato de eu sequer ter tido um vislumbre disso é o motivo pelo qual eu corri. Sempre quero estar em terreno firme.

— Isso... — começo, mas algo me chama a atenção.

Um homem de terno escuro entra na pizzaria. Meu corpo sabe quem é antes da minha cabeça.

— Nicole? — O sotaque de Callum praticamente cantarola o meu nome.

— Callum. — Tento sorrir, mas provavelmente falho. Não consigo sentir meu rosto. — Pensei que você estivesse em Londres?

— Claramente não estou. — Ele sorri e olha para minha mãe. — Sra. Dupree.

— Olá, Callum. É bom ver você de novo. — Ela se levanta para cumprimentá-lo.

— Você também. — Ele beija a bochecha dela.

— Por favor, sente-se — a traidora, anteriormente conhecida como mamãe, o convida para se juntar a nós.

— Ele não pode — eu digo rapidamente. — Tenho certeza de que Callum tem outro lugar em que ele precisa estar.

— Na verdade, eu não tenho. Vou ficar nos Estados Unidos mais alguns dias. Estendi minha viagem para lidar com algumas coisas adicionais.

Claro que ele estendeu.

— Ah. Isso é maravilhoso — digo com os dentes cerrados.

— Sim, eu ia ligar para você hoje para discutir algumas ideias sobre o projeto.

— Ah, é? — Mamãe interrompe. — Isso mesmo. Nicole disse que vocês estão trabalhando juntos.

Não foi isso que eu disse.

— Nós não assinamos nada ainda — eu a corrijo.

Há uma pequena questão sobre se vou ou não trabalhar *para* ele — o que eu não vou. A coisa contratual é atraente, mas até que isso seja completamente resolvido, não há trabalho, no que me diz respeito.

— Sim — Callum concorda. — Ainda não, mas tenho a sensação de que vamos gozar de um bom acordo.

Bastardo presunçoso.

— Bem que você gostaria.

Ele ri.

— Sim, eu realmente quero. Você é muito talentosa, e seria uma pena não ser capaz de atingir algum tipo de resolução, não acha?

Eu vou para abrir a boca com um comentário espertinho e então me lembro de que provavelmente essa não é a melhor ideia. Afinal, nós não temos nada escrito.

— Sim, realmente seria.

Mamãe dá um risinho e pigarreia.

— Sabe, acabei de lembrar que tenho que encontrar minha amiga em uma hora.

Ela está falando tanta merda.

— Você disse que queria passar o dia junto comigo. Nunca mencionou uma amiga.

Ela tenta um sorriso desamparado, mas não consegue. É por isso que não foi muito longe na atuação.

— Eu sei, mas não tinha passado pela minha cabeça. Você sabe como é quando se envelhece... — Minha mãe toca seu peito como se estivesse muito triste com isso.

— Bem, nós podemos levar a pizza para viagem — ofereço.

— Não, não. Não faça isso por minha causa, querida. — Sua mão toca a minha.

— Está tudo bem.

Minha mãe se vira para Callum.

— Você se importa de passar o dia com ela, Callum? Acabamos de receber nossa comida e, como você pode ver, Nicole não comeu nada.

Ai. Meu. Deus. Ela não fez isso.

— Mãe!

— Eu não me importo nem um pouco. — Callum sorri para mim.

— Sinto muito, querida. — Ela se aproxima e beija minha testa. — Eu vou compensar você. Prometo.

— Ah, você vai mesmo — advirto.

E bem assim, minha mãe casamenteira conseguiu o que queria. E Callum também.

Capítulo 11

NICOLE

— Bem, esta é uma reviravolta interessante de eventos. — Callum ri.

— É mesmo?

— O que isso significa?

Por favor, não sou idiota. Eu sei exatamente o que diabos está acontecendo. Ele está obviamente obcecado por mim.

— Você simplesmente acabou vindo para *essa* pizzaria em Tampa? Um lugar sobre o qual você não sabe nada?

— Você acha que estou te seguindo?

— Sim, eu acho que você está me seguindo — digo, zombando de seu sotaque.

— Essa é boa demais. — Ele ri.

— Certo. Isto é um pouco assustador.

Callum olha para mim com humor em seus olhos.

— É mesmo, porque, claramente, você está me seguindo.

— Hmm, eu cheguei aqui primeiro.

— Talvez hoje, mas eu garanto a você, não em todos os outros dias que eu frequentei este restaurante.

Eu franzo os lábios e olho para ele. Que diabos? Ele não está me seguindo?

— Isto é apenas uma coincidência?

Ele encolhe os ombros.

— Chame do que quiser, mas eu não preciso te perseguir. Você ostenta sua atração por mim muito abertamente.

Por favor, ele acha que me conhece?

Sim, acho que não, amigo. Eu nunca vou admitir a derrota.

— Atração?

— Sim. Você me quer. Não vamos fingir. Eu não conheço muitas mulheres que esfregam o pau de um homem se não estiverem interessadas. E você está.

— Dificilmente.

Talvez ele tenha algum tipo de capacidade de leitura de mentes? Ou talvez eu seja péssima em esconder que arranco a roupa dele o tempo todo? De qualquer forma, se a negação fosse um rio, eu estaria nadando de braçadas nele nesse momento.

— Então, agora mesmo, você não gostaria de ter voltado para a minha casa naquela noite?

— Não.

Mentira.

— Você não gostaria de saber exatamente como teria sido passar a noite comigo?

Eu aperto minhas pernas juntas e o nivelo com um olhar.

— Não.

— Se você diz… — Callum não continua a frase.

— Por favor, não sou eu que estou te seguindo por aí.

Ele balança a cabeça, se inclina e abaixa a voz.

— Eu passei todas as minhas férias da escola na Flórida desde que tinha três anos de idade. Conheço este lugar porque meu pai era dono de negócios nesta rua. Eu como aqui desde que era só um garotinho.

Agora me sinto uma idiota total.

— Bem, ok então. Isso faz sentido, eu acho.

Ele sorri maliciosamente e se recosta na cadeira. Um senhor mais velho contorna o balcão, com os braços abertos e os olhos calorosos. Callum faz o mesmo e os dois se abraçam, o outro homem dando um tapinha nas costas de Callum.

— Faz muito tempo, filho. Muito tempo desde que você veio ver seu tio Gio.

Callum acena com a cabeça e retribui o abraço do homem com o tapinha nas costas de costume.

— Eu estava aqui outro dia, mas você não, e você sabe por que eu não pude vir antes disso.

— Bem, isso são águas passadas. Você está aqui agora.

— Sim, e eu tenho companhia — Callum diz com um sorriso.

— Quem é esta linda mulher? — Os olhos calorosos de Gio se voltam para mim.

— Esta é Nicole Dupree. Ela é a garota que estou planejando conquistar.

Ótimo, toda a coisa de não dormirmos juntos ou namorar não entrou na cabeça dele.

Gio acena com a cabeça, e meus lábios se abrem.

— Entendi. Bem, Nicole, você vai ter bastante trabalho com esse cara. Eu o conheço há muito tempo e nunca o vi falhar.

— Eu não planejo falhar desta vez também — Callum me informa.

Por que essa declaração me faz querer tanto pular em seus ossos quanto correr? Ele é ainda mais sexy quando fica contemplativo e arrogante. Desgraçado. Tenho que me manter forte. Existem razões sólidas pelas quais até mesmo este almoço é uma má ideia. Eu não sei nada sobre Callum. Ele poderia estar comprometido, por tudo que eu sei. Claro, ele não usa um anel e não tinha mencionado ter ninguém em casa, mas sei tão bem quanto qualquer pessoa que isso realmente não importa.

Eu me inclino para trás na cadeira e cruzo os braços, garantindo que minha voz seja tão forte quanto a minha vontade.

— Bem, você não é o único jogador neste jogo. Acho que você descobrirá que sou uma oponente bastante digna.

Gio ri.

— Talvez você finalmente tenha encontrado seu par. Eu gosto desta aqui, Cal.

O apelido me para. Eu simplesmente não consigo imaginar ninguém chamando-o de outra coisa senão Callum. O nome Callum é forte, poderoso, sexy pra caralho.

— Cal? — pergunto.

Callum revira os olhos.

— Apenas três pessoas no mundo podem me chamar assim, Gio, Milo e meu padrasto. Bem, acho que minha mãe pode, mas é muito raro ela me chamar de Cal, embora eu nunca fosse a impedir.

Eu sorrio.

— Bem, *Cal*, vamos ver se há mais alguém para entrar na sua lista.

Ele balança a cabeça para os lados e me oferece um sorriso de arrancar calcinhas.

— Não vai acontecer, amor.

O termo carinhoso faz alguma coisa que não deveria ser permitido, já que estritamente não estou indo para lá. Eu não deveria gostar da maneira como as letras rolaram de sua língua. Não deveria querer ouvir isso de novo e de novo, talvez até mesmo gravar para que eu possa escutar quando quisesse. Nada disso deveria estar acontecendo dentro de mim, mas está.

Eu não gosto disso. E preciso parar.

— Bem, eu realmente preciso ir — digo, me levantando.

Sua mão dispara para cima, agarrando meu pulso, e a eletricidade me atravessa. Puxo minha mão de volta, precisando quebrar a conexão física, mas quando meus olhos cortam para os dele, vejo isso escrito em todo o rosto dele. Ele também vê. Suas pupilas estão dilatadas e sua respiração está ligeiramente acelerada. Não posso ir lá novamente.

— Por favor, não vá embora.

— Não é uma boa ideia — eu digo, segurando a quantidade ínfima de autopreservação que me resta.

— O que? Comer uma refeição?

Eu fecho meus olhos e suspiro.

— Nós dois sabemos que não é disso que eu estou falando.

Callum se levanta, sua altura ofusca a minha, assim como sua presença.

— Eu prometo me comportar. É apenas um almoço. Qual pode ser a preocupação em ter um almoço juntos?

Isso não é apenas um almoço, é o meu coração e corpo traidores que parecem não conseguirem parar de querê-lo. É que, quando ele entrou, meu estômago se apertou e meu coração disparou. São todas as coisas que me assustam, porque ele é meu maldito cliente. Ele também é um mistério e alguém de quem eu, Nicole Dupree, fujo como o inferno. Isso não é normal. Não está nada bem, e não posso me deixar apaixonar por ele.

Olho para cima, amando as piscinas profundas de azul que refletem de volta para mim, e ouço uma pitada de confusão na minha própria voz.

— Não é só com você que eu me preocupo.

— O que faria você se sentir mais à vontade? — Sua voz é calmante, me embalando em uma falsa segurança.

Não posso me deixar cair nessa armadilha.

— Nada. Já fiz essa dança e acabei com um tornozelo quebrado. Não vou fazer isso de novo.

Ele levanta sua mão até o meu rosto, colocando meu cabelo para trás.

— Eu não quero nada, Nicole. Tudo que eu quero é que você relaxe. Não vou te machucar. Não vou te pressionar. — A sinceridade soa verdadeira em cada palavra. — Estou pedindo para você ficar, comer um pouco de pizza, e se ainda quiser ir embora quando terminarmos, eu vou entender. Mas a pizza do Gio é melhor se for comida na companhia de outra pessoa.

Argh. Maldito seja. Agora me sinto como uma pessoa louca porque ele realmente não fez nada de errado. Ele tem sido gentil e educado, e eu sou uma pessoa lunática. Eu *não* sou a pessoa lunática da minha vida. Sou uma amiga equilibrada, que gosta de sexo e é divertida. Eu faço o que quero com quem eu quero e vivo uma vida feliz pra caralho. Esse cara me transformou em uma das minhas amigas malucas.

— Tudo bem — eu digo com desafio. Vou comer pizza e depois dizer *hasta la vista*, garotão. Isso é o que uma fodona faz. — Eu vou me sentar, mas se você fizer qualquer tipo de flerte, eu vou embora.

Ele levanta as mãos.

— Sem flertar.

— Ok.

Nós dois nos sentamos e Gio dá a volta no balcão com *bruschetta*, muçarela fresca e fatias de pão.

— Obrigado, tio Gio.

Ele sorri para Callum.

— Você sabia que o Callum é a razão pela qual a Periano Pizza está aberta?

— Eu não sabia — digo, dando uma mordida no pão que foi mergulhado no molho vermelho. — Ai, meu Deus! — explodo. — É o paraíso na minha boca.

Callum quase se engasga com sua comida.

— Para com essa mente suja — eu digo a ele e me viro para Gio. — Isso é incrível. Só comi pizza aqui, mas essa muçarela com molho é inacreditável.

— Obrigado, era a receita do meu avô Vito.

— Bem, é fantástico — eu digo e, em seguida, enfio uma garfada cheia de muçarela na minha boca.

Ele cutuca Callum.

— Eu gosto dessa aqui. Uma mulher que pode comer é atraente.

Eu sorrio.

— Bem, eu deveria estar bem perto de ser irresistível depois desta refeição. Pretendo lamber o prato até ficar limpo.

Os olhos de Callum encontram os meus.

— Eu acho que agora já é tarde.

Aponto meu garfo para ele.

— Sem flertar.

— Estou fazendo o meu melhor. — Suas mãos se levantam em sinal de rendição.

Tanto faz.

— Não sei se eu teria forças para não flertar. — Gio sorri.

— Acredite em mim — Callum fala, tenso —, é bastante difícil, mas ela está colaborando comigo em um projeto, não namorando, o que ela gosta de deixar mais do que claro.

Eu encolho os ombros.

— Sem namorar clientes. É uma regra pela qual eu vivo e morro.

Callum sorri.

— Veremos sobre isso.

Depois de um almoço incrível, onde Gio me mimou até não poder mais, Callum perguntou se eu poderia mostrar a ele um dos meus lugares favoritos. Então, nós fomos para a praia. Meu lugar seguro, calmo e reconfortante. Sempre que estou para baixo ou me sentindo mal, venho aqui para encontrar o meu centro. É onde eu posso deixar meus problemas irem, fingindo que a maré os leva quando vai embora.

— Você realmente passava os verões aqui todos os anos? — pergunto, enquanto caminhamos ao longo da costa. Ele pareceu quase surpreso quando viemos aqui, como se nunca tivesse visto o oceano.

— Eu passava. Meu pai insistiu que eu passasse um tempo na América. Eu estava principalmente na Geórgia, mas vínhamos para a Flórida por duas semanas a cada verão para verificar seus negócios por aqui. A irmã dele morava em Tampa, o que o fez comprar uma propriedade. Eu realmente não gostei da área, no entanto. Eu nunca pude ver isso.

— Isso parece tão triste. Que você realmente não tenha conseguido fazer muita coisa.

É uma loucura o quanto nossas infâncias se espelham uma na outra. Meu pai gostava de brincar com a minha mãe, ele sempre foi egoísta com os seus desejos em vez dos meus, e ele se sentia infeliz na maior parte do tempo.

— Eu nunca vi o oceano assim — Callum diz, olhando para longe.

— Nunca? Você nunca veio à praia?

Ele parece longe mirando a água.

— Eu não conseguia ver o oceano a menos que estivesse olhando por uma janela. Meu tempo aqui sempre foi para aprender o que minha mãe não se importava em nos ensinar. Coisas do tipo "como pegar uma empresa e transformá-la em lucro". Sabe, o que todo menino de sete anos queria saber quando visitava seu pai...

Meu coração se parte pelo menino nele.

— Eu entendo isso mais do que você imagina. Meu pai também é um empresário brilhante. Eu nunca fiz coisas divertidas quando era o tempo dele comigo. Ele estava trabalhando ou eu estava presa com minha mãe temporária enquanto ela usava seu cartão sem limites para redecorar o que a última fez. Acho que é apenas como os homens bem-sucedidos que governam impérios são.

Callum se vira para mim com olhos suaves.

— Nem todos eles.

Ele está dizendo muito mais do que as palavras. Está dizendo que ele não é assim. Ele não faria isso com seu próprio filho. Não sei como sei tudo isso sobre ele, mas está aí. Posso ver que Callum estaria lá de outras maneiras que nossos pais não estavam.

— Não, eu acho que não. Talvez seja uma escolha.

Sua mão se estende para a minha e, por algum motivo, eu a pego. É como se duas crianças quebradas acabassem de encontrar alguma coisa juntas. Seu polegar esfrega a parte de cima da minha mão e eu fico tonta. Por que o toque dele sempre parece tão certo? Por que estou tão perdida em um segundo e depois tão encontrada no próximo quando ele está por perto? Isso não faz o menor sentido. Nós mal nos conhecemos e, ainda assim, eu o entendo.

— Nunca vou tratar uma criança daquele jeito. Eu tinha o oposto completo em casa com a minha mãe. Meu padrasto foi quem levou Milo e eu para todos os lugares. Ele sempre se certificou de que tínhamos uma única coisa: diversão.

Eu amo que ele teve isso.

— Minha mãe nunca se casou novamente. Meu pai quebrou tanto o coração dela que acho que ela nunca conseguiria encontrar todos os pedaços.

Como outra pessoa parada nesta praia.

— Sinto muito por ela.

Eu encolho os ombros e puxo minha mão. Não querendo parecer que foi por causa daquele momento que fiz isso, prendo o cabelo em um coque bagunçado e começo a andar novamente.

— Tudo bem, ela está feliz pegando o dinheiro dele e irritando-o. Como é a sua mãe?

Ele sorri, e eu penso que isso não vai ser nada como os meus sentimentos em relação à minha.

— Ela é maravilhosa. É uma ótima mãe, embora tenha passado por muitas dores em sua vida. O completo oposto do meu pai biológico. Calorosa, atenciosa, sempre sorrindo como se não pudesse se conter. Ela teve que suportar um homem que não era capaz de amá-la ou ao filho que ela amava mais do que sua própria vida. Não consigo imaginar que tenha sido fácil para ela, então mesmo que ela tenha falhas, e ela tem, sei que fez o melhor que pôde.

Eu gostaria de poder ver as coisas como ele vê. Eu amo minha mãe, eu realmente amo, mas ela me deixa louca.

— A minha é um prato cheio.

Ele ri.

— Sim, parece que sua mãe e você não são próximas?

— Não é que não estejamos próximas, é que somos muito diferentes.

— Como assim?

Eu suspiro.

— Além de ela ficar louca quando se trata de como eu vivo minha vida? Ela é muito crítica a meu respeito.

— A respeito de quê? — Callum empurra.

Eu realmente odeio falar sobre ela. Geralmente acabo com raiva, mas Callum simplesmente acabou de se abrir, e em alguma pequena parte dentro de mim, eu quero fazer o mesmo com ele.

— Ela quer que eu me case e tenha vários filhos. Eu não quero nada disso. Nunca vou me casar, porque a monogamia é ridícula. Quem diabos quer ficar com uma única pessoa pelo resto da vida? Ninguém. Nós nos iludimos pensando que isso é o que devemos fazer, e você sabe o quê? A maioria não faz.

Callum para de andar.

— Você é muito fervorosa sobre isso, pelo que vejo.

Um dia, eu vou ser capaz de controlar a minha língua. Claramente, esse dia não é hoje.

— Eu só… Eu não quero amarrar alguém que não quer ser amarrado. Eu vi o que acontece em primeira mão quando há uma pessoa que quer terminar, mas não é madura o suficiente para realmente ir embora.

Isso é o melhor que posso fazer para explicar. Prefiro ter zero expectativas sobre um relacionamento e ser surpreendida do que ter expectativas elevadas e acabar machucada. Todas as minhas amigas pensaram que o casamento delas daria certo, mas esse não foi o caso. É melhor ser cautelosa do que pensar que o amor é luz do sol e cocô de unicórnio, porque não é, o amor é uma porcaria.

— Isso é justo, mas e se você encontrar um homem que quer se casar com você, te ama e é devotado a você? Existem homens que são assim.

Ahh, a pergunta que não tem resposta, já que é impossível saber o futuro.

— Bem, eu pediria a ele que avançasse em sua máquina do tempo e me mostrasse como ele se sente daqui a dez anos, cinco ou até mesmo um mês a partir dessa data. As chances são de que ele não se sinta assim novamente.

Ele ri.

— Então, você não acredita que um homem pode amar uma mulher sua vida inteira?

— Sim, não… Eu não tenho certeza. É esse desconhecido que me impede de tentar.

E que eu fui uma amante e nunca serei a esposa que é alheia a isso.

— Isso é muito triste — Callum diz suavemente.

— Eu acho que é inteligente.

— Claro, mas a que custo?

Encolho os ombros.

— Acho que estou bem. Tenho um ótimo trabalho, uma casa maravilhosa, amigas incríveis que têm filhos ainda mais incríveis. Eu tenho uma vida sexual muito saudável e sou feliz. Se o custo é que eu não vou ter meu coração pisoteado, então tudo bem para mim.

Callum agarra meu pulso, me impedindo de seguir em frente.

— E se aquele homem te desse mais do que você sabia que poderia ter? E se o toque dele te fizesse ficar fraca dos joelhos? O amor dele te tornasse mais forte em vez de mais fraca? E se ele protegesse você, te mantendo longe de qualquer dor, porque a missão de vida dele era apenas fazer você sorrir?

Meu coração dispara porque eu me pergunto se isso é real. Fecho os olhos, deixando a visão dos braços de Callum me protegendo se infiltrar. Eu permito que o pequeno filme passe em minha mente de nós dez anos depois, enrolados em um cobertor na praia enquanto nossos filhos brincavam na areia. Seu amor me envolvendo de uma maneira que nunca pensei ser possível.

Quando abro os olhos, lembro que fui ingênua antes, quando pensava o mesmo com Andy, e a tela do cinema ficou preta.

— Isso é uma fantasia — eu digo a ele. — Uma que geralmente termina em tragédia. É melhor apenas assistir a pornografia e encerrar o dia.

Ele ri.

— Até um bom filme pornô termina com um momento feliz.

— Aham — eu concordo com um sorriso. — Ambos têm um orgasmo, o que é o melhor final que você pode ter. E é o único que vou deixar acontecer.

Capítulo 12

CALLUM

São uma e quinze da manhã e não consigo dormir. Só consigo pensar em Nicole. Passamos algumas horas juntos na praia, rindo, curtindo a companhia um do outro e então eu soube que tinha que recuar. Eu me lembrei do comentário espontâneo dela no restaurante sobre seu tornozelo quebrado. Então, conforme ela falava mais sobre seus sentimentos sobre o amor, ficou claro que havia sido machucada.

Hoje foi uma enorme coincidência que funcionou a meu favor. Eu tinha planejado ir ver Gio, já que estava na cidade há muito tempo sem visitá-lo. Já fazia um longo tempo que eu não passava por lá, principalmente porque sabia que haveria decepção com a minha falta de comunicação. Ele é o único homem na América que alguma vez pareceu como uma família. Meu pai era mais como um parceiro de negócios, mas Gio sempre me ofereceu uma amizade. Mesmo assim, acho que agora ele e eu também somos parceiros de negócios.

Dez anos atrás, meu pai decidiu que iria vender o imóvel que possuía quando sua irmã morreu. Ele não se importava com as pessoas que isso afetaria. Não, ele só se preocupou em encher ainda mais seus bolsos vendendo para um desenvolvedor que iria destruir tudo. Eu sabia que isso significava que Gio perderia a pizzaria, e não podia permitir isso.

Eu o comprei do meu bom e velho papai através de uma empresa de fachada e dei de presente o uso do prédio a Gio. Consegui manter isso quieto por cerca de cinco anos, até que a boca grande de Milo estragou tudo.

Eu estava lá na rua, debatendo se deveria entrar, quando a vi sentada do lado de dentro, e não pude me conter. Eu queria estar onde ela estava. Era uma aposta ela achar que eu estava cruzando os limites, mas, ao mesmo tempo, eu tinha que estar perto dela. Então, quando sua mãe se ofereceu para ir embora, não havia dúvidas na minha cabeça de que eu faria tudo o que pudesse para passar algum tempo com ela.

Saio da cama, jogo água no rosto e ligo para o meu irmão.

— Que porra você está fazendo acordado? — Milo atende o telefone. — É uma da manhã aí.

Ele é um gênio.

— Estou ciente da hora, não consigo dormir.

— Claramente.

— O que está acontecendo no escritório? — pergunto, querendo trabalhar um pouco, já que estou acordado de qualquer maneira.

Milo repassa alguns detalhes dos projetos que nós temos em andamento. Felizmente, minha equipe é capaz de manter as coisas funcionando sem eu estar lá. Essa empresa ainda não tem tal infraestrutura. Nada foi feito por outros, ele tinha sua mão em todas as facetas de seu negócio.

Pego o caminho inverso de como administrar as coisas. Acredito que confiar nos outros é parte do que faz de você um bom chefe. Você tem que dar às pessoas o bote salva-vidas e esperar que elas remem até a costa.

— Quando você vai voltar? — Milo pergunta.

Eu deveria estar lá bem agora. Eu planejava voltar, mas estaria mentindo se dissesse que não queria ir embora. Principalmente porque, pela primeira vez em muito tempo, há alguém que quero estar perto.

— Quando eu conseguir situar as coisas aqui — digo a ele. Respostas vagas são as melhores quando se trata do meu irmão. Se ele pensasse que eu voltaria amanhã, ele partiria para as ilhas gregas ao pôr do sol.

— E quanto tempo isso vai demorar?

— Eu não sei, Milo — disparo. — Há muitas coisas com que estou fazendo malabarismos. Você vai ter que fazer o que é necessário ou vou encontrar outra pessoa que esteja disposta a assumir a tarefa.

Começo a andar de um lado para o outro, segurando minha nuca. Eu sabia que esse dia chegaria em algum momento. Sabia que eu era o único herdeiro da propriedade de meu pai, mas não estava tão preparado para assumi-la como pensava. O que me deixa mais nervoso é minha empresa em Londres. Dovetail está prosperando lá. É a minha renda confiável e, embora a empresa americana esteja se saindo melhor, são muitas apostas.

Eu gosto de uma coisa certa. É Milo quem geralmente me convence sobre os riscos.

Meu irmão limpa a garganta.

— Tudo bem, Cal, não precisa ser um maldito babaca sobre isso. Foda-se, apenas me mantenha informado.

— Vou manter.

Meu irmão muda de assunto.

— Então, conheceu alguma mulher gostosa desde que esteve por aí?

Imediatamente, uma visão de Nicole surge na minha frente. Ela está me deixando louco. Penso em seu sorriso, em sua voz, na maneira como o azul de seus olhos mudam com base no que ela está vestindo, e como ela coloca o cabelo para trás quando está um pouco nervosa.

— Tenho estado bastante ocupado com o trabalho. — Não posso contar a ele. Milo é como um cachorro com um osso.

— Esqueci, você é todo trabalho e zero diversão.

— Ao contrário de você, que pensa apenas com o seu pau e nunca com o seu cérebro.

Milo ri.

— Talvez, mas pelo menos meu pau fica com a diversão.

— Idiota.

— Com ciúmes?

Sim, mas não vou dizer isso a ele. Meu irmão teve tudo na vida entregue de bandeja. Minha mãe o tratava como um bebê enquanto eu tinha que trabalhar em dobro para tudo. Ele é dez vezes mais inteligente do que eu sou, mas não conseguia tirar boas notas, porque isso significava ter que realmente se esforçar para isso. Eu passava horas estudando e ainda tinha dificuldades. Milo não tem ideia de como tenho ciúme dele na maioria dos dias.

— Vou tentar dormir agora — digo a ele, querendo encerrar essa ligação.

— Com certeza você vai tentar. Ligue para mim amanhã e eu terei os números para você.

Não me incomodo em dizer a ele que já é amanhã para nós dois, porque isso não vai mudar nada. Ficarei feliz se receber na próxima semana.

— Falo com você então — eu digo e desconecto.

Ligo meu laptop e começo a ler os e-mails. Estou tenso e irritado, e nem sei o porquê. Antes de dormir, limpei todas as mensagens importantes, e em questão de quatro horas, tenho mais de cem novas.

As pessoas se perguntam por que nunca tiro férias, o motivo é esse.
Eu excluo um pouco do lixo e vejo um nome que faz meu pulso disparar.
Nicole Dupree.
Abro o e-mail e sorrio.

Callum (CalAL),

Obrigada pela pizza de hoje, foi incrível. Eu me diverti bastante, e agora que nós passamos algum tempo juntos, conheço você um pouco melhor e serei capaz de criar alguns designs excelentes. Sei que você mencionou ficar nos Estados Unidos um pouco mais, então queria ver se poderíamos ter uma reunião no meu escritório na sexta-feira? Eu devo ter alguns projetos preliminares até lá.

Tudo de melhor,
Nicole

Primeiro, ela me chamou de Cal, o que eu odeio, mas vindo dela, não me importo. Em segundo lugar, ela gostou de hoje, e isso é uma vitória. Terceiro, ela quer me ver novamente. Todas essas são vitórias na minha visão.

Não consigo explicar por que essas pequenas coisas me fazem sorrir. Com apenas um olhar, essa mulher ficou debaixo da minha pele. Ela me enfeitiçou, e eu não consigo parar de pensar nela.

A marca de data e hora do e-mail indica que ela o enviou dez minutos atrás. Aparentemente, não sou o único a estar acordado tão tarde.

Agora, preciso ser estratégico e fazer com que ela concorde com outro dia como hoje. Eu quero que ela me veja, me conheça e distraia a cabeça. Eu não dou a mínima se sou cliente dela. Eu sou um homem em primeiro lugar, e a quero.

Sei que ela me quer também. Quaisquer que sejam as regras estúpidas que ela tem, pretendo fazê-la esquecer.

Nicole (Nic),

De nada para a refeição, foi um prazer. Parece que meu tio também estava apaixonado por você, já que eu nunca tinha visto um serviço como aquele antes. Também gostei do nosso tempo juntos. Eu, de fato, planejo ficar nos Estados Unidos por mais tempo — principalmente porque parece que não consigo querer te deixar.

Uma reunião seria ótimo. No entanto, por que nós não fazemos isso durante o jantar? Esta semana está ocupada com reuniões, mas estou livre mais tarde nas noites.

Sinceramente,
Callum (não Cal)

Releio o e-mail, apago a parte sobre não querer deixá-la, porque não parece apropriado e, em seguida, envio.

E então eu espero.

Com certeza, recebo uma resposta de volta.

Cal,

Você parece gostar muito de reuniões em jantares. Tudo bem. Eu posso fazer sexta à noite. A propósito, por que você está acordado?

Tudo de melhor,
Nicole (definitivamente não Nic)

Estou sorrindo de orelha a orelha enquanto respondo:

Nicole,

Prefiro não comer sozinho, e se posso fazer isso na companhia de uma linda mulher, melhor ainda. Por que não marcamos para amanhã em vez disso? Sexta-feira está muito longe e posso partir antes disso.

Estou acordado porque não consigo dormir. E você?

Atenciosamente,
Callum (observe que não chamei você de Nic... Isso deve contar para alguma coisa).

Outro e-mail em minutos.

> Callum (de nada),
>
> Não terei projetos feitos até amanhã. Seria uma reunião desnecessária e tenho certeza de que você está muito ocupado para isso. Sabe, comandando o império que você tem e tudo mais. Vamos marcar para quarta-feira, é o horário mais perto que consigo. Pode ser?
> Além disso, percebi que você não conseguia dormir, já que estava enviando e-mails. Não consigo tirar uma coisa da minha mente, e isso está me mantendo acordada.
>
> Tudo de melhor,
> Nicole

Sei que prometi a ela não flertar, mas algo se agita no meu estômago, me dizendo que ela precisa ser pressionada. Eu gosto de me orgulhar por saber como ler as pessoas, mas Nicole é um mistério.

Na noite em que nos conhecemos, eu jurei que a teria embaixo de mim, gritando meu nome, arranhando minhas costas. Eu teria reverenciado o corpo dela e nós poderíamos ter ido cada um para o seu caminho. Nunca conheci uma criatura como ela antes, e estava desesperado para tê-la. Cada sinal apontava para uma noite que nenhum de nós teria esquecido.

Mas ela correu.

Ela correu, e eu estou determinado a descobrir o porquê.

Alguma coisa a assustou, e verdade seja dita, eu estava apavorado de que não iria querer deixá-la ir depois de prová-la.

Ela não é a garota de quem você se afasta. Eu soube disso no momento em que a vi.

O que quer que a tenha assustado é moleza, porque eu nunca tive medo de correr atrás.

Pego o telefone e disco o número dela.

Capítulo 13

NICOLE

Que raios?

Por que ele está me ligando?

Merda.

Ele sabe que estou acordada. Eu não posso não atender, uma vez que acabei de enviar um e-mail para ele três minutos atrás. Dane-se. Tenho que ser adulta e fingir que não acordei no meio da noite depois de ter um inferno de um sonho erótico com ele.

Ok, respire fundo e atenda o telefone. Você consegue fazer isso. Você é um mulherão da porra, dona da sua vida, e este é apenas um homem estúpido com um pau grande… você consegue.

— Oi, Callum — digo, como se não estivesse surtando pra cacete.

— Nicole. Achei que assim era mais fácil.

Eu bufo.

— E aí, tudo de pé?

— Nós estamos.

Eu rio da resposta estúpida.

— Isso é verdade. Você precisa de alguma coisa?

Além de uma boa noite de foda…

— Café. Eu preciso de café. Meu loft não tem o suficiente e eu esperava que você soubesse onde eu poderia conseguir um.

Coloco meu laptop ao lado da cama e penso.

— Hmm, não há muitos lugares abertos essa hora, além disso, talvez seja melhor voltar a dormir…

— Duvido que isso vai rolar.

— Comigo é a mesma coisa. Uma vez que eu estou de pé... Eu estou de pé.

— É uma maldição, realmente — Callum diz, e eu o imagino em um par de shorts, sem camisa, com o cabelo bagunçado da cama.

Deus, ele é gostoso pra caralho. Eu gostaria que ele estivesse aqui. Eu recriaria aquele sonho maldito em UHD 4K e som ambiente. Nós quebraríamos coisas e arrancaríamos as roupas um do outro. Eu ficaria com hematomas e não daria a mínima porque seria inacreditavelmente fora dos padrões. Ele me queimaria viva, e eu aceitaria cada lambida da chama.

— Por que você não vem aqui? Eu tenho café — eu digo e imediatamente coloco a mão sobre a boca.

Que porra foi essa? Ai, meu Deus. Porra, eu o convidei para vir aqui à uma e meia da manhã. Jesus Cristo.

Ele não responde, provavelmente tão surpreso com o que eu disse quanto eu. Depois de outro segundo de silêncio, dou a ele uma saída — bem, eu dou a mim uma saída.

— Você não precisa. Eu só estava...

— Já estou a caminho.

Ótimo.

— Ok, para tomar café — eu esclareço.

— Sim. Para tomar café.

E com sorte o café da manhã.

Não. Sem café da manhã. Sem nada. Só café.

Eu não digo nada e ele limpa a garganta.

— Nicole?

— Sim. Desculpa.

— Mande uma mensagem com o seu endereço.

— Ok — eu digo e desligo o telefone. No fundo da minha mente, sei que isso é uma péssima ideia, mas é tarde demais para recuar agora.

Querido Deus, deixe-me manter as minhas calças vestidas.

Tomo um banho bastante frio para tentar me esfriar antes que ele chegue. Já se passaram quinze minutos e quase dez mensagens de texto tentando escapar. Todos elas pareciam pouco convincentes, e eu decidi que era melhor lidar com isso, manter a distância e torcer para que tudo dê certo.

Pode ser.

Meu porteiro foi informado da visita de Callum, então agora eu espero.

Já que minhas amigas não têm nenhum problema em me deixar maluca, decido que Kristin será a destinatária da mensagem de texto dessa noite. Principalmente porque ela saberia por que estou tendo um leve ataque de pânico.

Eu: Sei que você está dormindo. Mas o Callum está vindo para cá. Meu cliente, Callum. O cara de quem eu fugi. Estou enlouquecendo pra caralho. Vocês, suas vacas, nunca se importaram para limites, então, aqui estou eu, sem me importar. Ligue para mim. Agora. Por favor. Ligue. Para. Mim.

Meu telefone toca alguns segundos depois.

— Sério? — ela diz, meio adormecida.

— Estou louca, certo?

— Isso nunca sequer foi uma pergunta — Kristin diz e resmunga. — Com o que você está preocupada?

— Hmm, de dormir com ele. Ele está vindo para tomar um café — eu a informo.

— É assim que os jovens estão chamando hoje em dia?

Ela é estúpida.

— Não é engraçado.

— Não, o que não é engraçado é você me mandar mensagem dizendo que preciso ligar para você porque você tem um encontro sexual chegando.

Não é assim. Ela está perdendo o ponto. Se fosse um encontro sexual, eu teria conferido a minha depilação, arrumado meu cabelo e empinado os seios, mas, em vez disso, estou tendo um colapso do caralho.

— É café, Kris. Café. Sem sexo.

— Mentiras que você diz a si mesma. — Ela mal consegue dar um bocejo.

— Por que eu pensei que você seria aquela que me ajudaria mais?

Kristin faz algum barulho ao fundo e então sussurra para Noah. Escuto uma porta se fechando e sorrio. Bom, ela está acordada.

— Eu não sei por que você pensou isso, mas meu namorado agora vai me fazer pagar por acordá-lo. Isso significa que você vai pagar por isso. Olha, você está pirando, pois este é o primeiro cara desde o idiota a fazer você se sentir assim. Os outros caras com quem você fez coisas, coisas que tento não pensar, eram rostos sem nome. Foi como você anestesiou sua dor, e sim, você tem dor.

Tanto faz. Eu tenho problemas porque os homens são estúpidos e machucam as mulheres por diversão.

— Não é assim.

— Pare de mentir para si mesma. Você passou o dia na sua praia favorita com ele.

— Como... — Eu me paro e então bufo. — Porra, Heather.

— Sim, Heather me contou, supera. O ponto é que você gosta de Callum, e quer saber de uma coisa? Isso é bom, Nic. É realmente bom. Significa que você tem um coração que não foi destruído por causa de uma pessoa. Noah é a melhor coisa que já me aconteceu. Ele é o homem que eu gostaria de ter passado os anos que perdi com Scott. Mas você quer saber? Eu não posso passar. Tudo o que posso fazer é deixar isso para trás e amá-lo com tudo o que sou.

— E se Callum não for o cara certo?

Ela suspira, e imagino sua cabeça inclinada para o lado enquanto responde.

— Então você segue em frente, mas ele pode ser tudo. Pode ser o cara que você estava esperando. Não se feche por causa das suas regras idiotas. Juro que foi você quem disse que as regras foram feitas para serem quebradas.

Realmente odeio quando minhas amigas usam minhas palavras contra mim.

— Você tem sido muito útil.

Kristin ri.

— Bom saber. Agora, vou voltar para a cama. Você provavelmente estará fazendo o mesmo em breve?

— Eu te odeio.

— O sentimento é mútuo.

— Cretina — eu resmungo.

— Cadela.

É engraçado porque eu sou, na verdade, uma cadela.

— Falo com você amanhã.

— Mal posso esperar para ouvir. Eu te amo, Nicole. Não deixe seu relacionamento anterior determinar o que está à sua frente. Não é culpa dele que Andy seja um pedaço de merda completo. Vá transar e sorria um pouco.

Com esse último petisco, Kristin desliga antes que eu possa responder.

Agora, preciso decidir o que diabos vestir. Fico parecendo fofa, como se tivesse acabado de acordar desse jeito, ou quero parecer como se estivesse acordada e pronta para o dia?

Como se eu tivesse acordado desse jeito. Definitivamente.

Tiro minhas calças confortáveis de andar em casa e opto por shorts curtinhos realmente fofos com "sexy" escrito na bunda. Acho que é apropriado, e então vou para o banheiro. Não quero exagerar. Faço um coque bagunçado em meu cabelo e coloco um pouco de rímel.

Assim que estou satisfeita com a minha aparência, eu me sento no sofá e escuto as palavras de Kristin quicando como uma bola de fliperama batendo nos círculos. Há muito em que pensar, mas ela está certa. Eu estou basicamente condenando qualquer homem porque *um* cara me machucou. Callum pode não ser o cara certo para mim, mas o que eu sei de fato é que nunca é uma boa ideia cagar onde se come.

Então, até que esse projeto seja concluído, nada de sexo.

Talvez eu deva mudar para algo que esconda minhas pernas?

Ouço uma batida forte na porta e eu pulo.

Claro, eu penso em sexo, e então ele aparece e não tenho uma opção de me trocar também. Eu realmente tenho a pior sorte com esse cara.

Abro a porta com um sorriso e juro que quase desabo.

Ele está parado lá em um par de shorts de basquete e uma camisa de treino apertada que torna cada curva e entrada em seu peito visíveis. Jesus. Cristo. Eu morri. Enquanto faço meu caminho até o rosto de Callum, seus lábios se transformam em um sorriso.

— Bom dia.

— Claro que é um bom dia — respondo. Eu nem mesmo tenho os recursos para me importar por estar totalmente flertando.

— Gostou da vista? — ele pergunta.

— Eu amo as coisas que sobem, sabe? O sol, a temperatura, certa anatomia...

Callum explode em gargalhadas.

— Gosto de você quando está com a sua guarda baixa às duas da manhã.

Balanço a cabeça para os lados e abro a porta.

— Entre. Estou preparando o café.

Ele entra no meu apartamento e olha em volta.

— Se eu tinha alguma dúvida sobre contratar você, elas sumiram agora. Sua casa é de tirar o fôlego.

Assim como você.

— Obrigada — eu digo, ao invés.

Ele sorri.

— Me parece que todas as coisas que dizem respeito a você são bastante bonitas.

Minhas bochechas ficam quentes e eu quero me dar um tapa. Estou malditamente corando como uma garota de dezesseis anos. Querido Deus.

— Bajulação te leva a todos os lugares, certo?

Callum ri.

— É o que dizem.

Nós nos encaminhamos para a cozinha e pego duas canecas. Eu me preocupo com a conveniência em tudo — exceto com o café. Eu costumava assistir minha mãe com sua prensa francesa e pensar: *Querido Deus, mulher, compre uma máquina de café.*

E então eu provei.

É diferente e, depois que prova um pouco, não pode mais voltar atrás.

Sirvo uma xícara para nós dois e nos sentamos na área de refeições.

— Aqui está. — Eu sorrio.

— Obrigado. Isso já será um milhão de vezes melhor do que a merda que eles têm no saguão do meu loft.

— Então — eu digo, antes de tomar um gole —, o que te fez não conseguir dormir?

Ele encolhe os ombros.

— Muita coisa na mente.

Ah, eu conheço esse sentimento.

— O mesmo por aqui.

— Sabe, a nossa lista de coisas em comum supera em muito nossas diferenças.

— Mesmo? — Eu me inclino para trás com minha xícara de café.

Callum toma um gole e sorri.

— Você é linda, eu sou bastante bonito. Você tem um pai muito parecido com o meu. Você tem a sua própria empresa, assim como eu. Você não consegue dormir, nem eu. Na verdade, só tem uma coisa com a qual nós não concordamos.

Eu sorrio.

— E o que é isso?

— Que nós não devemos explorar o que quer que seja isso que está crescendo entre nós.

Meu coração começa a acelerar e eu empurro o cabelo para trás.

— Callum.

— Apenas escute. — Ele levanta a mão. — Sei que você tem regras. Eu também tenho. — Sua voz é quente e doce. — Você está perdendo uma coisa importante sobre tudo isso.

Eu me inclino para frente, incapaz de manter a distância. Ele cheira bem demais. Sua voz é muito intoxicante. A aparência dele é demais. Eu o quero tanto que minhas entranhas doem fisicamente. Ele é a maldita fruta proibida, e eu sou Eva, querendo engolir aquela maldita maçã inteira. Eu sou forte, mas caramba, me sinto fraca.

— O que estou perdendo? — Minha voz está rouca, até mesmo para os meus próprios ouvidos.

— Eu ainda não sou seu cliente.

E com isso, ele fecha a distância e me beija antes que eu possa fazer alguma coisa.

Capítulo 14

NICOLE

Beijá-lo é diferente de qualquer outra coisa. Agora eu entendo a expressão que diz que você tem que beijar muitos sapos para encontrar seu príncipe.

A boca de Callum é exatamente o que eu gosto. Firme, mas flexível. Forte, mas gentil. E quando nossas línguas se tocam, juro que não consigo respirar.

Minhas mãos se enredam em seu cabelo, mantendo-o exatamente onde eu o quero. Não me importo que, embora nós tecnicamente não tenhamos assinado nosso contrato, ele é meu cliente. Não me importo que isso seja uma péssima ideia. É bom demais.

Tudo sobre isso está certo.

Também está tão errado.

Ele empurra a cadeira para trás antes de me levantar em seus braços. Nós nos movemos até que as minhas costas estejam pressionadas contra a parede e seu corpo duro esteja me mantendo cativa ali. Nossos lábios não se separam enquanto nós dois lutamos pelo poder. Callum, no entanto, não cede. Ele brinca comigo, me permitindo um momento para pensar que tenho o controle, mas então ele desaparece antes que eu possa agarrá-lo completamente.

Isso me excita ainda mais.

— Meu Deus, a sua boca… — Callum diz, mal se afastando tempo suficiente para pronunciar as palavras.

Se houvesse uma chance de que eu pudesse escolher a maneira como morrer, seria com a boca desse homem. Leve-me para o céu porque estou morta.

Os lábios dele deslizam da minha boca, descendo pelo meu pescoço, e eu fecho os olhos.

— Nós devíamos parar. — Eu não quero dizer uma única sílaba maldita disso.

— Eu discordo — ele diz, sua boca se movendo mais para baixo contra o meu peito.

— Isso é uma má ideia — eu reitero, empurrando sua cabeça para baixo. Claramente, estou apenas dizendo isso para me ouvir falar.

As mãos de Callum se movem para cima, dos meus quadris até os meus lados, deslizando seus polegares pelos meus mamilos.

— Acho que essa é a melhor ideia que tivemos até agora.

Ele passa seus dedos de novo e eu gemo.

— Talvez você esteja certo.

Seus lábios se movem para cima, roçando o ponto logo abaixo da minha orelha.

— Ah, eu sei que estou. Você quer que eu pare?

Balanço a cabeça em negação.

— Você quer mais?

Olho para ele, sabendo que não há uma chance no inferno de que eu poderia parar isso, mesmo se eu quisesse, o que não quero.

— Eu quero tudo isso.

— Onde fica o quarto? — ele pergunta, me levantando, fazendo com que as minhas pernas envolvam sua cintura. O comprimento duro de seu pau pressiona contra o meu estômago, e tudo o que posso pensar é em quão bom vai ser sentir aquele *grande* garoto malvado em alguns minutos.

— Siga por ali. — Aponto para o corredor e ele começa a andar.

Meus lábios estão contra o seu pescoço, beijando meu caminho até a orelha dele.

— Sonhei com isso — confesso.

— Eu também, amor. Não pensei em mais nada além de ter você.

Pela primeira vez em muito tempo, sinto frio na barriga. Tenho certeza absoluta de que esse homem vai me destruir, mas estou andando na prancha de qualquer maneira, puxando-o comigo enquanto pulamos no mar agitado.

Porque, sejamos realistas, vou acabar afundando, mas, com sorte, ele pode ser meu colete salva-vidas.

Callum me carrega para a cama, sua estrutura sólida paira sobre mim.

— Eu não vim aqui para isso — ele fala. — Quero que você saiba disso.

Ele está falando besteira. É exatamente para isso que ele veio aqui, e é a única coisa em que pensei.

— Então, o que você veio fazer aqui?

— Eu não sei. Só não quero que você pense que se trata apenas de tocar em você, beijar você, transar com você, até que nenhum de nós possa se mover novamente.

Bem, essa é uma imagem e tanto, para a qual estou pronta.

Minhas mãos seguram seus bíceps e minha voz cai para um tom sensual.

— Nós dois sabemos que você não veio aqui para tomar café, Callum.

Seus olhos ficam mais suaves.

— Não, não era pelo café. Era por você.

Toco sua bochecha, amando a barba por fazer que pinica as pontas dos meus dedos.

— Apenas me diga uma coisa — eu digo, a última camada da minha armadura começando a desmoronar. — Você é casado?

— Não.

— Então chega de falar, e uma vez que esses papéis sejam assinados, chega de tocar. Isso é coisa única até que eu não esteja mais trabalhando com você, entendeu?

Ele não diz mais nada porque seus lábios estão ocupados demais contra os meus. Sei que isso provavelmente é um erro, mas Kristin está certa, as regras foram feitas para serem quebradas. Eu sou uma garota esperta, e isso é sexo. Posso lidar com sexo. É sentir coisas que me assusta, então tudo o que tenho que fazer é proteger essa parte de mim e estarei bem. Certo?

Certo.

Isso com Callum é apenas sexo. Aham. Nada mais. Apenas uma semana de tensão sexual crescente que agora está em completa ebulição.

Ele se inclina para trás, arrancando sua camisa, e eu faço o mesmo.

Não há sutileza. Só necessidade. Vontade. O desejo está bombando tão rápido que posso sentir o calor e as faíscas começando a se formar.

Callum segura meu rosto entre as mãos e esmaga a boca na minha. As mãos dele descem pelas minhas costas, desenganchando meu sutiã e puxando-o para longe. Eu o vesti antes que ele chegasse, tentando não parecer como se estivesse esperando por isso. Seus olhos me absorvem e meus seios transbordam.

— Foda-se — ele geme.

— Você gosta?

Callum segura os dois, amassando, e minha cabeça cai para trás, enquanto eu descanso no meu cotovelo.

— Eu gosto de tudo em você. Seus lábios — ele diz e então me beija. — Seus seios. — Ele se inclina e passa a língua ao longo do meu mamilo. — Seu coração. — A boca de Callum se move para colocar um beijo bem sobre a batida irregular em meu peito. — E eu sei que vou amar sua boceta.

Sorrio, sabendo muito bem que vou gostar de seu pau.

— Bem, então por que você não coloca sua boca lá e descobre?

O desafio faz seus olhos se incendiarem. Ah, sim, isso vai ser bom.

Ele agarra minhas coxas, me puxando para frente para que minha cabeça fique na cama. Meu short sai voando pelo quarto e ele joga minhas pernas sobre seus ombros.

— Espere, amor, estou prestes a ver se gosto do som do meu nome enquanto te fodo com a boca.

— Puta merda! — digo, sua boca talentosa indo para onde eu tenho sonhado que ela esteja.

A língua dele pressiona contra o meu clitóris, sacudindo em um ritmo que faz meus dedos dos pés se curvarem antes que ele o role entre seus dentes. Não sei por quanto tempo isso dura, mas estou suando. Ele me leva mais alto e então, bem quando estou chegando ao pico, ele me deixa cair de volta.

Eu sou o rato, e ele é o gato, brincando comigo até que ele planeja ir para a matança. Porra, eu amo cada segundo disso.

— Callum, por favor, porra! — imploro. *Imploro.* Pela primeira vez na vida, estou implorando, porque não aguento muito mais. Eu preciso extravasar.

Sua única resposta é deslizar um dedo dentro do meu corpo, bombeando enlouquecidamente devagar, e sei que o estou segurando com força. Eu preciso de mais. Eu preciso de tudo.

Em seguida, ele puxa o dedo para fora e circula minha bunda. Quando ele passa pelos músculos tensos, seus dentes capturam meu clitóris novamente, e eu estou acabada. Eu caio do penhasco, tão profundamente que não consigo ver direito. Grito o nome dele, palavrões, e nem sei ao certo do que mais, porque tenho quase certeza de que apaguei.

Quando eu finalmente volto à realidade, ele está acima de mim com um sorriso de merda no rosto. Ele perdeu as calças em algum lugar no meio disso e colocou uma camisinha.

— Gostou de ouvir seu nome? — ofego, mal conseguindo abrir os olhos o suficiente para apreciar o homem aninhando seus quadris entre as minhas coxas.

— O júri ainda não decidiu, eu acho que gostaria de ouvir quando estiver dentro de você.

— Estou feliz em atender.

Ele se inclina para baixo, os lábios contra a minha orelha.

— E isso vai acontecer de novo, amor. Marque minhas palavras. Vou te foder tão bem que todas as suas regras sobre nós nem farão diferença. Espero que esteja pronta.

Eu sorrio, agarro seu cabelo e o puxo para trás para que estejamos olho no olho.

— Pode vir.

Quando ele empurra para dentro de mim, percebo que estou totalmente ferrada. Nunca vou ser capaz de deixá-lo. Não importaria se ele fosse meu cliente, meu pastor ou meu chefe, estou perdida para ele, e posso nunca mais voltar.

— Cor favorita? — pergunto.

— Verde.

— Sério? — indago. Verde é uma cor tão dura. Sei que estou vindo com um olhar de design, mas é um tom conflitante quando se está fazendo qualquer coisa.

Ele concorda com a cabeça.

— É a cor do dinheiro.

É bem a resposta de um cara.

— Você? — pergunta.

Nós estivemos deitados na minha cama, com a bunda nua, sem nem mesmo um lençol sobre nós. Nós passamos pelo básico e agora vamos às perguntas divertidas.

— Cinza.

— Ok, e você fez uma careta para o verde?

— É uma cor que eu posso fazer ou transformar em qualquer coisa. É maleável e gosto disso. Por exemplo. — Rolo e pego o travesseiro cinza que jogamos para fora da cama. — Isso é cinza, certo?

Callum acena com a cabeça, e eu pego um cor de ameixa.

— Agora, quando eu o coloco ao lado deste travesseiro, o que você vê?

— Cinza e roxo?

— Sim, mas o cinza torna o roxo vibrante.

Ele se inclina e me beija suavemente.

— Eu acho que você é vibrante.

— Acho que você está tentando começar outra rodada — eu rebato.

— Você estaria certa.

Por mais que eu não queira nada mais do que outra rodada fantástica de foda, preciso voltar para respirar. Caramba, ele é tão bom que não sei se meu corpo consegue aguentar outro orgasmo. O homem me deu mais do que da última vez que tive dois caras trabalhando pelo mesmo objetivo. Isso já diz tudo. Ele é um deus.

— Comida favorita? — digo, me afastando, para que ele não coloque suas mãos na mercadoria.

Ele não responde, ajusta seu pênis meio erguido e limpa a garganta.

— Você me diz a sua.

— Essa é difícil. Eu sou uma fã de comida, sempre fui, mas a que mais amo é a culinária italiana.

Callum sorri.

— Eu também, você já foi para a Itália?

— Não. Não viajei para o exterior tanto quanto gostaria. Estive no Reino Unido para um período curto com o meu pai em uma de suas viagens de "prometo passar mais tempo com você". — Faço aspas com as mãos na última parte e reviro os olhos. — Ele falava tanta merda. Fez parecer que queria me levar pela Europa quando tudo o que queria era matar dois coelhos com uma cajadada só. Acabou fazendo reuniões durante quase toda a viagem.

— A Itália é um dos meus lugares favoritos. A comida, o vinho e as pessoas tornam inesquecível.

Eu me deito de costas e suspiro.

— Eu te invejo.

— Por que disso?

Com a cabeça virada, eu sorrio.

— Porque você pode simplesmente ir para a Itália com tanta facilidade. Tudo o que nós temos aqui é a praia e o Caribe. Não me entenda mal, eu amo os dois, mas eles não são exatamente cheios de arte e história. É ótimo, porque posso dirigir por Florida Keys e encontrar inspiração, mas amo todos os elementos de design da Toscana e de Roma. É rico e diferente da sensação de praia em que normalmente trabalho aqui. Um dia, eu vou. Um dia, vou poder provar, tocar e experimentar tudo isso.

Callum se apoia no cotovelo.

— Acho que você vai ter que vir comigo para Londres.

— O quê?

— Você vai vir para Londres comigo na próxima semana e eu vou te levar aonde você quiser ir.

Inclino a cabeça para ele.

— Eu tenho que trabalhar na construção dos seus projetos.

— Você pode trabalhar lá.

— Você está louco! — Jogo o travesseiro nele.

— Por quê? — ele pergunta com uma risada. — Você nunca foi, eu amo aquele lugar. Há um milhão de lugares que podem te inspirar com toda a nossa rica história e design. Que possível razão você poderia ter para recusar a minha oferta?

Tento encontrar *todas* as coisas que eu tenho em meu banco de desculpas, mas não consigo achar nenhuma.

— Não sei, mas tenho certeza de que há um bom motivo, só preciso descobrir qual é.

A verdade é que não tenho nada. Minhas amigas não precisam de mim. Elas são todas casadas, namoram ou o que quer que seja. Minha mãe adoraria nada mais do que eu ir para umas férias na Europa com um milionário. Juro que ela provavelmente compraria minha passagem de avião se isso significasse que eu iria. Já tive que limpar toda a minha agenda porque aceitei este projeto. Não há uma desculpa real para eu não poder ir.

Nenhuma que não seja... ele será meu cliente assim que assinar o contrato.

— Então eu acho que você vai chegar lá comigo — ele diz, como se estivesse decidido.

Eu sorrio, porque sou uma garota de mente suja.

— Ah, eu acho que nós dois vamos chegar lá juntos.

Callum entende exatamente o que estou insinuando e se move na minha direção.

— Você acha?

— Com certeza.

— Aposto que nós poderíamos chegar lá mais algumas vezes.

— Acho que você é um homem muito capaz e pode fazer isso muito bem, Sr. Huxley.

Callum espreita para frente em suas mãos e joelhos e me vira de bruços.

— Acho que você está prestes a descobrir, Srta. Dupree.

Capítulo 15

CALLUM

— Eu entendo isso, Edward, mas não estou em Londres — eu resmungo, ouvindo meu primo explicar que, mais uma vez, meu irmão desapareceu. — Não tenho certeza do que você espera que eu faça sobre isso.

Se eu estivesse lá, o mataria, porra.

Eu não me importo que ele esteja vivendo da maneira que ele quer, ele tem obrigações para com a empresa e um maldito trabalho a fazer. Eu o deixei deslizar por tempo suficiente.

— Estou dizendo a você, Callum. Isto é um problema. Não me importo em assumir e dar cobertura para o idiota, mas, ao mesmo tempo, você deveria estar ciente.

— Ele não vai gostar do resultado, isso com certeza.

Para alguém que é assustadoramente brilhante, é certo que ele pode ser um burro estúpido. Minha paciência com ele chegou ao fim, e tem muitas coisas que venho ponderando com relação a ser CEO de duas grandes corporações. Deveria ser relativamente fácil, considerando que passei a última década tentando preparar meu irmão. Em vez de ele assumir o controle, tenho um conjunto inteiramente novo de problemas, porque Milo é imprudente pra caralho.

Como eu divido meu tempo entre duas empresas em dois continentes diferentes? Vendo a companhia do meu pai e volto para Londres? Devo deixar Londres, que está cheia de lembranças terríveis, e começar do zero? Começar algo com a loira que não consigo tirar da cabeça?

Sou um idiota por sequer tentar perseguir uma mulher que mal conheço? Sim, eu sou, mas não dou a mínima.

Edward pigarreia.

— Se você precisar de mim, estou aqui para intervir.

Ele tem feito muito isso ultimamente, pegando a negligência que Milo deixa em seu rastro.

— Eu sei disso, Edward. Acredite em mim, eu sei. Haverá algumas mudanças e vou pedir que você assuma um pouco mais.

Por mais que me doa fazer isso, acho que essa é a única coisa que vai fazer Milo ver que estou farto de seus joguinhos. Preciso de alguém em quem possa confiar — o tempo todo. Não apenas quando lhe convém.

— Estou feliz em fazer isso, Callum.

— Entrarei em contato — eu digo, e jogo o telefone na minha mesa.

Ando de um lado para o outro em volta do escritório do meu pai — meu escritório — e agarro minha nuca. Não sei como minha vida mudou completamente. Edward é um primo de segundo grau e não chega nem perto do tipo de pessoa que eu gostaria de deixar no comando. No entanto, ele é o único que está trabalhando, o que é mais do que posso dizer sobre meu irmão.

Porra, Milo.

Pego o telefone e envio uma mensagem rápida para ele.

Eu: Pare de olhar para o próprio umbigo e volte ao trabalho! Estou tentando não te despedir, mas, que Deus me ajude, você está tornando isso impossível.

Milo: Estou trabalhando enquanto aproveito o sol.

Eu: Você quer que seu primo estúpido pegue seu emprego?

Me machuca até mesmo digitar as palavras, mas preciso saber que as coisas estão funcionando enquanto estou aqui.

Milo: Não faça ameaças inúteis, Cal. Não combina com você.

Desgraçado.

Eu: Isso não é uma ameaça. Volte para o escritório ou você descobrirá que seu emprego não é o que tinha antes.

Uma mensagem de texto chega, e minha pressão arterial está nas alturas. As pessoas não veem o estresse que acompanha quando se dirige uma empresa. Elas só querem ver os carros, casas ou o que quer que venha com o sucesso. Não veem os dias de trabalho de dezesseis horas, que não saio de férias há quatro anos e que não tenho um único relacionamento significativo.

Tudo isso não existe porque minha vida é o meu negócio.

Meu mundo está garantindo que as pessoas que trabalham para mim possam pagar suas contas.

Se Michael, o office boy, pode pagar o aluguel ou não, depende de a Dovetail manter suas portas abertas.

Essa é a responsabilidade que recai sobre os meus ombros.

Nicole: Estive pensando...

Meu peito se aperta, mas de uma forma diferente do que estava antes.

Eu: Espero que seja uma coisa boa. Eu tive um dia bem merda.

Nicole: Bem, acho que é bom.

Eu: Então, por favor, compartilhe.

Nicole: Minha melhor amiga vai dar um jantar de celebração hoje à noite e... Eu preciso de um encontro. Você estaria interessado?

Depois de tudo o que Nicole e eu discutimos, isso é provavelmente algo assustador para ela. Ela me contou muito outra noite sobre elas quatro. Como são praticamente irmãs e como ela as valoriza mais do que tudo.

Nunca tive amigos assim, mas, pelo que ela disse, estou com bastante ciúme.

Além disso, significa que ela quer mais tempo comigo, assim como eu quero.

Eu: Eu adoraria.

Nicole: Ok, ótimo. Me encontra na minha casa por volta das seis?

Eu: Te vejo então.

Tento não sorrir, mas não consigo parar. Ela entrou em contato e não está dizendo aquelas besteiras sobre regras e clientes.

Talvez a minha estada se prolongue ainda mais porque não vou voltar a Londres se tiver uma chance com Nicole. Porra, de nenhum jeito eu vou me afastar dela tão facilmente.

Capítulo 16

NICOLE

— É só um jantar na casa de Danielle. Não é grande coisa.

Danni se ofereceu para receber o encontro deste mês, porque a casa de Kristin está em construção e Heather nunca está mais por perto. Eu, com toda certeza, não estava fazendo isso, já que sou preguiçosa e nunca faço.

Claro, assim que eu informei minhas amigas idiotas que estava trazendo um encontro — pela primeira vez na vida —, elas agiram como se o Papa estivesse chegando. Elas começaram um grupo de mensagens, do qual eu saí *duas vezes* e de alguma forma fui sugada de volta para ele, e começaram a falar sobre como os unicórnios devem estar caindo do céu.

Eu realmente odeio toda a desculpa de vingança que continuam a usar.

Meu porteiro avisa que Callum tinha chegado. Sigo para a porta, abrindo para que eu possa esperar por ele.

O fato de eu tê-lo visto nu não faz nada para conter a emoção de vê-lo agora.

— Olá, linda — ele diz, caminhando na minha direção.

— Olá pra você também, lindo.

Callum não hesita. Ele envolve seus braços em volta da minha cintura, me puxando com força para a sua frente, e seu outro braço desliza para cima, envolvendo a parte de trás do meu pescoço e trazendo seus lábios aos meus.

É um daqueles beijos de filme. Onde a garota fica mole nos braços do cara, que a segura apertado, garantindo que ela não caia. Está cheio de magia e aquele grande suspiro porque, com ele, ela está segura.

Assim como eu.

Porra, que inferno, isso não está nem um pouco no plano.

Sua boca se molda à minha, e lá vai meu maldito suspiro sonhador.

Muito cedo, ele se afasta.

— Se eu ficar assim, nós chegaremos um pouco tarde, porque você vai estar debaixo de mim e eu vou estar profundamente dentro de você.

— Bem, então vamos nos atrasar — digo, com um sorriso.

Ele ri.

— Eu adoraria, mas gostaria que suas amigas me aprovassem. Acho que vai ajudar quando o contrato for finalizado e assinado.

Balanço a cabeça em negação.

— Não vai.

— Ah, eu tenho fé.

— Estou te falando, Cal, não vai. Eu tenho regras, e desde que você encontrou alguma brecha e eu acho que você é um homem muito sexy com um pau gigante — descanso a mão em seu peito —, estou deixando isso acontecer. Depois que o contrato estiver assinado, não há brecha.

Callum se inclina para outro beijo.

— Veremos.

Estúpido e teimoso garanhão britânico do sexo. Claro que veremos.

— Me subestimar é uma coisa muito ruim.

Seus lábios se transformam em um sorriso deslumbrante.

— O que você disser, Nic.

Bato em seu peito de brincadeira.

— Idiota.

— Você está pronta para ir ou precisa usar a casa de banho?

— Casa de banho?

— Desculpe, banheiro — ele diz a palavra com dificuldade.

Adoro seu sotaque e palavras estranhas.

— Não, eu estou bem. Você precisa usar o quarto dos meninos? — pergunto, batendo meus cílios.

— Se eu der um passo para dentro do seu apartamento, amor, nós não vamos sair. Especialmente se eu tirar minhas calças.

— Quantas promessas. — Aperto sua mão. — Vamos antes que eu aceite a oferta sem as calças.

Nós entramos no carro e meus nervos começam a ficar loucos de novo. Estou começando a pensar que alguém mexeu com a droga da minha mente. Minhas amigas, homens e sexo não me deixam nervosa, mas, ainda assim, quando estou perto de Callum, não sou nada além de uma bola de nervos caóticos e luxúria impulsionada por hormônios.

No trajeto até lá, fico quieta e me concentro em não nos jogar no acostamento. Penso em como minhas amigas vão reagir a ele. E se elas não gostarem dele? Eu realmente me importo? Por que eu sequer me importo se, em alguns dias, ele será apenas meu maldito cliente?

Ah, porque estou mentindo para mim mesma. É por isso.

Encosto o carro e Callum olha para mim.

— Você está bem?

— Estou bem.

— Você age como se estivesse prestes a me jogar para os lobos. — Ele ri.

Eu me mexo no meu assento.

— Não, elas são realmente ótimas, eu que sou o lobo.

Ele ri alto e balança a cabeça.

— Bem, amor. — Ele se move para perto de forma que nossos lábios mal se tocam. — Ficarei feliz em comer você esta noite.

Jesus, eu adoro conversa suja. Vou com meus lábios para os dele, que se afasta e abre a porta.

— Bastardo — eu murmuro, e o som de sua risada vem através do carro, deixando-me saber que ele me ouviu.

É agora ou nunca.

Ele pega minha mão, mas, quando tento me afastar, seu aperto aumenta. Ok, então, nós vamos entrar como um casal. Isso não vai sair pela culatra para mim.

Danielle abre a porta antes de subirmos as escadas.

— Droga. — Ela suspira. — Eu estava esperando pegar vocês dando uns amassos no carro, então eu teria algo para pegar no seu pé.

Eu reviro os olhos.

— Desculpe desapontá-la. Callum planeja me atacar esta noite, talvez possamos filmar para você?

Ele se engasga e Danni gargalha.

— Vou garantir que o Peter saiba que você ofereceu.

Os olhos de Callum encontram os meus com uma mistura de horror e espanto.

Encolho os ombros.

— Nós não temos limites. Esteja preparada.

— É um prazer conhecê-lo, Callum — Danielle diz, sua mão estendida.

— Maravilhoso conhecê-la também.

Nós entramos e minhas amigas idiotas vêm correndo para frente.

— Ei, eu sou a Heather.

— Olá.

— Eu sou Kristin. — Ela sorri calorosamente e depois dá uma piscadinha para mim. Fico feliz em ver que ele passou em seu medidor de cara gostoso. — Este é Noah...

— Frasier — Callum termina, estendendo a mão para o namorado de Kristin. — Grande fã.

Ah, Deus. Eu esqueço que Noah e Eli são grandes no mundo real. Para mim, eles são idiotas que tornam minhas amigas idiotas. Noah não é uma grande estrela de cinema, ele é... o Noah. Eli, bem, eu passei grande parte da minha infância sonhando com aquele homem, mas agora ele é apenas o marido da minha melhor amiga. Depois do primeiro peido, ele perdeu seu apelo sexual.

— Prazer em conhecê-lo. Deus sabe que você deve ser um cara muito bom para lidar com a Nicole — Noah declara, antes de bater no meu cotovelo.

— Cuidado, menino bonito. Vou quebrar sua cara — eu advirto.

— Você pode tentar.

— Tanto faz. — Eu bufo. — Este é Eli Walsh. Sim, minhas amigas parecem ter uma queda por pessoas famosas.

Callum faz a saudação habitual e, em seguida, olha para mim.

— Você não mencionou tudo isso na nossa conversa sobre as suas amigas.

— É muito mais divertido assim, não acha?

Ele beija minha têmpora e eu derreto ao seu lado.

E então vejo minhas amigas.

Merda.

— Vou roubar a Nicole — Kristin fala, agarrando o meu braço. — Nós precisamos fazer a sangria, e ela é a melhor.

Mentirosa. Danielle faz a melhor sangria entre nós. Esta é sua desculpa velada para me arrastar para longe de Callum e poder me fazer um milhão de perguntas, que ela é muito educada para fazer na frente dele.

Ele acena com a cabeça, e todos os caras vão até a caixa de charutos de Peter, onde tenho certeza de que vai haver muita conversa chata sobre cigarros.

Quando chegamos à cozinha, as três se voltam contra mim.

— Puta merda! — Kristin diz primeiro. — Você não mencionou o quão gostoso ele era.

— Hmm, eu mencionei sim. Também mencionei que ele é ridiculamente bem dotado.

Não sei por que isso é algo de que minhas amigas ficam tímidas em falar. Se ele tem um pau grande, por que nós não estamos falando sobre isso? É uma coisa boa.

— Fala baixo — Danielle repreende. — Ava está naquela fase louca por garotos, e Peter a ouviu conversando com sua amiga sobre o tamanho de alguma coisa. Tenho quase certeza de que era sobre o...

— Ahhh — eu digo, juntando as mãos. — Com certeza vou falar com ela sobre tamanho, circunferência *e* vou me certificar de que ela saiba disso quando tocar...

Heather me dá um tapa.

— Querido Deus! Você não precisa ser sua treinadora de paus. Ela precisa que você diga a ela como os meninos são estúpidos.

Eu zombo.

— Eu sou claramente a tia má.

— Sim — Danielle concorda. — Nós sabemos disso.

— Você não prefere que ela receba todas as informações sobre sexo da pessoa certa? — pergunto. Se eu tivesse uma filha, esperaria que ela tivesse alguém de confiança, em vez de outro adolescente desajeitado.

— Prefiro que ela continue virgem até os trinta anos — Danni rebate.

— Sim, como você fez?

— Não é esse o ponto.

Eu rio e reviro meus olhos.

— Sim, Callum é ótimo. Sinto muito não ter dado detalhes suficientes para vocês.

— Você deve realmente gostar dele — Heather declara, com olhos pensativos.

Desde que ela se casou, vive neste estado de sonho perpétuo. Isto é tão estranho. Eli deve ser realmente bem dotado e deve usar o pau da maneira certa.

— Esta é provavelmente a única vez que vocês o verão. Então, tirem todos os seus momentos estranhos e cafonas do caminho agora. Ele encontrou uma solução alternativa para nós fodermos algumas vezes, mas uma vez que eu assinar a papelada, acabou. Não vou transar com o meu cliente.

Kristin revira os olhos.

— Por que não? Eu transei com o meu compromisso. Se bem me lembro, foi você quem me encorajou a fazer isso…

Novamente palavras sendo jogadas de volta na minha cara. Droga, elas são boas nisso.

— Não é a mesma coisa. Você não estava sendo paga pelo Noah. Eu vou ser como uma prostituta bem paga.

— Se a carapuça servir… — Heather diz, com um sorriso debochado.

— Tanto faz.

— Você claramente gosta do cara — Danielle fala. — Além disso, o sotaque é sexy pra caralho.

— Não me diga! Por que você acha que perdi minha calcinha para início de conversa?

Minhas amigas não vão me ajudar a encontrar desculpas para sair dessa situação. Elas vão me arrastar para todas as desculpas esfarrapadas e tentar me convencer de que sou louca por me afastar. Já consigo até ver os maus presságios. Elas podem estar certas. Dizer a Callum que nós precisamos esfriar quando estou claramente com subindo pelas paredes por ele pode ser burrice, mas também é minha vida.

Kristin pega uma taça de vinho e a entrega para mim.

— Só estou dizendo que você gosta do cara. Você geralmente não dá a mínima para qualquer homem com quem faz sexo para trazê-lo ao nosso jantar mensal. Na verdade, você nunca fez isso. Então, aceite isso pelo que é.

Reviro os olhos.

— Acho que você precisa parar de falar com a sua colunista conselheira e distribuir conselhos. Amo vocês três, eu amo de verdade, mas sou uma garota esperta. Tenho um negócio para administrar e não tenho um homem para me segurar se eu cair.

Os olhares nos rostos delas me dizem que elas entendem o que estou dizendo. Heather e Kristin não teriam que piscar se precisassem de dinheiro. Não que alguma delas fosse aceitar de Eli ou Noah, mas elas não teriam que pedir. Danielle não trabalha, mas está criando Ava e Parker. Suas vidas são sólidas, porque Peter rala pra caramba como advogado.

Eu não tenho um Eli, Noah ou Peter. Eu tenho a mim mesma.

— Nós vamos cuidar de você — Danielle fala.

Heather sorri.

— Nós sempre vamos cuidar umas as outras.

— Sempre — Kristin reforça o que elas disseram.

Todas nós damos as mãos.

— E para sempre.

— Vocês têm certeza de que precisam ir? — Danielle pergunta, arrastando um pouco as palavras.

Eu rio.

— Nós poderíamos ficar para sempre!

Peter envolve seu braço ao redor da esposa muito bêbada.

— Não, querida. Vocês duas precisam ir para a cama.

— Mas eu não quero! — Ela faz beicinho.

— Ah, nem eu. Bem — eu me viro para Callum —, a menos que você vá para a cama comigo. Se for esse o caso, estou pronta para ir agora mesmo.

Peter ri.

— Boa noite, pessoal. Callum, se você estiver por aí esta semana, me ligue. Eu adoraria fumar um charuto e talvez tomar um pouco de uísque.

Callum sorri.

— Eu gostaria disso. Vou te ligar.

Awwn, que fofo. Callum fez um amigo.

Ele passou o tempo com os três caras a noite toda. Exceto pelos poucos minutos que esteve no corredor comigo. Ele me empurrou contra a parede, me beijando até que eu estivesse malditamente perto de me esfregar contra sua ereção, e então ele se afastou como se nada tivesse acontecido.

— Dirija com cuidado! — Danielle grita.

Eu me viro para Callum.

— Já recebeu um boquete enquanto dirigia?

Ele ri.

— Receio que não.

— Ah. — Dou uma risadinha. — Nós vamos nos divertir.

— Cada dia com você é um pouco de diversão, não é?

Pena que essa diversão vai acabar.

Não, não vou pensar em nada disso. Vou explodir a mente desse homem enquanto dirigimos. É só nisso que estou pensando.

Qual é o ditado? Pau de cavalo não se olha a boca? Ou cavalo dado? Ou pau na mão? Tanto faz. Não importa.

— Venha, linda, vamos colocá-la no carro.

Nós começamos a caminhar em direção à calçada e a mão de Callum repousa no meu quadril. Eu me inclino, respirando sua colônia de sândalo e uísque.

— Você cheira bem.

Ele ri.

— Você também, amor.

— Por que você me chama assim? — pergunto.

Callum me abaixa no banco do passageiro e se agacha.

— Porque você é adorável. Você exala amor, e eu me pergunto se é possível impedir que meus sentimentos por ti cresçam.

Agora, estou bêbada o suficiente para não ter cem por cento de certeza de que esta conversa está acontecendo.

— Então, você acha que poderia me amar? — questiono.

— Acho que é impossível não fazer isso.

Estreito os olhos.

— Você nem me conhece.

— Conheço o suficiente.

Eu rio.

— Você não tem a menor ideia de como eu sou louca. Acredite em mim, sou uma garota que nem mesmo um pai poderia amar.

A grande mão de Callum se levanta e segura minha bochecha com ternura.

— Então ele é um idiota.

Meus olhos se fecham e eu inclino minha cabeça em seu toque. Ele é tão forte que me pergunto se pode carregar o fardo de estar comigo. Sou louca, imprudente e desconfiada.

— Ou talvez você seja.

Ele pressiona seus lábios nos meus.

— Acho que nós vamos descobrir.

Capítulo 17

NICOLE

Eu rolo para o lado, e quando meu rosto atinge algo duro e quente, abro um pouquinho do meu olho, rezando para que seja Callum e não algum outro cara.

Não me lembro de nada depois de entrar no carro. Acho que nós conversamos, mas não tenho certeza. Houve muitas risadas, mas então eu acho que fechei meus olhos e foi isso.

Ele está olhando para mim com um sorriso.

— Bom dia.

Argh. Manhã.

— Eu bebi muito mais do que pensava — resmungo.

— Sim, mas você estava adorável.

Excelente.

— Presumo que nós não tivemos um boquete na estrada?

Ele ri.

— Não, sexo em coma não é realmente a minha praia.

— Bom saber.

Olho ao redor do quarto e percebo que não estamos no meu apartamento. Em vez de marfim suave com toques de rosa, este quarto é preto com aço inoxidável em todos os lugares. Os pisos são de concreto e os móveis extremamente masculinos. É claro que nenhuma mulher tocou neste lugar.

Eu me sento, notando que estou de sutiã e calcinha.

— Me dê um segundo rápido?

Ele concorda com a cabeça.

Corro em direção ao banheiro, odiando não ter tido tempo de escovar os dentes e ficar linda antes de ele acordar. Todas as minhas amigas pensam que sou louca por nunca deixar um homem me ver antes de me enfeitar um pouco, mas não me importo. É como eu mantenho meu fascínio. Já que isso acabou, estou pronta para algum controle de danos — e espionagem.

Quando saio do banheiro, procuro por qualquer sinal de que ele seja um assassino em série.

Primeiro, o armário de remédios.

Advil.

Barbeador.

Colônia pós barba.

Desodorante.

Tudo normal e necessário.

Ficando o mais silenciosa que posso, fecho e abro o armário debaixo, esperando que haja uma maldita escova de dentes em algum lugar e nenhum clorofórmio.

— Você está bem aí? — A voz profunda de Callum me assusta como a merda.

Minha mão voa sobre meu coração.

— Eu estou bem, apenas... você tem uma escova de dente extra?

— Eu não tenho. Não estava planejando ficar aqui tanto tempo, mas você pode usar a minha — ele oferece.

— Nojento!

Ouço sua risada profunda e gutural através da porta.

— Por quê? Eu coloquei minha língua em sua boca assim como em outros... locais.

É verdade, mas escovas de dente são outro nível de intimidade.

— Ainda assim...

— Não esperava hóspedes durante a noite, Nicole. Você pode usar a minha, se preferir ou não.

Bem, dane-se. Eu quero beijá-lo, mas meu hálito tem um gosto abominável, então só posso imaginar como cheira mal.

Fico olhando para a escova de dente dele e decido que não posso. Nós não estamos nem perto de chegar lá ainda. Deus me deu dez dedos, e acredito que um deles pode me ajudar neste exato momento.

Rapidamente, uso o dedo e esfrego a boca o máximo que consigo, faço bochecho com um pouco do enxaguante bucal que encontro no balcão e, em seguida, saio.

Ele está sentado na cama com apenas um par de calças largas. Droga, ele parece bem.

— Então, nós viemos para a sua casa?

— Eu não ia deixar você em seu loft enquanto estava chateada. Eu pensei que assim era mais seguro.

— Eu estava brava? — pergunto, subindo na cama. Merda. Eu não me lembro disso de jeito nenhum.

Callum balança a cabeça.

— Bêbada. Chateada significa bêbada.

— Ahh, eu não sabia disso. Preciso de um dicionário britânico. — E então eu sorrio maliciosamente. Eu poderia usar outra coisa que é britânica e começa com pau. — Quer saber? — pergunto, com travessura no meu tom. — Sou uma grande fã de sexo matinal.

Seus olhos mudam e ele levanta uma sobrancelha.

— Você é?

— Ah, sim. É realmente assim que todos nós deveríamos começar nosso dia, não concorda? — Eu me movo para frente, não dando a ele realmente a opção. Eu devo a ele e, de verdade, minhas razões não são completamente altruístas.

Callum se senta um pouco mais reto e eu subo em cima dele.

— Acho que acordar desse jeito foi perfeito.

— Aposto que posso tornar isso melhor — prometo.

— Não duvido disso, amor.

Por que gosto tanto quando ele me chama assim? Por que a maneira como ele diz isso me faz sentir querida, embora seja loucura? Eu realmente preciso parar a agitação nervosa no meu estômago para que eu possa me afastar dele até que o nosso acordo de negócios seja finalizado.

Tenho uma ótima maneira de calar a sua boca. Eu fundo meus lábios nos dele, e ele geme. Nossas línguas duelam, e desta vez, vou ficar por cima. Preciso tomar as rédeas porque me sinto completamente fora de controle na minha cabeça.

Usando meu peso, eu o empurro contra a cabeceira da cama e o monto. Seu pau está duro e me acertando no melhor lugar. Seus dedos cavam em minha bunda, e o beijo com mais força, alcançando minhas costas para soltar meu sutiã.

Uma coisa que não falta entre nós é paixão. Nós temos isso de sobra.

Eu me movo para trás, deixando o pedaço de material cair entre nós e seus olhos se transformam em piscinas líquidas de calor.

— Nicole. — Ele geme e então seus lábios estão de volta nos meus.

Estico a mão entre nós e o esfrego através de suas calças.

No entanto, não é isso que eu quero.

Deslizo mais para baixo, mantendo a boca em contato com a pele dele, beijando meu caminho até a terra prometida.

Meus dedos enganham sob o cós de sua calça, e eu puxo para baixo antes de fazer o mesmo com a minha calcinha.

— Posso ter furado com o boquete da estrada, mas agora você pode se concentrar sem se preocupar em bater — digo, com um sorriso malicioso.

— Caralho, você é um presente de Deus.

É certo que eu sou.

— Vamos ver se você grita o nome dele quando eu explodir sua mente.

Corro a língua ao redor da borda de seu pênis, amando o som que escapa de sua garganta. Em vez de brincar com ele, abro a boca e o tomo o mais fundo que consigo.

— Porra, que inferno! — Callum grita.

Não gosto de me gabar, mas sou muito boa em dar boquetes.

Balanço para cima e para baixo, me afogando em cada gemido e grunhido que Callum faz. Eu o chupo profundamente, com força, e uso minha língua ao longo do caminho. Suas mãos se enfiam no meu cabelo, e eu o deixo definir o ritmo que ele gosta.

— É isso, amor. Sim. — Ele grunhe, completamente perdido. — Porra. Sua boca é tão boa. Vai fundo — Callum comanda.

Faço exatamente o que ele quer. Eu o levo para o fundo da minha garganta e a água enche meus olhos, mas não paro.

— Não consigo segurar — ele fala.

Agradeço o aviso, mas meu objetivo não é me afastar. Empurro sua mão da minha cabeça e começo a me mover mais rápido.

— Meu Deus, Nicole! — ele grita antes de perder o controle.

Assim que termina, ele me puxa para cima.

— Oi — eu digo timidamente. — Eu te fiz dizer algo a Deus.

Ele não sorri ou se faz de tímido. Callum parece faminto e eu tenho a sensação de que estou prestes a ser comida.

Com toda certeza, ele esmaga sua boca na minha, me empurrando para baixo na cama. Suas mãos seguram meus seios e ele os aperta, beliscando meus mamilos. Então empurra minhas pernas para cima, enganchando-as em seus braços. Seu pau desliza contra mim, buscando a entrada, e tudo o que eu quero é ele dentro de mim.

Não quero ou preciso de mais nada além dele para me preencher.

— Eu preciso de você — ofego.

— Caramba, você certamente precisa — ele diz, roçando contra meu clitóris novamente com seu pênis. — Mas você me quer?

Eu gemo.

— Sim.

— Preciso pegar o preservativo — ele fala.

— Não. Agora.

Não posso acreditar que estou dizendo isso, mas o quero muito para me importar.

— Estou limpa, tomando pílula. Você?

— Limpo.

— Ok. Agora. Porra, fique dentro de mim. Eu preciso de você.

— O suficiente para parar com seus avisos de se afastar?

Sério, ele está mesmo negociando agora?

— Callum, me dá o seu pau.

Ele ri e então me beija, ainda sem fazer o que eu disse.

— Me diga que você não vai se afastar.

— Seu. Pau. Dentro de mim. Agora.

— Diga.

Sua mão desliza entre nós e ele começa a esfregar círculos.

— Olha o quanto você me quer. — Ele sorri debochado.

— Sim, não me faça esperar.

— Me diga que não vai se afastar.

Jesus Cristo. Isso é tortura.

— Eu não posso — digo, sem fôlego. Estou em chamas. Preciso dele para aliviar a dor de ser queimada.

— Então não vou assinar o contrato.

— Ai, meu Deus! — Eu gemo, quando ele pega meu clitóris entre seu polegar e o indicador. — Você está me matando!

— Não, amor, estou garantindo o que eu quero.

— E o que é isso?

Seus olhos se fixam nos meus.

— Você.

Maldição. Eu quero lutar com ele, mas não sou forte o suficiente. Eu me importo com ele, anseio por ele, quero estar perto dele o tempo todo. Eu penso sobre o que ele está vestindo, se está solitário, e acordo todas as noites desejando que ele estivesse comigo. Não importa o quão rápido e ridículo isso pareça — é a verdade. Eu sou uma garota estúpida, mas estou me apaixonando por ele.

Se eu já não tiver me apaixonado.

Enquanto luto com isso em minha mente, seu olhar permanece fixo nos meus olhos.

Sua mão se move de volta para o meu rosto, empurrando o cabelo para trás em um movimento suave.

— Diga que sim, Nicole. Diga que você vai ser minha.

Abro a boca para recusar, mas não vou mentir para ele ou para mim mesma.

— Eu jurei que nunca faria isso — digo, com meu coração exposto. — Não foi até que eu conheci você que quis quebrar essa promessa. Não quebre meu coração, Callum.

Com isso, ele entra em mim, beijando meus lábios.

— Eu não vou. Prometo.

Realmente espero que não, porque, se ele fizer isso, nunca vou me recuperar disso.

Capítulo 18

NICOLE

Imprimo os ingressos para o nosso primeiro encontro oficial. Ele me pediu para escolher algo que eu queria fazer durante o dia, e então ele cuidaria do jantar. Callum realmente nunca conseguiu desfrutar de nada por aqui, então eu escolhi a coisa mais americana que pude pensar… um jogo de beisebol.

Graças a um dos caras que ainda tem uma queda por mim, fui capaz de conseguir para nós assentos atrás da base final contra os Yankees.

Assim que a impressora cospe o último pedaço de papel, Callum bate na porta.

— Você está adorável — ele diz, quando tem um vislumbre de mim.

Sim, sim, eu estou. Fiz de tudo para me certificar de que estava fofa. Estou vestindo um short jeans, uma camisa branca, com a outra listrada favorita por cima e um boné. Eu pareço muito sexy.

Fico aqui parada, permitindo que ele examine as gostosuras — traduzindo: eu, e então o examino.

Ele está vestido com shorts cargo, uma camiseta cinza que adere a todos os músculos de seu peito delicioso e um boné de beisebol — embora seja do time errado.

— Você parecia perfeito se não fosse por isso — digo, apontando para seu chapéu.

— Eles não são o time da casa?

— Sim, mas eles não são os Yankees.

— Eu não sabia que tínhamos equipes predeterminadas.

— Nós temos.

Callum ri.

— Bem, eu gosto desse boné e sou meio que da Flórida, então escolho o time da casa.

— Eu quero gostar de você, mas sinto que estamos entrando em uma briga aqui. Eu sou realmente apaixonada por beisebol, mas quando se trata dos Yankees… Eu sou totalmente assustadora.

— Você vai ter que lidar com isso, amor.

Já estou me arrependendo.

— Eu não estava exagerando quando disse que sou assustadora. Fui expulsa do último jogo e espero que eles não tenham a minha foto em um quadro em algum lugar para que eu possa entrar. Algum babaca começou a insultar meu amado número dois e eu disse a ele para parar com isso. Ele riu, me disse para eu sentar a minha bundinha doce e começou a gritar com o meu homem. Então, eu fiz o que qualquer fã dos Yankees que se preze faria… Joguei minha cerveja nele e depois chutei sua bunda.

Os olhos de Callum se arregalam.

— Sinto muito, você o quê?

— Eu joguei minha bebida nele, pulei da cadeira e coloquei seu boné sobre seus olhos, e então peguei a cerveja do cara e despejei nele para garantir. Fui arrastada para fora do estádio. O bebezão estava chorando porque teve sua bunda chutada por uma garota.

Mas é isso que acontece quando alguém cruza o meu caminho. Os Yankees são a única coisa com a qual meu pai se importava, e ele me levava a todos os jogos quando eles vinham para a Flórida. Nós nunca perdemos um. Estive nos últimos jogos dos grandes jogadores em Nova York. Eu sou uma fanática. Não brinco com isso.

— Não tenho certeza se devo ficar assustado ou impressionado.

— Eu consigo isso frequentemente, mas não estou brincando, Cal. Não vou hesitar em despejar cerveja em você se ficar todo feliz e contente se os meus meninos do Bronx não partirem pra cima.

Ele ri, me puxa para seus braços e beija meu nariz.

— Bem quando acho que não consigo te achar mais cativante.

Meus nervos disparam um pouco, uma vez que sei exatamente o quão ruim costumo ficar. Não há absolutamente nada de cativante em mim quando estou assistindo meu time.

— Sério, eu acho que você deveria abrir mão do boné com o logotipo do time que não é o meu.

— Você não pode estar falando sério.

— Ah, mas eu estou.

— Eu não vou tirar — Callum diz com um sorriso.

— Quer apostar?

— Claro.

Merda. Não foi isso que eu quis dizer.

— Não, eu quero dizer que aposto que você vai tirar.

Ele concorda com a cabeça.

— Sei o que você quer dizer, e eu não vou tirar. Faremos uma aposta. Se o seu time vencer, então você tem que ir a outro encontro comigo.

Novamente com a coerção.

— Sério, o que há com você tentando garantir seus encontros?

— Gosto de saber que temos planos. Planos me mantêm relevante.

Balanço a cabeça para os lados. Ele é mais relevante do que eu planejei que fosse, mas eu não digo isso a ele.

— A única coisa que vai te manter no meu lado bom é se você se tornar um fã dos Yankees.

Seus braços caem.

— Bem, então eu acho que vou ter que encontrar outra maneira de te conquistar.

Eu olho brava para ele.

— Veremos.

— Você tem que comer um cachorro-quente! — digo a ele, enquanto nós estamos na fila da barraquinha de comidas.

— Eu não tenho.

— O que você pode ter contra cachorros-quentes?

O jogo foi incrível. Callum assistiu a tudo maravilhado. Não consigo acreditar que, com todo o tempo que ele passou aqui, o pai dele nunca o levou para um jogo nem nada. Essa foi a melhor parte da minha infância.

— Eles são nojentos.

— Eles são deliciosos!

Ele pede um hambúrguer e eu pego dois cachorros-quentes, pois adoro comer comida autêntica de estádio.

— É tudo uma questão de experiência, Cal. — Eu o cutuco.

— Tudo bem — ele diz à garota no balcão —, vou levar um maldito cachorro-quente também, já que ela está exigindo que isso seja feito.

A garota sorri para mim e, em seguida, demora um pouco mais com ele. Eu a observo com os lábios franzidos, esperando seu olhar encontrar o meu para que eu possa dizer a ela na conversa de garotas para cair fora. Ela finalmente olha e pelo menos tem a decência de parecer arrependida.

Eu sei que ele é gostoso — mesmo que esteja realmente vestido com uma roupa informal pra caralho —, mas tenha alguns modos.

— O que foi aquele olhar? — Callum pergunta.

Ótimo. Ele me pegou. Ah, bem.

— Eu estava dizendo a ela para parar de te olhar.

— Por que isso?

— Porque nós estamos em um encontro — eu digo sem desculpas.

— Nós estamos.

— Você quer caras olhando para mim? — pergunto.

Ele balança a cabeça.

— Eu não me importo, porque sei que posso fazer isso. — Callum se inclina, sua mão agarra o lado do meu rosto, seus dedos se emaranhando no meu cabelo, e ele pressiona seus lábios nos meus. É um beijo poderoso, sexy e de curvar os dedos dos pés que eu não quero parar.

Seus olhos estão cheios de paixão quando olha para mim.

— Eu realmente gosto quando você faz isso.

— Eles podem olhar, mas eu sou o único que pode tocar.

Eu sorrio maliciosamente para ele.

— Por enquanto.

— É mesmo?

— Eu ainda estou em cima do muro sobre você — eu o informo.

A verdade é que pulei a cerca e estou correndo as bases com ele. Apesar de seu gosto de merda para times de beisebol, ele é meio que incrível.

— E o que está mantendo você em cima do muro?

Eu encolho os ombros.

— Há algumas coisas que ainda estou esperando para decidir.

Callum se inclina para que seus lábios escovem minha orelha.

— Talvez esta noite, depois de eu ter te alimentado, eu te faça mudar de ideia…

Dou um passo para trás, olhando em seus olhos.

— Talvez você faça.

Ele levanta as sobrancelhas, e não preciso que ele diga uma palavra para ouvir o que está dizendo.

Vou cortar a porra da cerca.

Mal posso esperar para ver com o que isso será.

Não jogue jogos que você não pode vencer, Nicole.

Eu nunca faço isso.

A garota retorna com a comida, quebrando nossa troca silenciosa.

Nós levamos tudo de volta para os nossos lugares e eu praticamente inalo o primeiro cachorro-quente.

— Você vai mastigar?

— Eu gosto de garganta profunda com esse aqui — eu digo, o que me dá um olhar curioso do cara sentado do outro lado de Callum, e então dou outra mordida. — Estou me preparando para esta noite, garotão.

A mulher atrás de mim bufa e eu sorrio. Adoro deixar as pessoas desconfortáveis. Nunca vou entender o porquê.

Callum explode em gargalhadas.

— Por que nós não vamos embora logo?

Ir embora cedo? Inferno, de jeito nenhum. Você nunca sabe o que pode acontecer na parte inferior da nona. Pode haver manifestações e coisas estranhas acontecem. Eu fico até o fim, bato palmas, digo a eles bom trabalho se ganharem ou perderem, e depois sigo meu caminho alegre.

— Tenho outro cachorro que preciso comer, e nós precisamos ficar até o fim. É comum deixar os meninos saberem que achamos que eles fizeram um bom trabalho.

— Eu espero nunca entender sua mente, é um lugar extraordinário.

Eu sorrio para ele.

— É, realmente. Eu sou meio que incrível.

— Sim, amor, com certeza você é.

E, novamente, Callum consegue me deixar toda molenga por dentro. Realmente espero que ele pare com essa merda.

— Então, me diga, o que você sente por mim agora?

Ele olha para mim, claramente confuso com o que estou perguntando. Mas agora nós já passamos tempo o suficiente juntos, estou curiosa para saber se ele ainda acredita que sou tão legal agora que não sou um brinquedo novo e brilhante.

— O que sinto por você?

— Sim, você se sente igual ou diferente? Eu te disse que perguntaria sobre a sua máquina do tempo.

Ele reconhece a conversa que tivemos na pizzaria. Sua mão se levanta, acariciando minha bochecha.

— Tenho quase certeza de que você roubou meu coração, Nicole. Também tenho certeza de que não o quero de volta.

Meu coração dispara e minha garganta fica seca quando seus olhos me atravessam. Caramba. Não queria me sentir assim. Eu meio que esperava que ele ficasse entediado comigo. Uma pequena parte de mim queria isso para que eu pudesse empurrar meus próprios sentimentos, que estão ficando muito maiores do que eu alguma vez quis, para que eu pudesse ir embora.

Eu abaixo a cabeça, precisando me afastar da intensidade de seu olhar.

— Vamos assistir meus Yankees chutarem sua bunda, ok?

— Sim, vamos. Afinal, se o seu time vencer... Eu tenho outro encontro chegando. — O sorriso de Callum é vitorioso.

Minha boca se abre.

— Seu bastardo sorrateiro!

Ele se inclina e beija meu pescoço.

— Eu te disse, eu nunca jogo um jogo que não pretendo ganhar.

Vamos ver sobre isso.

Capítulo 19

CALLUM

Eu tenho que voltar para Londres.

Não apenas porque meu irmão é um imbecil do caralho, mas também porque eu preciso verificar minha mãe. Ao contrário de qualquer das mentiras que ela conta a si mesma, ela está absolutamente envelhecendo. Minha tia tem ajudado desde que Milo está "trabalhando da praia", o que o desgraçado realmente tem feito, mas o que importa é que ele precisa estar no escritório, não saindo para beber.

Pego o telefone e ligo para a mulher que tem sido minha rocha.

— Callum. — Eu posso ouvir o sorriso em sua voz. — Quando você volta para casa?

— Não tenho certeza, mãe. Ainda tenho muito a fazer.

Por mais verdadeiro que seja, não é toda a razão. Eu só sou inteligente o suficiente para saber que dizer que existe um interesse amoroso americano vai levar minha mãe ao limite. Meu pai era a mancha escura em sua vida brilhante.

— Seu pai era um homem muito organizado, não consigo imaginar que haja muito o que fazer.

— Não quando se tratava da morte dele — eu discordo.

Ele tem instruções para tudo, mas nada disso é a maneira como eu quero lidar com as coisas.

— Bem, acho que você deveria voltar para Londres.

— Tenho certeza de que você acha isso. Onde está seu filho mais novo?

Ela suspira.

— Milo está por perto.

Ninguém ama aquele homem mais do que minha mãe. Ela dá desculpas para ele, dá a ele tudo o que quer e criou um maldito monstro.

— Claro que ele está, mãe. Nós dois sabemos que ele decolou.

— Dê um tempo a ele, Callum — ela repreende.

— Porque ele não tira tempo o suficiente?

Coloco meu terno para a reunião que terei em algumas horas. Vou me encontrar com Nicole e meus advogados para realmente assinar o contrato. Felizmente, fui capaz de arrastar meus pés por tempo suficiente para fazê-la concordar com os meus termos — explorar o relacionamento que estamos formando.

— Seja legal, Cal. Você sabe como é perder seu pai, aquele que te amou e te criou? — Ela não consegue se conter. Qualquer chance, mesmo com ele morto, ela tem que me lembrar. — Não foi uma coisa da qual Milo alguma vez se recuperou. Além disso, ele acha que foi tão fácil para você.

Aqui vamos nós novamente. Já escutei essa história um milhão de vezes, e tudo o que ouço é que meu irmão é um imbecil. Eu não tive nada mais fácil. Claro, meu pai biológico era cheio da grana e me ajudou a começar a Dovetail no Reino Unido, mas ele não me deu moleza. Nada foi fácil ou entregue a mim. Foi exigido e conquistado.

Não pude sair para pescar com meu pai nas férias. Nada foi divertido na porra da minha infância, mas Milo age como se eu tivesse sido alimentado com uma colher de prata enquanto ele comia do chão. Caramba, é ridículo.

— Nós concordaremos em discordar, mas, mãe, eu realmente tenho que te dizer uma coisa…

Agora devo informá-la que, se a minha reunião correr bem hoje, vou levar uma americana para casa em Londres por um tempo.

— Existe alguma outra ponta solta que vocês gostariam de discutir? — meu advogado pergunta, tirando o contrato de sua pasta.

Eu me viro para Nicole.

— Eu tenho.

— Você tem?

— Sim.

Suas sobrancelhas se franzem e eu a acho totalmente adorável.

— Quero ter certeza de que, assim que isso for assinado, duas coisas aconteçam. — Eu me mexo na cadeira, mas endireito os ombros. Não tenho a menor ideia se ela vai concordar e, se for o caso, deixarei de contratá-la. Vou pagar a ela qualquer coisa que ela precisar para impedi-la de jogar aquela besteira de trabalhar para mim.

— Ok?

— Eu quero ter certeza de que o que você prometeu na outra noite ainda está de pé. E eu quero o meu segundo encontro.

Seu queixo cai.

— Callum, sério?

— Sim, sério. Eu quero ouvir. Ainda vou assinar os papéis, mas com o coração partido.

Ela revira os olhos, a travessura dançando neles, e olha para o advogado.

— Nós dormimos juntos e eu disse a ele que assim que este contrato fosse finalizado seria o fim do... você sabe, sexo. Então, o bastardo me coagiu...

— Coagi? — *Por favor, dificilmente.* — Eu não acho que foi desse jeito, amor.

— Sim, o que você chama de recusar...

— Nós entendemos. — Eu a paro. Ela realmente não tem nenhum problema em falar o que pensa.

— Tudo bem, só estou dizendo a este excelente cavalheiro que a coerção foi absolutamente o que você fez. Mas eu disse que não iria terminar as coisas depois que você e eu assinássemos o acordo, e eu não vou.

— Entendido. — Eu sorrio. — Segundo termo.

Nicole se inclina para trás com os braços cruzados sobre o peito.

— Havia apenas uma coisa em que nós concordamos, Sr. Huxley.

— Estou ciente disso, Srta. Dupree.

— Então havia apenas uma coisa e nós discutimos isso.

Como ela está errada.

— Eu tenho outra.

— Ah, é? — Ela bufa. — Mal posso esperar para ouvir isso.

Eu tenho a sensação de que ela realmente não está animada, mas preciso que isso funcione. Há negócios que preciso resolver em Londres que não posso adiar mais, mas também tenho a forte sensação de que, no minuto em que nos separarmos, ela vai fugir. Portanto, esta é a única maneira de mitigar as possibilidades.

Ela não sabe, mas, na noite em que me convidou para jantar na casa de uma amiga, Heather me puxou de lado e me contou um pouco sobre Nicole quando era adolescente. Me contou que ela sempre teve medo de ficar sozinha. Houve momentos em que ela escapuliu de sua casa no meio da noite, escalou a janela da Heather e dormiu no chão. Quando Heather acordava, Nicole explicava que tinha medo do silêncio.

Eu vi a dor e o medo que vivem dentro dela, e tudo o que eu quero é curar isso. Com sorte, nós vamos curar um ao outro…

— Eu quero que você me acompanhe a Londres como o nosso segundo encontro.

Ela ri uma vez.

— Não.

— Por que não?

Eu não pensei que seria fácil, nada com ela parece ser.

— Porque eu tenho um trabalho aqui.

— Você tem uma empresa aqui, agora eu sou o seu trabalho.

Os olhos de Nicole se estreitam.

— Bem, tecnicamente, eu não assinei nada, *então*… — Ela arrasta a última palavra e me lança um olhar penetrante.

Então, ela quer dizer que não tem um emprego. Caminhou direto para dentro dessa.

— Você está disposta a se afastar do trabalho?

— Estou dizendo que você não é meu trabalho.

— Não, mas estou perguntando a você…

— Não, você está tentando me forçar — Nicole resmunga.

— Peço desculpas. — Toco meu peito. — Você estaria disposta a vir para Londres comigo?

— Por quê?

Por que tudo é uma droga de uma luta? É isso que eu quero gritar, mas penso sobre seus medos e como foi difícil convencê-la a me deixar entrar um pouco. Em vez de exigir qualquer coisa, que é o que eu sempre fiz, decidi dar a ela a verdade.

— Porque eu não quero ficar longe de você. Porque quero passar o máximo de tempo que puder com você. Quero te mostrar a minha vida, meu trabalho, e espero que isso seja outro motivo para você querer me manter por perto.

Seus lábios se erguem antes que eu veja sua armadura deslizar de volta para o lugar.

— Mais alguma coisa?

Eu a peguei agora.

— Sim, amor, porque quero você na minha cama todas as noites.

Ela se mexe na cadeira.

— Tudo bem. Vou pensar sobre isso.

Capítulo 20

NICOLE

— Vai embora, estou cansada — digo, enquanto Callum me sacode para acordar.

Sua risada profunda enche meu ouvido.

— Acorde, amor. Vamos pousar em breve.

Eu não faço um voo longo há muitos anos, e estava ligeiramente preocupada, mas cara, esse não era um voo normal. Callum nos reservou na primeira classe — na primeira classe top de linha. Tínhamos cadeiras que se transformavam em camas com colchão de espuma viscoelástica, vidro ao redor de nós para que ninguém pudesse nos ver e comida. Ah, a comida. Um maldito bar de sundae. Sério, estou arruinada para qualquer outro voo em que alguma vez estarei.

Tirando minha máscara de olho, eu me estico.

— Se eu puder…

— Você pode.

— Que horas é o chá com a Rainha? — pergunto.

Callum bufa. Já perguntei isso a ele pelo menos umas dez vezes, e cada desculpa tem sido mais divertida que a outra. Não posso esperar para ver o que ele inventa na próxima.

— Eu liguei e deixei uma mensagem, vou te avisar se ela puder nos encaixar na agenda.

Eu não perco seu revirar de olhos, e o sorriso que ele tenta esconder também é detectado. Ele me acha fofa.

— Boa. Espero que ela esteja pronta para esta princesa americana.

— Você é muito doida.

— Estou interpretando isso como se significasse que você me acha bonita e engraçada, e que está desesperadamente obcecado por mim.

Callum balança a cabeça para os lados e depois pega minha mão. Ele a leva aos seus lábios e meu coração dispara.

— Acho que provei isso muitas vezes, Nicole. Eu sou claramente incapaz de resistir a você.

Como se ele fosse o único. Eu sorrio, apesar de tudo.

— Bem, estou em um avião, então acho que isso já diz o suficiente.

Ele sorri.

— Tudo parte do meu plano, amor.

Penso na outra noite, me lembrando de uma pequena parte do que ele disse sobre o porquê ele me chama de amor. Eu realmente pensei que estava sonhando, até que percebi que não estava nem um pouco. A questão é que, desde o momento em que conheci Callum, eu sabia que havia algo sobre ele. Mais do que a aparência ridiculamente bonita e a confiança que goteja sobre ele como chocolate quente em uma bola de sorvete frio.

Meu mundo inteiro pareceu se iluminar de uma maneira que eu não tinha experimentado desde… ele.

Era como se eu quisesse correr para ele, embora não o conhecesse.

E agora, o estou acompanhando até o outro lado do Atlântico, porque a ideia de ficar longe dele me deixou triste.

Claro, ele tinha que trabalhar para isso, mas, realmente, aconteceria de qualquer maneira. Eu não vou ceder tão facilmente.

— Nós temos um plano ou estamos improvisando? — pergunto.

Ele encolhe os ombros.

— Eu tenho alguns planos.

Balanço minhas sobrancelhas.

— Sujos, eu espero.

— Sempre.

— Bem. — Eu me inclino e dou um beijo em seus lábios. — Esses são sempre o meu tipo favorito.

— O meu também.

E é por isso que pude me apaixonar por esse homem tão facilmente.

— Este não é o palácio! — declaro, nós dois de pé em frente ao Palácio de Buckingham. Não é… nem um pouco… o que eu esperava.

— Na verdade, é sim — Callum diz.

— É… pequeno!

Ele olha para mim como se eu tivesse perdido a cabeça.

— Pequeno? Em que maldito mundo você vive que acha que isso — ele aponta para o prédio — é pequeno?

— Cara, não é nem alto! — Eu bufo de decepção. Tenho sonhado com este grande castelo que me faria cair de joelhos com inveja do design. Não é isso. É bonito e sei lá o quê, mas se eu tivesse passado por ele sem o portão, eu teria pensado que era apenas um prédio.

— Eu não sabia que altura fazia parte dos requisitos para um palácio.

— Onde está a torre? Ou o fosso! E essa é a varanda de onde Diana acenou? Parecia muito maior na televisão! — resmungo.

Callum revira os olhos.

— Você é ridícula.

— Nós sabemos disso, mas você ainda gosta de mim. — Envolvo meus braços em volta da sua cintura e ele ri.

— Eu gosto. Muito mesmo. — Callum beija o topo da minha cabeça, e eu não poderia me importar menos com o palácio ou qualquer outra coisa.

Ele me leva o dia todo por Londres, me mostrando pequenas coisas, explicando costumes e história. Esta cidade é incrível. São tantas lojas, e a arquitetura é impossível não ficar obcecada.

— Boa. Agora, me mostre onde eu posso encontrar Harry Potter.

— Você precisa parar de assistir a esses filmes e programas. — Callum ri e nós começamos a andar.

— Por favor, eu quero voltar e dizer ao Finn que entrei em Hogwarts!

O filho de Kristin é o maior fã de Harry Potter. Ele leu todos os livros e assistiu aos filmes várias vezes. Eu sou a tia legal desse grupo, então deixo que ele me conte todas as coisas de novo e de novo e até consigo contar a ele algumas que ele não sabia. Não deixo de caçar fatos interessantes para que eu possa manter o meu título. Eu também o levo para o Harry Potter World, já que sou a favor do suborno.

Essas crianças são a minha versão de filhos. Já que não planejo ter nenhum tão cedo, eu os mimo pra caramba e rio quando seus pais reclamam.

Callum me puxa para o seu lado.

— Eu juro, não existe nenhum Harry Potter.

— Grande maneira de destruir os sonhos de uma garota.

— Vou deixar você brincar com a minha varinha — ele promete.

— Ah, é mágica?

— Bem, ela cresce.

— E atira coisas pela ponta.

Callum para de andar e solta uma gargalhada estrondosa.

— Bem quando eu acho que você não pode ser mais perfeita para mim.

Eu sorrio.

— Eu sou perfeita em geral.

— Isso você é.

Amo um homem que pensa que sou ótima. Realmente, é a melhor coisa de todas. Os caras com quem eu namorei antes não se importavam muito em me fazer rir ou sorrir. Então, novamente, eu nunca concordei em fazer nada mais do que algo casual com eles.

Com Callum, acho que as coisas são fáceis. Não é preciso esforço para entrar em… seja o que for. Somos compatíveis e, nas últimas semanas, fiz mais com ele em minha vida do que com qualquer outro homem em anos.

O fato de ele ter conhecido meu quarteto já diz tudo.

Elas são mais importantes do que a minha família.

E elas o amam pra caralho. Eu juro, Kristin me disse que se nós terminarmos, elas vão ficar com ele na separação e eu fico sozinha.

Grandes amigas essas vacas são.

— Você sabe o que mais eu sou? — pergunto. — Meus pés estão mortos. Quanto mais de caminhada? Eu preciso de um cochilo, e de sexo. De preferência, nessa ordem.

— Você tem que ficar acordada. Acredite em mim, você não quer dormir.

— Eu quero dormir com você — digo, minha mão subindo em seu peito.

— Eu prometo que teremos muito disso, mas, por agora, mantê-la acordada e em movimento é a única maneira de superar a mudança de horário.

— Estraga-prazeres.

— Você vai me agradecer amanhã.

Embora eu tenha dormido no avião, o *jet lag* é uma coisa real. São apenas seis da noite aqui e eu sinto que não posso aguentar mais duas horas, mas Callum se recusa a me deixar sentar por tempo suficiente até mesmo para uma soneca revigorante.

— Eu não acho que isso vá acontecer — digo a ele. — Estou com sono.

Ele para, traz sua boca para a minha e me segura lá. Seus lábios persuadem os meus a abrir e ele desliza para dentro. Estou cansada? Não tenho certeza porque tudo o que eu quero nesse momento é me enrolar nele. Suas mãos deslizam para baixo pelas minhas costas, me puxando mais apertado contra seu peito.

Eu não me importo que estejamos no meio de alguma rua de Londres ou que fechar os olhos seja tão bom, porque isso é melhor. Seus lábios nos meus me dão uma explosão de energia que eu preciso desesperadamente.

Callum se afasta muito cedo.

— Agora, vamos continuar caminhando para que eu possa fazer isso de novo em algumas horas.

— Não é justo.

— Nem você é com a aparência que você tem e eu tenho que manter minhas mãos longe de você, mas todos nós temos que sofrer.

— Ah, você vai sofrer mais tarde.

— Assim como você, amor.

Nós começamos a descer a rua e eu descanso minha cabeça em seu braço. Em parte porque quero estar perto dele, em outra porque preciso de muita energia para manter minha cabeça erguida.

Quando nós chegamos ao prédio na minha frente, paro com meu queixo caído.

— Uau. — Eu suspiro. Minha mão bate em seu peito. — Agora, esse deveria ser o palácio!

— Essa é a Abadia de Westminster — Callum me informa.

— Com certeza é. É magnífica. É real e definitivamente o que eu esperava que fosse o Palácio de Buckingham.

— Eu te garanto, o palácio é imensamente grande. Nada é poupado quando se trata da família real. Eles têm milhares de quartos. O que falta em altura compensa em profundidade. Além disso, existem vários castelos que eles usam, todos com arquiteturas diferentes.

— Tanto faz. Ele deve ter pelo menos um fosso — eu declaro novamente. — Que infernos é o objetivo de um palácio sem fosso? Eu realmente não vejo nenhum.

— É um palácio, não um castelo, amor. Tenho certeza de que os castelos que eles possuem têm fossos.

— Semântica.

— Vamos. — Ele me puxa para frente.

Tudo é tão lindo. A pedra, o ouro e os detalhes intrincados fazem com que tudo pareça que foi feito para estar ali. Isso é tão bonito que é mágico.

Callum me mostra ao redor, apontando coisas que aconteceram aqui, e estou pasma. Eu não sei se realmente entendo o que ele está dizendo, porque não consigo me concentrar em nada. É tudo de uma vez, e eu quero absorver cada coisa.

— Isso é lindo — eu digo, ainda olhando ao redor.

— Sim, é mesmo. — Sua voz está cheia de emoção.

Eu me viro para ver o que ele está olhando, mas seus olhos estão em mim.

— O quê?

Ele balança a cabeça.

— Você.

Ele é tão malditamente doce. Por que ele tem que ser tão perfeito? Que falha eu vou encontrar para me lembrar de não deixar meus sentimentos ficarem cada vez mais profundos? Algo tem que estar lá porque… ele vai me foder. Eu sei disso.

Homens como ele não foram feitos para o "para sempre". Homens que são tão incríveis assim devem ter uma falha fatal — é a maldita natureza das coisas. Callum é a resposta a todas as orações que já fiz, mas também pode trazer a escuridão se ele for embora.

— Para de ser tão maravilhoso — peço.

— Eu não sou maravilhoso.

— Não, você realmente é.

— Talvez eu só seja o que você precisa — ele diz e toca minha bochecha.

— Ou você pode ser aquele que me arrasta para baixo.

Seu polegar traça meu lábio.

— Eu não quero arrastar você para baixo.

Olho em seus olhos azuis e seguro seu pulso.

— Então, nunca minta para mim.

— Eu não vou.

E eu acredito nele. Com tudo dentro de mim, acredito que ele fará o possível e o impossível para nunca me machucar ou mentir para mim. A cada dia que nós passamos juntos, meu coração fica cada vez mais entrelaçado com o dele. As vinhas estão se enrolando umas nas outras, dando nós, ficando mais fortes e se tornando mais poderosas juntas do que estariam separadas.

Se eu não tivesse vindo com ele, teria me arrependido e nunca mais quero me sentir assim de novo.

Descanso minha outra mão em seu peito.

— Eu acabei por aqui.

— Você acabou?

Concordo com a cabeça.

— Leve-me de volta para a sua casa. Eu tenho outra coisa em mente para me manter acordada.

Ele sorri e praticamente me arrasta para fora da igreja.

Aham, eu vou mesmo para o inferno, mas que passeio será.

Capítulo 21

CALLUM

Eu quero mostrar a ela o mundo. Em todos os lugares que nós vamos e a cada coisa que fazemos, seu rosto se ilumina. Vivi aqui a maior parte da minha vida e nada nunca é impressionante, mas ver isso pelos olhos de Nicole fez com que eu me apaixonasse por Londres tudo de novo.

E que eu me apaixonasse por ela.

Esse fato me deixou bastante confuso por dentro. É rápido e definitivamente estúpido deixar meus sentimentos se aprofundarem nessa velocidade, mas não sou um jovem rapaz. Eu sei o que é amor. Eu o senti, segurei, provei e perdi. Com ela, é ainda mais forte do que senti antes. Se isso não é amor, então é algo mais, e não estou disposto a abrir mão disso.

— Callum! — Nicole me chama com um aceno de mão.

Meu Deus, ela é linda.

Eu sou um bobo lamentável.

Esta manhã, ela exigiu que eu a levasse para a Torre de Londres — não que ela tivesse que exigir muito, eu já tinha comprado os tickets. Ela não conseguia parar de falar sobre os Tudors e Ana Bolena perderem a cabeça neste lugar.

Se eu tivesse que a escutar falar sobre o quão gostoso tal ator era por mais tempo, eu poderia ter enlouquecido, então concordei rapidamente.

Agora, estamos parados aqui, e cada detalhe a empolga. As enchentes, os guardas caracterizados, o fato de haver casas de verdade aqui, e… as decapitações. Ela realmente ama que isso foi algo que aconteceu.

— Olha! — Ela dá um gritinho para o monumento de vidro. — Foi aqui que Henry ordenou que sua esposa tivesse sua cabeça cortada. Isso não é muito legal?

— Legal? Estou bastante preocupado com o seu fascínio por isso.

— É a sua herança.

Eu reviro os olhos.

— Não sou de sangue real. Então, realmente, não é minha herança. Além disso, vocês têm pena de morte na América.

Nicole ri uma vez.

— Sim, eles tomam algumas drogas e vão dormir! Portanto, não é o mesmo. Vocês eram selvagens. Faziam com que ficassem naquela torre olhando para onde iam morrer. Sério, era uma espécie de preliminar psicológica. Então vocês os levavam para baixo da torre e os faziam encarar uma multidão.

— Você sabe disso por experiência própria?

— Shh. — Ela levanta a mão. — Eu vi isso nos Tudors. Aí vocês os faziam se ajoelhar e... — Ela faz um barulho sufocado, cortando o pescoço com o dedo. — Cabeça. Perdida.

Agora estou verdadeiramente preocupado.

— Você tem muita sorte de não ter estado por perto durante esses tempos — eu digo a ela, me aproximando. A vontade de tocá-la é sempre forte, mas quando sua guarda está baixa, é impossível resistir. Meus braços envolvem suas costas para que eu possa puxá-la com força contra o peito.

— É? Por que isso?

— Bem, se você estivesse por perto, os homens estariam fazendo fila para cortejá-la. Eu estaria encontrando maneiras de afastá-los para que pudesse ser seu pretendente.

— Eu seria uma plebeia. Pior ainda, uma estrangeira. — Ela engasga.

— Nunca. Eles encontrariam uma maneira de te tornar sangue real. Ninguém tão bonita quanto você jamais seria uma plebeia.

— Owwwn, você gosta de mim.

— Eu mais do que gosto de você.

Eu diria a ela que a amo, mas sei que isso a deixará no limite. Com ela, sinto que é preciso exercitar minha paciência.

— Bem, eu mais do que gosto de você. — Ela se inclina para cima e me beija.

Não tenho certeza se estamos dizendo a mesma coisa, mas talvez estejamos. Só há uma maneira de descobrir.

— Quero que você conheça a minha família. Minha mãe especificamente.

— Por quê?

— Por que diabos não?

Ela balança a cabeça para os lados com um sorriso.

— Não, eu não estou dizendo que você não deveria, estou perguntando o porquê você iria querer isso. Ainda somos novos.

— Sim, e eu tive que coagir você até mesmo para estar aqui, não me lembre de como você é difícil.

— Encantador.

Eu sorrio maliciosamente.

— Eu já encantei você a tirar as suas calças.

Nicole começa a rir.

— Não posso negar isso. Ainda assim... — Ela suspira. — Estou curiosa com o porquê você quer que eu conheça a sua família.

Como posso explicar sem parecer um idiota?

— Você não quer conhecê-los?

— Eu quero.

— E por que a dúvida? — Vou virar o jogo contra ela.

— Eu vejo o que você está fazendo. — Seus olhos se iluminam e ela morde o lábio inferior.

— O que eu estou fazendo?

— Usando os seus encantos novamente.

Isso sempre faz parte do meu plano com ela. Não por ser uma atuação, mas porque estar perto dela me deixa feliz. Ela é engraçada, incrivelmente sexy, inteligente... uma combinação perfeita para mim em todos os sentidos.

Além de tudo isso, Nicole entende as demandas de administrar uma empresa.

Quando falei sobre a necessidade de trabalhar um pouco na noite passada, ela sorriu, pegou seu *e-reader* e se sentou no sofá do meu lado. Não houve incômodo ou reclamação sobre a necessidade de tempo e de ser uma prioridade.

Eu amo que ela não tenha medo de falar o que pensa. Algumas vezes, isso nem sempre é apropriado, mas ela não liga, ela é quem ela é.

Isso é atraente em todos os sentidos.

— Se eu estivesse realmente tentando ser encantador — eu escovo o cabelo dela para trás —,diria a você que é porque os meus sentimentos por você são muito mais profundos do que você provavelmente está preparada para ouvir. Eu diria que é porque pretendo te manter por perto por muito tempo e conhecer minha família é muito importante. Mas não estou tentando ser encantador, então vou dizer que é porque você está aqui e... por que não?

Ela fica na ponta dos pés, me dando outro beijo rápido.

— Se você estivesse sendo encantador, o que, como você diz, não está, eu acharia isso fofo.

— Você acharia?

Nicole encolhe os ombros como se realmente não se importasse.

— Bem, é melhor do que dizer alguma coisa como que você queria que eu a conhecesse para que pudesse me decapitar.

— Sério, amor, há outras coisas guardadas na Torre de Londres.

Seu rosto se ilumina.

— Você quer dizer que a cabeça de Ana Bolena está *aqui*?

— Eu não tenho a menor ideia. Estava falando sobre as joias da coroa.

— Ah! Eu amo diamantes.

Não estou nem um pouco surpreso. Não conheço uma mulher viva que não ame joias.

— Que tal nós passarmos para elas?

Ela acena com a cabeça de acordo.

— E vamos descobrir se a cabeça dela está aqui?

Querido Deus.

— Se isso te fizer feliz.

Nicole envolve seus braços em minha cintura e nós começamos a andar.

— Você me faz feliz.

Beijo o topo da cabeça dela.

— Fico contente com isso.

Saio do chuveiro e pego o meu telefone. Tenho duas chamadas perdidas que me recuso a lidar com elas agora. Fazendo meu caminho para o quarto, seco o cabelo com a toalha e paro quando meus olhos a encontram.

Nicole está deitada de lado, o cabelo loiro caindo em volta de si, e eu juro, cada vez que a vejo, ela me tira o fôlego.

Subo atrás dela, deslizando meu braço sob sua cabeça, e ela se aproxima de mim.

Nicole se vira, os olhos azuis encontram os meus.

— Oi.

— Volte a dormir — eu digo a ela.

Suas mãos tocam meu peito nu.

— Eu amo o seu corpo.

— Você ama?

Ela acena com a cabeça.

— Eu amo. Tanto que realmente gostaria de sentir um pouco mais.

— Ninguém está te impedindo.

As pontas de seus dedos deslizam para cima até o meu pescoço e então ela os arrasta para baixo pelo meu torso devagar — dolorosamente devagar.

— Acho que esta é a minha parte favorita — informa, agarrando meu pau.

— Posso dizer a você que esta parte gosta demais de você, amor.

Porra, demais.

Eu me movo para deitar de costas, puxando-a para cima de mim.

— Beije-me — eu comando.

Nicole faz o que eu peço. Seus lábios estão nos meus, e é como se nós fôssemos de uma diversão que queima para uma fúria dos infernos em segundos. Ela faz isso comigo, me deixa louco com um simples beijo. Eu quero tomá-la, possuí-la, garantir que ela nunca se esqueça de quem a está tocando.

Eu não quero apenas esta noite, eu quero cada amanhã.

Só pensar nisso me assusta, mas então a língua dela desliza contra a minha e eu não me importo mais.

— Por que é tão bom com você? — pergunta.

— Porque é assim que deve ser.

Ela geme, e então nossas bocas ficam bastante ocupadas novamente. Seguro sua bunda — uma das minhas partes favoritas dela — e deslizo meu pau contra sua boceta.

— Deus! É como se fosse cada vez melhor.

Porque tem sido. Cada vez que estou com ela, encontro algo novo de que ela gosta.

Balanço para trás novamente, forçando-a a choramingar.

— Você gosta disso? — questiono, enquanto ela faz o som de novo e eu guardo mentalmente, garantindo que vou fazer de novo. Eu amo quando ela não consegue se impedir de arquear as costas depois que lambo sua orelha.

Pequenas coisas que, quando combinadas, terão um grande impacto.

Eu rolo nós dois para que possa pressionar contra ela. Minha boca se move para baixo em seu peito, puxando seu mamilo em minha boca e chupando com força. Eu toco a ponta, suas mãos se enredando no meu cabelo.

— Sim! — Ela geme.

— Quero ouvir você — digo a ela.

— Me faça gritar.

Faço o mesmo com seu outro seio, querendo levá-la ao limite, mas não além dele ainda. Eu pretendo fazer outra coisa para isso.

Coloco a mão entre nós, encontrando seu clitóris e o esfregando, chupando seu seio. Cada vez que ela se contorce, eu paro.

— Não me provoque — implora.

Não há nenhuma chance no inferno de que isso esteja acontecendo. Eu quero prová-la. Deslizo para baixo em seu corpo perfeito, espalhando aquelas pernas longas e amando o suspiro que ela dá.

— Vamos ver se conseguimos fazer os vizinhos baterem nas paredes, certo? — digo, antes de levar minha língua para seu clitóris inchado.

— Sim! — ela grita, quando começo o trabalho.

Um homem deve amar isso tanto quanto a mulher que ele está agradando. Eu sei que eu amo. Embora o prazer que obtenho seja diferente, ainda é fantástico dar a ela mais do que ela pode suportar. Nicole arqueia as costas e eu continuo a fazer várias formas contra ela.

Empurro mais rápido, deslizando dois dedos para dentro e quase perdendo a droga do controle quando a sinto começar a me agarrar.

Quero que ela goze no meu pau, não nos meus dedos.

Em vez de empurrá-la mais além, eu paro.

— O que… — pergunta, mas eu a viro de bruços.

Rapidamente, puxo sua bunda para cima e afundo nela.

— Porra! — Eu rujo.

— Você é tão bom — ela diz.

Empurro mais fundo, amando a sensação de seu calor. Minha mão dá um tapa em sua bunda e ela grita.

— Sim! Callum!

Eu sabia que ela gostava mais áspero. Eu faço de novo, e ela aperta meu pau.

— Porra! — ela grita, se desfazendo. Nicole empurra seus quadris para trás e seu rosto atinge o travesseiro. Assisto com admiração enquanto ela goza e continuo a montá-la.

— É isso aí, amor.

Deslizo para fora, colocando-a de costas para que eu possa ver seu rosto. A sensação dela ao meu redor não é menos incrível quando entro nela novamente.

— Não quero que isso acabe — Nicole fala.

— Não precisa.

— Eu quero dizer nós…

— Não vai — prometo. — Não vou deixar você ir tão cedo.

Ela sorri e toca minha bochecha.

— Nós estamos loucos?

Beijo os lábios dela, tentando organizar meus pensamentos. Ainda esta manhã, eu me perguntei a mesma coisa. Se eu sou louco por me sentir como me sinto ou se estamos apenas cientes do que isso é porque é o certo. Se Nicole fosse embora nesse momento, eu estaria perdido. É uma loucura, mas é verdade.

Meus sentimentos por ela podem não fazer sentido, mas são reais.

Eu quero levá-la para a Itália, França, Grécia e qualquer outro lugar que ela queira ir.

Quero dar a ela tudo o que ela quiser.

Quero mostrar a ela que nada mais importa além de nós.

Eu sei qual é a resposta para a pergunta dela.

— A única coisa que seria loucura é ignorar o que quer que isso seja.

Seus dedos roçam a barba do meu rosto.

— Então não vamos ser loucos.

— Não vamos.

Nós não dizemos mais nada e o clima muda para algo muito mais suave. A paixão não diminui entre nós. Simplesmente se torna o que nenhum de nós está disposto a admitir ainda… amor.

Capítulo 22

NICOLE

— Não, você nem sequer entende, Danni. A casa dele é insana! — conto a ela, andando devagar ao redor. — Ele está me fazendo ir encontrar a mãe dele hoje, o que é uma loucura, porque… eu não conheço mães. E depois ele quer que eu conheça seu irmão, que eu vi em uma foto, e puta merda, ele é gostoso.

— Então você pensou que bisbilhotar a merda dele era a maneira de construir um relacionamento sólido?

— Cale a boca.

Callum está apagado e eu estou completamente acordada, então decidi investigar. A noite passada foi intensa entre nós, e eu sei que minhas amigas pensam que estou maluca, mas só há uma maneira de descobrir os esqueletos nos armários de alguém: abra todas as portas.

Você acha que alguém é normal até encontrar uma coleção de cabeças de boneca.

Se estou realmente me apaixonando por ele, é melhor descobrir isso agora.

Deus, nem consigo acreditar que estou usando a palavra com A.

— Só estou me perguntando por que você não é conhecida por ser brilhante, e isso é claramente a razão… ele é legal, te trata bem, te leva para o outro lado do oceano, e como você retribui? Bisbilhotando.

— Você foi minha última escolha sobre para quem ligar, só para você saber — aviso, me movendo para a área do banheiro.

— Terei certeza de agradecer a Heather e Kristin por evitarem sua ligação. Deus sabe que não há nada que eu ame fazer mais do que isso — Danielle fala, e eu bufo.

— Você é minha cúmplice, seja útil.

— Sinto que estou coparticipando e sendo cúmplice — ela diz, e vou para outra sala.

— Tanto faz. Estou em outro país, você está bem.

— Melhor ainda, nós estamos infringindo leis internacionais.

Reviro os olhos.

— Você tem alguma diversão na vida? Aposto que é baunilha pura na cama. Você deixa Peter meter na sua bunda? Ou talvez ele goste na bunda dele! Cinta peniana, talvez?

Ela bufa.

— Você encontrou alguma coisa?

E missão cumprida. Diga qualquer coisa que a deixe desconfortável e eu ganho.

— Não, é isso que me dá certeza de que estou perdendo alguma coisa. Nada de roupas íntimas femininas, nada de remédios estranhos, inferno, eu não consigo nem achar pornografia! Que homem ridiculamente sexy não tem um esconderijo de pornografia? Eu totalmente achei que ele fosse do tipo que curtia trios ou talvez até mesmo um pouco de macho com macho, *se você sabe o que quero dizer* — digo mais baixo do que a primeira parte. Se ele acordasse, eu gostaria que não fosse o que ele ouviria.

Danielle fica em silêncio.

— Olá? — chamo, depois de alguns segundos.

— Estou me perguntando onde todas nós erramos quando nos tornamos suas amigas...

— Minhas amigas?

— Cara, você é insana. Está xeretando na casa de um homem que levou seu traseiro, de primeira classe, nada menos, para Londres. Além disso, o que diabos está acontecendo com você? Quer encontrar pornografia ou algo assim?

Eu bufo.

— Isso seria pelo menos normal. Que solteiro não tem pornografia, Danni?

— Eu não sei, Nic, mas isso é mais do que estúpido. Você tem um cara legal que claramente tem sentimentos profundos por você.

Estou ciente disso.

— Eu também tenho... não... não vou falar isso. Não tenho nada além do desejo de descobrir o que quer que ele esteja escondendo.

— Sabe, você é uma verdadeira idiota.

— Você é uma vaca.

Ela ri.

— Não brinca, mas pelo menos sou inteligente. Me fale que você não se importa com ele e é por isso que *quer* encontrar alguma coisa.

— Eu quero desligar este telefone.

— Então faça isso. Não vai mudar o fato de que você se importa com ele. Se não se importasse, não estaria tentando encontrar alguma coisa trivial que o torne descartável.

Minhas amigas estão mortas para mim. Bem, pelo menos Danielle está. Como ela ousa ser capaz de ler minhas intenções de tão longe? Não tem nada a ver com ela ou meus sentimentos. Tem a ver com não ser pega de surpresa.

— Tanto faz. Estou te ignorando.

— Ok. Bem, quando você parar de ser uma idiota, diga obrigada, aproveite o sexo, admita que seus sentimentos são mais do que a merda que você diz a si mesma e permita-se apenas seguir em frente.

Ela não está conseguindo entender. Eu não *quero* admitir coisa nenhuma. Quero viver em negação porque é um bom lugar. Ninguém se machuca. Ninguém tem seus sentimentos mutilados porque uma pessoa é um babaca mentiroso. Embora, claramente, meu coração já não esteja ouvindo.

— Estou aproveitando o sexo, obrigada.

— De todo aquele pequeno discurso, é nisso que você foca.

— Você disse sexo. Eu parei de ouvir depois disso.

Ela bufa.

— Você é um homem. Estou convencida.

Não seria a primeira vez que elas me acusariam de ser mais homem do que mulher.

— Olha, se Peter estivesse transando com você do jeito que eu transo, você adoraria sexo tanto quanto eu. Não tenha ciúme da minha incrível vida sexual.

— Nicole — Danielle estala. — Eu te amo, mas vou desligar agora. Preciso dormir um pouco antes que eu tenha que me levantar para levar Ava e Parker para a escola. Sério, estou caindo no sono. Por mais divertido que tenha sido, você precisa encontrar outra amiga que tenha insônia. Eu te amo.

Danielle é conhecida por sempre estar atrasada, porque a mulher nunca dorme. Talvez ela seja parte vampira? Embora não do tipo assustador, mas daqueles que bebem sangue animal porque têm moral.

Entretanto, no momento, eu não me importo com os problemas dela. Estou muito ocupada tentando descobrir se ele coleciona alguma coisa estranha e assustadora... tipo bonecas.

— Você está no seu celular, eu posso viajar com você.

— Ai, meu Deus!

— Entre no carro, preciso de uma negativa plausível para o motivo de estar em cômodos diferentes.

— Espero que ele te dê um pé na bunda.

— Você está mal-humorada — eu digo, abrindo uma gaveta.

— Não, eu estou menstruada. Eu tive cólicas, inchaço e...

Fecho a gaveta e fico lá contando. A matemática faz meu coração disparar e minha cabeça girar. Ela continua falando, mas não consigo me concentrar porque conheci Callum quase dois meses atrás e não tive uma menstruação desde então. Na verdade, estou cerca de duas semanas atrasada.

— Nicole? — A voz de Danielle está animada. — Olá?

— Shh — eu digo a ela.

— O que diabos você achou?

Eu começo a tremer.

— Danielle, eu atrasei.

— Você se atrasou para...

Meus olhos levantam e encaro o espelho.

— Não, eu *atrasei* a menstruação. Do tipo... Estou duas semanas atrasada.

— Ah. — Ela fica quieta.

— Aham... Eu nunca fiquei atrasada antes... exceto uma única vez.

A vez que descobri que estava grávida.

— Você está se sentindo bem? — Callum pergunta.

Eu estive quieta a manhã toda. Desde que percebi sobre a possibilidade de estar grávida, não consigo pensar direito. Estou em um país estrangeiro — sim, é a Inglaterra, mas ainda é estrangeiro. Eu não acho exatamente que haja farmácias nas lojas de conveniência por aqui.

— Não tenho certeza. — Eu escolho dizer a verdade. Não quero dizer nada porque… Droga, estou com a menstruação atrasada pela segunda vez na vida. Pode ser nervosismo, o voo, estresse ou qualquer outra loucura.

Algumas vezes sem uma camisinha pode não ser nada… ou pode ser a porra da guinada na minha vida para a qual não estou nem um pouco preparada.

— O que está errado? — A preocupação na voz dele me aquece. — Você está preocupada em conhecer minha mãe?

Bem, agora eu estou.

— Apenas muita coisa em minha mente.

Eu preciso saber. Não posso esperar. Agora que isso está na minha cabeça, é como uma bola de neve que continua rolando, crescendo de tamanho.

— Acho que preciso de alguma coisa para o meu estômago. Você tem algum lugar para onde possamos ir?

— Claro. — Ele se levanta. — Vamos a um boticário.

Inclino a cabeça.

— Um boticário? O que ele vai fazer, me transformar em algum tipo de mistura química?

— O quê? Ah, certo, vocês os chamam de farmacêuticos. — Ele bufa.

Eu concordo com a cabeça. Normalmente, faria algum comentário espertinho, mas não estou no clima no momento. Assim como eu não estou no clima para ter um bebê dentro de mim também.

— Sinto muito.

— Nicole? — Ele está diante de mim. — Tem certeza de que está bem?

Fico de pé e coloco as duas mãos em seu peito.

— Eu vou ficar. Nós podemos ir agora?

— Claro.

Caminhamos juntos até a farmácia mais próxima e Callum está quieto, provavelmente avaliando minha estranheza repentina. Estou tentando ser normal, mas estou apavorada. Não que eu não queira filhos, eu quero, mas não desse jeito. Quero me casar primeiro, ter essa coisa grandiosa e depois planejar um filho. Talvez até mesmo adotar porque… Eu já passei um pouco da idade.

E embora meus sentimentos por Callum sejam fortes, não tenho certeza se vamos durar. Verdade seja dita, estou chocada por ainda não ter corrido.

— Você pode me dar alguns minutos? — pergunto a ele, precisando fazer isso sozinha.

— Se você preferir — ele oferece.

Ele parece desapontado, então me inclino e beijo sua bochecha.

— Obrigada.

— Não vou mentir, estou bastante preocupado.

Eu preciso me recompor. Pelo que sei, vou fazer xixi neste palito estúpido e descobrir que não há nenhum bebê e que eu desperdicei uma manhã perfeitamente boa em que poderia estar me preparando para encontrar sua mãe e seu irmão.

— Por favor, não fique. Prometo que vou ficar bem.

— Eu simplesmente estarei ali. — Ele aponta para a área da caixa registradora.

Ótimo, agora eu tenho que encontrar uma maneira de pagar por isso sem que ele perceba. Isso deve ser superfácil…

— Ok.

Vou para o fundo, onde a maioria das lojas mantém as coisas que não se quer que ninguém veja e paro em frente a uma maldita parede de caixas que afirmam dar os primeiros resultados.

Por que existem um milhão de marcas de testes de gravidez? Realmente não deveria ser o tipo de item com tantas opções. É um palito que indica o seu destino. Além disso, a parte da tecnologia me confunde. Uma ou duas linhas. Palavras ou sem palavras. Você quer a detecção precoce? Caramba, não é assim tão complicado fazer, então por que comprar o teste seria? Examino as prateleiras e escolho aquele com as melhores combinações de cores. Parece uma decisão legítima, e quanto mais eu ficar parada aqui atrás, maior a chance que eu tenho de ser encontrada.

Pego algumas coisas de antiácidos, um frasco de aparência estranha que presumo ser Peptozil, e tento esconder os testes dentro dessa merda.

Com certeza, Callum está bem ali.

— Você encontrou tudo?

— Encontrei.

— Ok. — A preocupação é clara em seu rosto.

Estou feliz por nunca ter atuado. Realmente sou péssima nisso.

— Só vou demorar alguns minutos. — Eu sorrio para ele, rezando para que não pareça deformado.

Callum se inclina e beija minha testa.

— Acho que você não quer que eu veja o que você tem que pegar?

Porra, que inferno, ele me viu? Merda. Ok, nós somos adultos e, se estou grávida, vamos ter que resolver as coisas. Talvez eu devesse acabar com isso e contar a ele.

Ele limpa a garganta.

— Acho que você não quer que eu veja, então deve ser aquele momento do mês ou algo assim?

Ah, bem, isso meio que faz parte disso.

— Aham, quero dizer, acabamos de começar a namorar…

— Sim, mas eu não planejo que seja o fim tão cedo. Estou bem ciente de como é ter um relacionamento com uma mulher.

— Ok… então, você deve entender que eu preciso de um pouco de privacidade também?

Ele concorda com a cabeça.

— Certo.

Começo a andar em direção ao caixa e me viro em direção a ele.

— Tenho que fazer xixi bem rapidinho também, então vou voltar daqui a pouco.

— Não há banheiros aqui…

O quê? Sem banheiro na loja? Que tipo de merda é essa?

— Ok…

— Há uma Starbucks bem ao lado. Que tal você pagar e eu vou pegar um café para nós?

Sério, ele é perfeito.

— Isso seria ótimo. Obrigada.

Callum beija minha testa.

— Eu te encontro lá.

Estou grata por ele ter oferecido, porque não eu conseguiria aguentar mais algumas horas. Eu tenho que saber se estou grávida… antes de conhecer a mãe dele.

Capítulo 23

NICOLE

Por favor, que não sejam duas linhas. Por favor, que não sejam duas linhas.

Estou andando de um lado para o outro no banheiro da cafeteria, tentando não vomitar. Não pode ser positivo. Não tem como ser. Sou inteligente e tomo minha pílula na mesma hora todos os dias. Eu nunca esqueço. Não tomo nenhum outro remédio e a gente não precisa usar camisinha com isso, né? Eu sou estúpida. Sempre uso camisinha. É uma maldita regra por um motivo. Mas lá estava eu, a porra de uma louca com tesão e praticamente enfiei seu pau em mim. Bem, fiz novamente na outra noite, mas eu não estaria grávida disso.

Eu pego meu telefone e envio uma mensagem para Danielle.

Eu: Estou fazendo um teste.

Quando ela não responde em exatamente dois segundos, disparo outra.

Eu: Sabe, para ver se estou grávida, porra.

Ainda sem resposta.

Eu: Você é uma porcaria como amiga. Estou aqui surtando e você está me ignorando.

Eu: Sério, eu fiz xixi em um palito... sozinha... e você não consegue nem responder a uma maldita mensagem de texto?

Danielle: Cara, são seis da manhã!

Eu: E?

Danielle: Jesus, você é pior do que meus filhos. O que o teste disse?

Meu estômago se revira, porque sei que devo olhar. Estou aqui há um tempo e Callum provavelmente está se perguntando por que diabos estou demorando tanto.

Eu: Eu não olhei.

Danielle: Bem, olhe.

Respiro fundo e agarro as instruções, que li sete mil seiscentas e doze vezes, só para ter certeza de não bagunçar tudo. A primeira janela deve ter uma linha e, se eu estiver grávida, a segunda janela terá um sinal de adição. Se eu não estiver, ela ficará em branco.

Entendi.

Eu pego o teste e…

Que porra é essa?

O primeiro visor tem a linha, de forma que o teste funcionou, e o outro lado tem apenas uma linha, não um sinal de mais, mas metade de um sinal de adição. Isso significa que estou meio grávida?

Danielle: E aí?

Eu: O teste está quebrado, porra! Está com defeito, maldição!

Tiro uma foto das instruções e do teste e envio para ela.

Danielle: Ha! Só você! Ok, você precisa fazer outro em alguns dias. Ou você está grávida, mas é muito recente, ou você fez um teste com defeito.

Eu: Não me diga que essas são minhas opções! Eu odeio todo mundo.

Solto um grande gemido e mais alguns depois disso para cobrir os palavrões que eu gostaria de usar. Que porcaria. Não posso acreditar nisso. De todas as malditas coisas para não funcionar, tem que ser um teste de gravidez. Foda-se a minha vida.

Antes que eu possa digitar outra mensagem de texto, ouço uma batida na porta.

— Um minuto! — grito, retirando o segundo teste que veio na caixa.

— Nicole? Está tudo bem?

Merda.

— Sim, bebê. Estou bem. Eu só... meu estômago. Me dê um minuto.
— Eu acabei de chamá-lo de bebê?

Querido Deus, estou projetando. Além disso, não gosto de termos carinhosos. Eu gosto de Callum, não bebê, querido, docinho ou baby. Porra, ele é o Callum. O deus com um pênis mágico. Se ele for receber algum apelido, será Pau Todo-poderoso.

Embora, ele possa gostar desse.

— Ok. Você está passando mal?

— Não, estou bem.

— Tem certeza?

Reviro os olhos.

— Sim. Tenho certeza.

Não tenho como passar mais outros cinco minutos aqui, e não tenho que fazer xixi de novo, de qualquer maneira. Juro, minha vida deveria ser uma série de comédia.

Enfio o teste número dois na minha bolsa de coisas de que não preciso, jogo o teste defeituoso na lata de lixo e pego o resto do meu amor-próprio do chão.

Hora de ir lá fora e... ser uma adulta — e também mentir na cara dele sobre o que eu estava fazendo aqui.

Ele está bem ali quando eu abro a porta.

— Oi.

— Olá — ele diz, com uma sobrancelha levantada.

— Desculpe, você sabe, coisas de menina. Mas estou bem agora.

Ele acena com a cabeça.

— Eu estava preocupado.

— Não precisa ficar. — Dou a ele um sorriso doce.

— Se você diz... — Callum esfrega a nuca e vejo a preocupação em seus olhos. Droga, ele é tão doce. — Escuta, recebi uma ligação do escritório. Eu preciso ir lá. Não vou demorar.

— Ah! Adoraria ir e conhecer — falo, com entusiasmo. Imaginei seu escritório muito parecido com seu apartamento. Callum na minha cabeça deve ter designs escuros e elegantes. Mais ardósia e aço do que mogno e couro. Mal posso esperar para ver se estou certa.

— Só vou ficar lá por alguns minutos. Já que o seu estômago está te incomodando tanto, vamos te deixar em casa e depois vou te levar ao escritório mais tarde.

Eu fingi a coisa do estômago e agora isso vai se voltar contra mim.

— Estou me sentindo muito melhor. Eu realmente não me importo.

— Nicole, você esteve lá dentro por quase vinte minutos.

Não foi. Dez minutos, no máximo. Levei alguns para reunir coragem para abrir o teste de gravidez, e então eu tive ansiedade de desempenho, o que agora entendo perfeitamente. Se isso acontecer com Callum, vou ser legal a respeito. Então havia todo o xixi e o teste quebrado.

— Exagerando muito? — digo de brincadeira.

— Eu recebi um telefonema da minha mãe cancelando a nossa ida para lá, depois recebi um telefonema do trabalho…

— Espera — solto. — Nós não vamos encontrar sua mãe?

Ele balança a cabeça.

— Receio que não.

— Ah — eu digo, me sentindo um pouco ofendida.

Por que estou desapontada? Eu odeio mães. Todas elas. Elas são intrometidas, críticas e muitas vezes me lembram que não sou boa o suficiente para seu filho precioso ou qualquer outra coisa. Conhecê-la não era o que eu queria, mas eu queria compartilhar alguma coisa com ele. Conhecê-lo em um nível mais profundo e talvez conseguir ver algumas fotos constrangedoras que poderei usar contra ele mais tarde.

Ela era quem queria me conhecer em primeiro lugar, então não faz nenhum sentido agora o porquê não vamos.

— Por que foi cancelado?

Ele passa a mão pelo rosto.

— Mamãe foi convidada para visitar uma amiga que tem estado doente há bastante tempo. Ela quer vê-la enquanto pode. Com sorte, poderemos conversar com ela amanhã.

Ah. Ok. Quero dizer… isso faz sentido.

— Claro, tudo bem.

— Boa. Vamos voltar para o meu apartamento, você pode se deitar enquanto eu assino alguns documentos e, em seguida, vamos sair e fazer alguma coisa, se você estiver afim.

— Mas estou afim agora.

— Então você não estava doente lá dentro? Eu ouvi você grunhir e gemer como se estivesse com dor. Estava quase pronto para arrombar a porta.

— Não, era só… nada.

— Eu ainda me sentiria muito melhor se você descansasse para que nós possamos sair esta noite.

Não estou acostumada a ser mimada, mas ele está sendo realmente doce e não estou contando a ele toda a verdade.

— Ok, quero dizer, se isso vai fazer você se sentir melhor, embora eu esteja completamente bem.

Apenas surtando um pouco por dentro.

Embora…

Se ele me deixar sozinha no apartamento, eu posso fazer o segundo teste de gravidez sem ele lá.

Isso pode ser bom.

Capítulo 24

NICOLE

Já faz quase duas horas.

Estou definitivamente grávida e sozinha, então cada minuto que passa é uma tortura. Estou tão perturbada que não consigo nem contar para as minhas amigas.

Tudo o que fiz foi falar comigo mesma em círculos, tentando descobrir como diabos isso aconteceu.

Ao contrário do primeiro teste, o segundo não fez a coisa meio sinal de adição, "nada realmente aparecendo"; não, este foi um rosa brilhante e positivo.

Eu não consigo pensar. Não consigo entender como. Porra, noventa e nove por cento eficaz, minha bunda.

Eu me levanto e começo a andar de um lado para o outro novamente. Eu preciso contar a ele, mas como? Eu apenas digo, tipo, ei, Cal, adivinha o quê? Estou tendo um filho, fruto do nosso amor? Ou eu devo esperar até depois de ver um médico e ter tudo confirmado? Você pensaria que, na minha idade, isso não seria uma preocupação, mas aqui estou eu… preocupada pra caralho.

Em vez de fazer esse colapso mental ridículo, eu poderia ligar para uma das minhas amigas, mas… Eu não vou.

Callum deve ser a primeira pessoa a saber.

Então, juntos, nós podemos bolar um plano, porque nesse momento… Eu não tenho nenhum.

Pego o telefone e verifico a hora… novamente.

Mais dois minutos se passaram.

Preciso fazer alguma coisa — qualquer coisa. Então eu mando uma mensagem para ele.

Eu: Ei, onde você está? Estou ficando louca aqui.

Callum: Estou a caminho. Demorou um pouco mais do que eu esperava.

Não brinca. Tempo suficiente para eu descobrir que vamos ter um bebê e perder a cabeça.

Eu: Ok. Vejo você em breve.

Callum: Estou com saudades.

Owwwn, ele é tão doce.

Eu: Também estou com saudades.

E eu estou. Não porque simplesmente não quero ficar sozinha aqui, mas porque me peguei querendo me aconchegar nele.

Jesus, sou oficialmente uma das minhas amigas estúpidas e apaixonadas. Alguém precisa me dar um tapa.

Decido que literalmente não posso suportar o silêncio e ficar sozinha, então faço uma videochamada para Heather.

— Ei! — ela me cumprimenta, com um sorriso enorme. — Como você está? Como está Londres?

Eu quero contar a ela. Ela tem sido minha melhor amiga, e nós realmente não guardamos segredos uma da outra, mas sei que a coisa certa a fazer é falar com ele primeiro. Como um casal faria.

— Eu estou bem — digo, e então mudo imediatamente. — Londres é incrível. Nós fomos por toda parte. Não é nada como eu me lembro na faculdade.

Ela ri.

— Bem, eu não me lembro muito sobre a faculdade. Cerveja demais.

— Nossa, verdade. Como está o Eli? Vocês estão em Tampa agora ou em outro lugar?

Heather tem viajado com o marido, porque a ideia de ficar longe dele a deixa louca. Ela era a pessoa mais independente que eu conhecia, mas quando sua irmã faleceu, algo mudou dentro dela.

Não sei se é Eli, pesar, ou se ela odeia o trabalho. Ser uma agente da polícia é difícil para ela, principalmente porque seu ex-marido é o chefe dela. Isso não é nada estranho. Matt, o ex de Heather, e Scott, o ex de Kristin, poderiam formar um clube para idiotas com paus pequenos. Não tenho certeza de quem seria o presidente… talvez eles pudessem fazer uma competição de quem pega o menor palito? De qualquer maneira, os dois são péssimos.

Nós comemoramos o divórcio de ambas.

— Não. — Os lábios de Heather se viram para baixo. — Ele está em LA por alguns dias. Estou indo para o trabalho porque não consigo me demitir. Brody chora quando tem que andar com outro parceiro.

— Quando é o seu próximo turno?

— Em cerca de uma hora.

— Callum teve que correr para o escritório — comento, e ela ri. — Por que você está rindo?

— Cara, seu rosto. Você parecia como se alguém tivesse levado seu brinquedo favorito embora.

— Eu gosto do brinquedo dele.

Ela revira os olhos.

— Sim, nós sabemos, você gosta de brincar com todas as varetas.

— Você pode dizer pau, Heather. É totalmente permitido.

— Vou me lembrar disso. Quando você volta para casa?

Essa é a pergunta de um milhão de dólares. Estou aqui há pouco mais de uma semana, e Callum não mencionou nada além de uma rápida viagem a algum lugar antes de voltarmos para os Estados Unidos. Não tenho ideia do que diabos ele planejou, mas não estou reclamando.

Desde que estou aqui, meus sucos criativos estão bombando no máximo. Eu não sei se são os detalhes em todos os edifícios ou o quê, mas tenho tantas ideias.

— Nós ainda não chegamos lá, mas vou deixar você saber — prometo.

— Ok. Você parece muito feliz, Nic.

Sorrio.

— Eu sinto isso. Não sei. Ele é tão bom, e muitas coisas estão acontecendo com a gente… realmente depressa. É assustador, mas estou feliz.

Os olhos de Heather estão cheios de calor.

— Eu sei que você tem um segredo que você acha que eu não sei.

Ah, foda-se.

Ela continua.

— Eu te deixei ficar com ele porque sei que você precisa disso. Kristin também não me contou, então você pode tirar isso da sua cabeça. Basta lembrar o que eu faço para viver. De qualquer forma, o que quer que tenha acontecido com você antes está no passado. Você foi a maior defensora do Eli que eu conheço. Empurrou Kristin e eu para nos abrirmos para o que quer que estivesse por vir, e estou pedindo que faça o mesmo.

Eu me inclino contra a cabeceira da cama.

— Tenho quase certeza de que já fiz isso.

— Como assim?

— Tão assustada quanto eu estou… e estou apavorada pra caralho — admito. — Eu gosto muito dele. Eu poderia amá-lo.

— Poderia ou ama? — Meu rosto cai e ela encolhe os ombros. — Por favor, você é a pessoa mais chata que eu conheço. Você não nos dá nenhum espaço para sairmos das coisas, bem-vinda ao outro lado.

— Tanto faz.

Há uma campainha tocando atrás dela.

— Eu tenho que ir trabalhar. Amo você!

— Também te amo.

— Você me ama e você ama o Callum! Tchau!

E então a vaca desliga antes que eu possa dizer mais alguma coisa.

Callum deve estar em casa a qualquer minuto. Talvez eu deva tomar um banho? Eu posso deixar o vapor me acalmar e posso ser capaz de fazer meu cérebro sossegar. Claro, como se alguma vez isso funcionasse.

Ficando de pé na frente do espelho, coloco a mão na barriga.

— Então, eu acho que você está aí dentro — digo para o bebê. — Eu sou sua mãe. Também sou uma completa bagunça, e seu pai e eu não somos casados, mas você sabe, eu sou a pessoa menos tradicional do mundo. Tenho quase certeza de que vou ser péssima nisso porque eu sou… uma bagunça. Fiz coisas que só posso rezar para que você nunca faça. Embora, tenho certeza de que você vai, já que você é metade eu.

É melhor estabelecer que a honestidade é a melhor política desde o início, certo?

— Ok, então, aconteça o que acontecer, apenas saiba que estarei tentando muito não foder com você ou estragar isso. Não posso prometer que não vou, bebezinho, mas vou fazer melhor do que os meus pais fizeram. Isso não é realmente uma grande unidade de medida, mas é tudo o que tenho.

Eu me olho por mais alguns segundos e então eu escuto uma porta.

Ah, Deus. Ele está em casa.

Jesus.

Ok, eu preciso ficar calma. Meu coração está disparado e meu estômago está cheio de chumbo. Não sei como ele vai reagir, e estou com medo.

Callum nunca me mostrou nenhum sinal de que seria cruel de alguma forma, mas… isso é um grande negócio. É um *bebê*.

Existem coisas reais aqui a serem consideradas. Somos realmente recentes, e ele pode não querer ficar atrelado à minha carroça para sempre, mas com uma criança — ele ficará. Também vai ser um choque, pois isso nunca deveria ter acontecido. Aconteceu, e mesmo que ele fique bravo e não queira ser obrigado a manter este bebê ou a mim, eu não voltaria atrás. Posso fazer isso sozinha. Sou financeiramente estável e, na maior parte do tempo, madura o suficiente. Quer Callum queira ou não estar na vida do bebê, eu posso fazer isso.

Eu ajudei a criar — corromper — os filhos das minhas amigas. Sei trocar fraldas e tenho certeza de que elas estarão lá para ajudar. Seja qual for a reação dele, vou ficar bem.

Agora que resolvi tudo isso, é hora de entregar a notícia.

Sigo para a sala de estar, só que ele não está lá.

— Olá? Callum? — chamo.

— Olá — uma mulher com longos cabelos escuros e olhos castanhos fala. — Quem é você?

Talvez seja a faxineira?

— Quem é você?

— Eu sou Elizabeth Huxley.

Eu nunca ouvi esse nome antes, mas isso ainda faz meu pulso atingir níveis insanos.

— Callum não mencionou que alguém viria.

Por favor, Deus, que seja uma irmã ou prima.

— Entendo. Não estou surpresa, desde que ele tende a deixar detalhes importantes de fora. Quem é você?

Déjà vu me atinge com tanta força que não consigo respirar. Não. De novo não. Não. Eu não posso.

— Eu sou Nicole.

Elizabeth me olha de cima a baixo com um olhar severo.

— Bem, Nicole, se você pudesse pegar suas coisas e sair da minha casa, eu agradeceria.

— Sua casa?
Por favor, não diga as palavras que eu sei que virão a seguir.
— Sim. Sou a esposa de Callum e este é o meu apartamento.
E o chão desaba debaixo de mim.
De novo.
Eu fiz isso de novo.

Capítulo 25

CALLUM

O trânsito está horrível. O que deveria ter sido uma viagem de vinte minutos me levou mais de uma hora. Enviei várias mensagens de texto para Nicole, porém todas ficaram sem resposta.

Estaciono, pego a caixa que está no banco do passageiro e sigo para o meu apartamento, acenando para o porteiro no caminho. Estou ansioso para dar uma olhada em Nicole. Com sorte, ela descansou um pouco e ficará encantada com o que planejei.

A razão pela qual eu não queria que ela fosse ao escritório era por causa do que está aqui dentro. Minha assistente tem trabalhado sem parar para acertar esta viagem. Em algumas horas, estaremos em um avião para a Toscana. Passaremos a próxima semana visitando vários vinhedos, restaurantes e nos hospedando nos hotéis mais luxuosos que consegui encontrar.

Eu quero mimá-la, fazer com que tudo supere os sonhos dela.

Quando chego à porta, meu telefone toca.

— Sim, Milo — eu respondo.

— Ouvi dizer que você vai passar uma semana na Itália.

— Você ouviu direito.

Ele ri.

— Agora, quem está perseguindo uma mulher?

Idiota.

— Eu sou dono da empresa, aí está a diferença, irmão.

— Ah, é assim? Bem, não tenho certeza para o que você me ligou antes. Estou lidando com algumas… — eu o escuto sussurrar para alguém — coisas importantes.

— Pedi que você viesse ao escritório para que eu pudesse informá-lo sobre as mudanças que estão acontecendo na Dovetail.

Não é assim que quero dizer ao meu irmão. Minha assistente, Margaret, me garantiu que Milo havia confirmado que compareceria ao escritório. Depois de uma hora de espera, nós finalmente recebemos uma satisfação de que ele estava... indisposto.

Essa foi a gota d'água.

— Que mudanças?

Aqui vai a parte divertida.

— Vou me mudar para a América nos próximos meses.

— Você vai o quê? — ele grita no receptor. — Você está maluco, caralho? O que você quer dizer com se mudar para a América?

— Não é tão difícil de entender, Milo. A empresa está se fundindo com o escritório de Londres. Estaremos sob uma única corporação, e faz mais sentido para mim se eu for o CEO e resolver as coisas do escritório lá.

— Então quem vai dirigir o escritório de Londres?

Ele nunca vai me perdoar por isso, mas tenho que tomar a decisão certa de negócios. Milo é meu irmão e eu amo o bastardo, mas estou cansado de suas palhaçadas. Preciso de alguém em quem possa confiar e que faça o melhor pela Dovetail, e essa pessoa não é ele. A parte triste é que Milo não é incapaz de lidar com as coisas. Ele é brilhante, mas um vagabundo.

— Edward.

— Edward! Foda-se, Cal!

— Não fique bravo comigo por suas decisões erradas. Você queria vagar pela droga do mundo, aqui está sua chance. Se você irritar o Edward, ele vai despedir você.

Posso ouvi-lo respirando ruidosamente pelo receptor.

— Não posso acreditar nisso. Você é meu irmão, pelo amor de Deus!

— Sim, eu sou seu irmão, e por causa disso, eu aturei suas merdas. No entanto, não vou deixar você levar minha empresa para o buraco. Preciso de alguém em quem possa confiar e que realmente vai aparecer para trabalhar.

Agarro a nuca e descanso a cabeça na parede. Eu odeio isso. Odeio isso mais do que posso dizer. Minha mãe está lívida e se recusa a falar comigo, o que é parte da razão pela qual ela cancelou. Ela vai superar, mas meu irmão não.

— Você realmente se sente assim?

— Você acha que eu gosto disso, Milo? Não estou tendo nenhum prazer em promover Edward em vez de você. Eu queria que você fosse a minha mão direita. Implorei para você parar de ser tão egoísta, caramba, mas mesmo agora, isso é sobre você! Não é o melhor para a Dovetail.

Ele zomba.

— Você acha que Edward é? O homem é incompetente!

— Não. Eu pensei que você seria. Você é mais inteligente do que qualquer pessoa que trabalha para a empresa, mas só pensa com o seu pau, e isso não trabalha comigo.

— Bem, agora eu também não. Vai se ferrar — Milo grita e então desconecta o telefone.

Jesus Cristo. Pelo menos do outro lado dessa porta está alguém que ainda gosta mesmo de mim.

Giro a maçaneta e o que eu encontro... definitivamente não é quem eu estou esperando ver.

— Elizabeth, o que caralhos você está fazendo aqui? — Olho com raiva para a mulher que desprezo mais do que qualquer coisa.

— Olá para você também, Cal.

— Fora. — Aponto para a porta.

— Agora — ela ronrona e se levanta —, isso é maneira de falar com sua esposa?

— *Ex*-esposa.

— Ah, tanto faz. Estaremos casados para sempre aos olhos do Senhor.

Eu rio.

— Tenho certeza de que você vai para o inferno, onde todos os demônios pertencem. Somos divorciados, eu coloquei a maldita papelada em um quadro para comemorar o dia em que terminei com você.

Elizabeth Webb era uma beleza. Ela era tudo que um homem poderia desejar. De tirar o fôlego, inteligente, conseguia lidar com qualquer situação de jantar e vinha de família rica, então nunca houve a preocupação de ser usado. Eu pensei que ela fosse o sol até que percebi que tudo o que vivia nela eram as trevas.

Ela é conivente, manipuladora e não tem nenhum problema em dormir com qualquer pessoa que chame sua maldita atenção.

Por anos, pensei que, se eu pudesse fazê-la mais feliz, ela finalmente iria parar.

Ela não fez isso.

Eu me divorciei dela cinco anos atrás e, no entanto, ela ainda encontra maneiras de me deixar infeliz.

— Você sempre foi tão dramático, muito parecido com a sua nova namorada. É uma pena que ela fugiu com tanta pressa.

— Porra! — Eu rujo. — O que você fez? Por que você é tão cadela?

— Acabei de contar a ela sobre o nosso casamento, que aparentemente você não contou.

O que tem de errado com ela?

— Você é insana, porra! Nós não somos casados. Eu não acho que o que nós tivemos alguma vez foi um casamento. Onde ela está?

— Como eu vou saber? — Ela balança a cabeça, revirando os olhos.

Eu avanço, tentando conter a fúria que ameaça transbordar.

— Você pegou tudo que eu me importo e arruinou. Porra, dê o fora da minha casa e da minha vida, Lizzy, antes que eu faça algo de que vou realmente me arrepender.

Não me importo com Elizabeth. Superei isso anos atrás. O que realmente me importa é Nicole, e a vaca da minha ex-esposa a fez pensar que nós somos casados.

— Não seja ridículo — ela rebate.

— O que você disse a ela?

— Nada que ela já não devesse saber. E realmente, Cal, uma americana? Tenho certeza de que sua mãe está encantada com isso.

Abro a porta com força.

— Dê o fora daqui, caralho.

— Eu vou, assim que disser a você para o que vim.

Meu coração está disparado e minha boca tem um gosto metálico por causa da adrenalina. Eu tenho que encontrar a Nicole. Tenho que explicar porque só Deus sabe o quê Lizzy disse a ela, e tenho que consertar isso.

— Não dou a mínima para nada que você tenha a dizer.

— Bem, você ficará interessado quando eu te disser que planejo vender as minhas ações da Dovetail.

Essas dez ações e o assento no conselho vão me assombrar pelo resto da minha vida. No entanto, nesse momento, eu não dou a mínima. Ela não tem ideia de que agora sou o dono da empresa americana, que é exatamente o que preciso. Ela sempre pensou que eu era muito sentimental, que não pensava muito com o meu cérebro e demais com o meu coração. Talvez ela estivesse certa naquele momento. Agora, eu não sou o mesmo homem.

Tenho planos para essas dez ações, e Elizabeth está fazendo o jogo certo em minhas mãos.

— Faça o que quiser, Elizabeth. Eu cansei dos joguinhos. Preciso encontrar minha namorada e consertar a bagunça que você fez.

Ela se aproxima e seu dedo indicador toca meu braço, o que me faz recuar para trás.

— Eu quase esqueci. — Ela suspira. — Ela deixou um bilhete para você na cozinha.

E então a vaca sai.

Capítulo 26

NICOLE

Você pode desidratar de tanto chorar? Se puder, tenho quase certeza de que estou chegando lá, porque não consigo parar de chorar como uma lunática. Quando a aparência ficou insuportável, passei uns bons dez minutos no banheiro do avião soluçando. Tenho certeza de que as pessoas pensaram que eu fosse insana, mas não me importo.

Depois que Elizabeth me contou o que eu não sabia, joguei tudo o que pude encontrar na minha mala e peguei um táxi para o aeroporto. No caminho, encontrei um voo saindo em três horas e reservei um assento para voltar para casa.

Eles me passaram para a primeira classe — graças ao meu colapso no balcão sobre estar grávida e descobrir que o pai do bebê era casado com outra pessoa. Não foi o meu melhor momento.

Agora, estou de pé no aeroporto de Tampa, me sentindo completamente perdida.

Meu telefone toca e o nome de Kristin pisca na minha tela.

— Kris — eu digo. Mais uma vez, minha amiga lidará com as consequências das minhas más escolhas. Mais uma vez, Kristin é em quem eu vou me apoiar porque ela tem o coração mais gentil de todos. Ela não vai fazer eu me sentir pior do que já me sinto.

— Nic, você precisa voltar para casa. — Por que a voz dela soa tão quebrada quanto a minha?

— Eu estou… Estou no aeroporto… em Tampa.

— Ah! Ok. Olha, eu tenho que te dizer uma coisa. — Kristin funga, e mesmo estando devastada e quebrada como estou, algo em meu intestino diz que há alguma coisa seriamente errada.

— O que está acontecendo?

— Quão rápido você pode chegar à minha casa?

— Vou pegar um táxi agora. Está tudo bem?

Ela soluça.

— Não, apenas chegue aqui. É... é a Danielle.

Acelero o ritmo, não me concentrando mais em mim mesma.

— Ela está bem?

— Ela está bem, mas é Peter... apenas venha aqui. Ava e Parker estão comigo, e eu poderia usar a sua ajuda.

— Estou a caminho.

Meu coração está acelerado enquanto tento chegar à área de retirada de bagagem. Não sei o que está acontecendo, mas se ela me ligou porque precisava que eu voltasse para casa, deve ser ruim.

Corro para pegar minha mala da esteira de bagagens e pego um táxi.

No caminho para a casa de Kristin, a tristeza que deixei de lado momentos atrás começa a rastejar de volta. Na semana passada, eu estava em um carro indo para o aeroporto com Callum. Estava cheia de tanta esperança e entusiasmo, mas agora estou quebrada.

Eu me apaixonei pelo cara, apenas para descobrir que ele não era meu para amar.

Agora, estou grávida e tenho que descobrir o que tudo isso significa. Ele sabe que eu fui embora. Provavelmente leu a nota.

Cretino do caralho.

Não era como se eu tivesse muito a dizer a ele, mas apostei que minhas palavras eram mais do que o suficiente para transmitir meu ponto de vista.

> *Puta que pariu, seu mentiroso. Conheci sua esposa. Estou grávida e te odeio.*

Nós passamos por seu prédio de apartamentos, e eu dou o dedo do meio. Estou com tanta raiva. Estou tão machucada. Estou com tanta raiva de mim mesma por pensar que ele era diferente e que tínhamos algo especial.

Eu confiei nele, e então sua esposa apareceu...

Eu só... Ainda não consigo acreditar nisso.

— Senhorita? — o motorista chama a minha atenção, olhando entre o retrovisor e a casa em que estamos parados.

— Ah. Desculpa. — Eu entrego a ele o dinheiro e, quando saio do carro, Kristin está parada na varanda.

Um olhar me diz que algo está mais que definitivamente errado.

— Ei — ela diz, quando me aproximo, e meu coração começa a disparar.

— O que está errado?

— É tão ruim, Nic. Danni está uma bagunça e está vindo para cá agora para contar às crianças. Peter foi baleado.

— Ai, meu Deus! — Eu suspiro. — Ele está bem?

Ela balança a cabeça em negação.

— Não, ele foi morto.

Meus lábios se abrem e aperto meu peito.

— Não — sussurro a palavra. Peter não é minha pessoa favorita, ele nunca foi, mas Danielle o ama. Eles têm dois filhos lindos e ele a fez feliz.

— Eu sei. — O lábio de Kristin treme. — Noah está lá dentro com as crianças agora, mas... isto é...

— Horrível — termino sua frase.

Minha vida pode estar em frangalhos, mas o mundo da minha melhor amiga foi destruído.

Kristin olha para a casa e depois de volta para mim.

— Essas crianças...

— Ava vai ser um desastre.

Peter é o mundo inteiro de Ava. Essa menina ama o pai mais do que qualquer coisa.

— É bom que você esteja aqui. Ela sempre foi muito próxima de você.

Kristin está certa, Ava é minha garota. Ela vem para mim sobre tudo. Quando gostou de um menino pela primeira vez, ela me contou. Quando quis saber sobre como raspar as pernas, fui eu que me sentei na banheira com ela e mostrei como fazer. Inferno, eu comprei um sutiã para ela quando sua mãe estava em negação que a menina tinha seios.

— Eu não posso acreditar nisso.

Ela acena com a cabeça.

— Por que você está aqui?

Agora não é hora de entrar no assunto.

— Eu vou te contar mais tarde.

— Não. — Ela coloca as mãos nos quadris, seus olhos passando rapidamente pelos meus, que estão avermelhados, e minhas bochechas manchadas. — Alguma coisa está errada. Me conta agora.

Balanço a cabeça para os lados, sabendo que, se eu começar, se eu admitir tudo isso em voz alta, não serei capaz de parar a onda de dor que virá.

— Por favor... só me deixe focar em Danielle. Ela vai precisar de nós, e Ava também. Não posso fazer isso se deixar essas coisas saírem.

Os olhos de Kristin se estreitam e há um lampejo de compreensão.

— Ok, mas você vai me contar mais tarde?

Concordo com a cabeça.

— Não acho que tenho escolha, tenho?

— Não. Na verdade, não.

Um momento depois, o carro de Danielle para. Heather está dirigindo.

Kristin e eu caminhamos na direção delas e a expressão no rosto de Danielle me quebra. Eu conheço esse olhar. Estou sentindo a mesma perda exatamente agora. É saber que tudo o que você pensava que sabia era mentira. É uma dor tão profunda que você sente como se seus ossos estivessem prestes a se estilhaçar. Posso sentir a dor em seu peito. As lágrimas dela são as minhas lágrimas, porque nós quatro compartilhamos algo especial.

Nossa amizade passou por tantos testes e nunca vacilou.

Essa será outra coisa pela qual nós passaremos — juntas.

Assim que ela sai do carro, nós quatro nos abraçamos. Danielle chora, e todas nós choramos com ela.

— Ele se foi! Ele se foi e eu estou sozinha. Ele está morto. Ele nunca mais voltará a passar pela porta.

— Eu sei. — Kristin esfrega suas costas.

— Ele se foi e eu tenho que contar para as crianças.

— Estamos todas aqui para eles — eu asseguro a ela.

Lágrimas escorrem pelo rosto de Danielle.

— Façam isso parar. Façam com que não seja real, *por favor*! — implora.

Eu gostaria de poder fazer isso por ela. Ver minhas amigas sofrer é pior do que qualquer dor que eu pudesse suportar. Ela não merece que isso aconteça. Danielle tem um coração enorme e ela ama Peter desde que estava na faculdade. Não importa o que eles tenham passado, ele é o único homem que ela já amou.

Escovo seu cabelo para trás, minhas próprias lágrimas se misturando com as das minhas amigas.

— Nós não podemos. Mas, meu Deus, nós gostaríamos de poder — digo a ela.

Danielle começa a ficar mole, mas a seguramos com força.

— Como eu conto a eles? Como conto às crianças que o pai delas foi baleado e morto? Eles não sabiam que ele não voltaria para casa esta noite. — Ela soluça. — Eles não se despediram como deveriam. Nenhum de nós se despediu. Eu teria contado a ele…

Todas nós olhamos umas para as outras com nossas próprias lágrimas. Não há palavras de conforto que possamos oferecer a ela, apenas apoio.

— Ele sabia — Kristin diz a ela. — Ele sabia que vocês o amavam.

Os olhos de Danielle estão vazios e sem esperança.

— Ele sabia? Porque eu fiz um trabalho realmente de merda em dizer a ele. — Ela solta um suspiro pesado e se endireita. — Não sei como vou superar isso.

Heather a puxa para seus braços.

— Você vai fazer isso, porque tem três pessoas bem aqui que te amam e que vão te apoiar. Você nunca está sozinha. Nunca está sem um exército ao seu lado, pronto para ajudar a lutar em suas guerras. — Ela olha para mim e, embora ela não saiba de nada, sinto que as palavras também são para mim. — Nós estamos com você. Nunca vamos te deixar cair.

— Ava…

— Eu vou estar aqui com a Ava, e Heather e Kristin também. — Toco o braço dela. — Não se preocupe, nós a ajudaremos.

Heather acena com a cabeça.

— Lembre-se, eu também estive lá. Perdi meus pais e minha irmã. Sei como isso é difícil, mas faremos o que pudermos.

Danielle pega minha mão e, nas horas seguintes, eu esqueço que menos de um dia atrás, minha vida era ótima. Coloco de lado o fato de que mal consigo respirar sem meu peito doer, e faço o que posso para aliviar a dor de outra pessoa. Porque é isso que se faz quando se ama alguém. Você não mente. Você não machuca. Você cura.

Capítulo 27

NICOLE

Danielle e as crianças foram para casa para ficar com suas famílias enquanto Heather, Kristin e eu nos sentamos na sala de estar de Kristin.

Foram algumas horas intensas e estou física e emocionalmente exausta.

— Vocês estão bem? — Heather pergunta. — Estou realmente cansada e hoje foi um dia que eu gostaria de lavar para tirar de mim e ir para a cama.

Kristin e eu ficamos de pé.

— Você deveria ir — ela diz a Heather. — Não sei como você lidou com tudo isso.

Heather foi uma das policiais a chegar ao local. Ela viu tudo e teve que contar a Danielle. Ela finge bem estar forte, mas eu acho que ela atingiu o seu limite.

— Eu fiz o que qualquer uma de nós faria.

Não, eu não teria sido capaz de fazer isso. Saber que as palavras que falei à nossa melhor amiga alterariam para sempre a vida dela. Ela é muito mais forte do que sequer percebe.

Eu a puxo em meus braços.

— Eli está em casa?

Ela acena com a cabeça, concordando.

— Ele me mandou uma mensagem dizendo que está lá.

— Quem bom.

Seu marido tem esse sexto sentido quando se trata dela.

— Deixe-nos saber que você chegou em casa, ok? — Kristin, a eterna preocupada, pede.

— Eu vou. Amo vocês, meninas.

— Nós também te amamos — digo a ela.

Todas nós caminhamos até a porta juntas, e Heather se vira rapidamente.

— Como você voltou de Londres tão rápido?

Acho que fui sortuda o suficiente de ter evitado a policial nela por tanto tempo quanto evitei. Eu sabia que teria sido bom demais para ser verdade me safar disso completamente.

— Callum e eu terminamos.

— O quê? — Heather praticamente grita. — Não! Por quê? Por que você é tão idiota? Ele é tão bom para você!

Bom para mim? Por favor.

— Por que sou eu? Hein? Por que é algo que *eu* fiz? E ele? E não, Heather, ele *não* é bom para mim. Ele é casado, porra!

Meus lábios começam a tremer e uma lágrima se forma. Caralho, Callum. Estou chorando de novo.

— Nicole? — Os olhos de Kristin se enchem de preocupação.

— Ah, e estou grávida.

— Você está o quê? — Heather ofega. — Ai, meu Deus, Nic. — Ela rapidamente me envolve em seus braços e eu choro mais forte. — Sinto muito. Eu não sabia.

Eu não quero ser consolada. Estou com raiva, magoada e inacreditavelmente com o coração partido. Tentei tanto negar meus sentimentos e agir como se as coisas estivessem bem, mas elas não estão. Eu não estou. Nada disso está nem remotamente bem.

— Estou grávida e… ai, meu Deus, a esposa de Callum voltou para casa mais cedo de onde quer que ela estivesse, eu acho.

A mão de Kristin cobre sua boca.

— Jesus Cristo. Ela disse alguma coisa?

Se ela disse?

Elizabeth não se conteve.

— Ela me disse para tirar minhas merdas da casa dela, e… Eu o odeio pra caralho. Ele mentiu para mim.

Kristin me puxa dos braços de Heather para os dela, me segurando com força, e eu faço o que eu nunca faço… Eu colapso. Choro tanto que meu peito realmente dói. Falar a verdade quebrou a última barreira que eu tinha. Ela esfrega minhas costas e Heather vem, envolvendo-nos.

— Está tudo bem, Nic.

— Não, não está! — Começo a soluçar. — Nada disso está bem!

Heather empurra meu cabelo para trás para olhar para mim.

— Ok, não está. O que ele disse quando você contou a ele que descobriu?

Eu me movo para trás, enxugando as lágrimas estúpidas que não param.

— Nada. Eu fui embora! O que ele pode dizer que faria a diferença? A *esposa* dele disse tudo.

Kristin mordisca seu lábio e depois esfrega meu braço.

— Sabe, eu não conheço Callum muito bem, mas posso dizer que estive do outro lado disso. Eu não sei se eu teria coragem de marchar para ver o que eu estava negando.

— Aham, mas eu teria — rebato.

Eu gostaria de pegá-los no flagra e, então, eu tornaria suas vidas um inferno. Se eu desse meu coração a alguém, como dei a Callum, e ele o atropelasse depois que nós nos casássemos, pode ter certeza de que eu estaria atirando para todo o lado.

Eu não fiz desta vez porque ele não era meu. Ele nunca foi meu.

— Verdade, mas o que acho que devo dizer é que eu também estive em uma situação em que nem tudo era exatamente o que parecia…

Ela está falando sobre o que a separou de Noah por um período de tempo.

— Aquilo foi diferente. Você é uma boa pessoa.

— E Callum não é?

— Eu não sei o que Callum é além de um mentiroso! Ele não queria que eu fosse ao escritório dele, por quê? Ele não queria que eu conhecesse sua mãe ou, pelo menos, disse que ela tinha que cancelar. Aí sua esposa aparece, vomitando todas as suas merdas… então, sim, eu não acho que isso seja o ingrediente de uma boa pessoa, você acha?

O que ela não está entendendo? Sei que Kristin vê o lado bom das pessoas e das situações, mas não há nada aqui que possa ser embelezado. Ele mentiu, ele traiu e então o filho da puta foi pego.

— Ok, o que a esposa disse? — Heather pergunta.

— Ela me disse quem ela era, e então ela me disse para pegar minhas merdas e sair.

— E você foi embora? Você? De todas as pessoas neste mundo, você deixa alguém mandar em você? — Os olhos de Heather estão cheios de confusão.

— Sim, porque ela disse que eles estão casados há oito anos e que Callum a está traindo praticamente o tempo todo. Eles têm tentado resolver as coisas e estava tudo ótimo, até que seu pai morreu e ele foi para os Estados Unidos.

— Isso não faz nenhum sentido — Kristin fala.

— Qual parte?

— Que eles estavam resolvendo as coisas e então seu pai morrendo fazendo com que ele voltasse a trair novamente. Ele não odeia o pai? Além disso, Callum praticamente torceu seu braço para fazer você ir para Londres com ele, por que faria isso? Se ele soubesse que havia uma chance de sua esposa encontrar você na casa dele, por que ele faria isso? Por que ele gostaria que você conhecesse a mãe dele? Não faz sentido — Heather termina por ela.

— Talvez ela não devesse estar lá?

— Ele mostrou a você alguma indicação de que estaria escondendo alguma coisa?

Jesus, por que essas duas são tão rápidas em encontrar uma falha nisso?

— Kristin, você, de todas as pessoas, sabe por que essa seria a porra do pior cenário para mim.

— Eu sei. E o bebê?

Olho para baixo, para o meu estômago.

— Serei mãe solteira.

— Você vai contar a ele?

A nota que deixei contou.

— Tenho certeza de que ele já sabe.

— Você está bem em ter um bebê? — Heather pergunta.

Essa é a coisa triste. Eu estou, na verdade, um pouco feliz em alguma parte estranha do meu cérebro. Eu amo Callum. Sei que teria sido difícil, mas nós descobriríamos como ser ótimos pais. Talvez eu tivesse me mudado para Londres. Talvez ele tivesse vindo para a América para ficar com a gente. Talvez a porra do cavalo branco ganhasse asas para carregar nosso novo amor que estávamos sentindo para a Terra do Nunca. Essa possibilidade foi reduzida a cinzas assim que escutei a palavra *esposa*. Mesmo com o tanto quanto eu o odeio, nunca poderia odiar esse bebê.

— Eu nunca pensei que estaria, mas... Quero dizer... Eu vou dar um jeito, certo? Vocês vão ajudar, já que farei isso sozinha.

Heather e Kristin trocam um olhar e então Heather começa novamente.

— Você precisa retrair suas garras por um minuto e me ouvir… você pode fazer isso?

— Não tenho certeza — digo a ela a *verdade*, que é claramente um conceito do qual Callum não tem nenhum conhecimento.

— Tente — Kristin insiste.

— Tudo bem.

Heather começa.

— Nós sabemos que você foi ferida. Sei que você compartilhou sua história com a Kristin e estou feliz, mas vou chutar que… você esteve com alguém antes e descobriu que ele era casado. Você pensava que ele era um bom homem, e mesmo em todos os seus modos malucos, nunca iria dormir com um homem casado intencionalmente. Estou certa?

— Sim.

A vergonha me atinge. Foi há muito tempo, mas ainda sinto isso. Eu me odiei por anos. Senti como se punir a mim mesma fosse a única forma de perdoar a destruição que causei àquela família.

— Ok, você sabia que ele era casado?

— Não!

— Então você não era a pessoa culpada — Heather me assegurou.

— Não, você não era. — Kristin sorri, balançando a cabeça. — Eu não sei a situação com Callum, mas posso te dizer isso… quando uma esposa descobre que seu marido está traindo, ela não entra desfilando simplesmente, na esperança de encontrar seu homem em uma posição comprometedora. Eu nunca quis ver ou mesmo saber sobre Scott e Jillian. Também vou dizer que você deveria ter falado com ele. Estive do outro lado de uma falha de comunicação e, se Noah e eu tivéssemos simplesmente conversado, estaria tudo bem. Em vez disso, ele saiu com raiva, e acabou sendo uma bagunça.

Eu me lembro dessa coisa toda, desde que ela veio à minha casa. Isso? É totalmente diferente. Não há muitas maneiras de você interpretar mal o encontro com a esposa de alguém.

— Que possível falha de comunicação existe para ser casado?

Heather encolhe os ombros.

— Eu não tenho certeza, mas eu leio as pessoas para viver, e não houve nada que tenha captado com Callum. Mas deixe tudo isso de lado, você vai ter um bebê, e ele precisa fazer parte da equação. Você provavelmente deveria falar com ele.

— Vou falar com ele quando conseguir juntar as palavras e não chorar. Nunca vou deixar um homem me ver chorar assim de novo.

— É justo. — Ela acena com a cabeça.

— Além disso — Kristin chama nossa atenção —, você tem três milhões de motivos para ligar para ele de qualquer maneira.

Eu gemo, olhando para o céu.

— Porra. Eu o odeio muito.

Kristin suspira.

— Não, você o ama e, nesse momento, está sofrendo, mas é profissional e pode lidar com isso.

É por isso que eu nunca durmo com clientes. Não há nada mais embaraçoso do que ter que lidar com alguém depois de ter transado com ele até que você desmaie e esteja carregando seu filho amado.

Capítulo 28

CALLUM

Eu fico de pé do lado de fora do apartamento dela, sabendo que essa conversa vai nos ajudar ou nos destruir. Eu a procurei, tentei ligar, esperei na minha casa, mas ela nunca mais voltou. Então percebi que ela foi embora, embora. Tipo, pegou um voo e foi para casa.

Agora, estou de pé aqui, esperando que ela me escute.

Passei horas no avião, inquieto para chegar até ela, sabendo que quanto mais tempo passasse, pior isso seria. Minha ex-mulher é uma vagabunda, e eu não gostaria de nada mais do que enterrá-la, mas, como dizem, só os bons morrem jovens. Elizabeth viverá para sempre nesse ritmo.

Não tenho certeza do que ela se recusa a deixar ir. Nós tínhamos um casamento sem amor. Ela estava muito ocupada tentando encontrar novos amantes e gastando meu dinheiro para amar alguém além de si mesma.

Sentado no chão do corredor, não tenho nada para fazer além de pensar e planejar. Claro, nada parece bom o suficiente ou como se não fosse um monte de besteira. Vai ser impossível fazê-la me ouvir, mas eu preciso.

Então eu penso sobre seu bilhete. Quando li as palavras, meu coração parou.

Ela está grávida.

— O que você está fazendo aqui? — A voz de Nicole está cheia de uma mistura de tristeza e raiva.

Fico de pé em um instante.

— Eu não sou casado.

Ela balança a cabeça para os lados.

— Já ouvi isso antes.

— Eu juro.

— Sua palavra não significa nada para mim, Callum.

Odeio que ela veja dessa forma. Seus olhos se enchem de lágrimas e dou um passo à frente.

— Não chore.

— Eu não estou chorando! São os malditos hormônios! Você não vai mais me fazer chorar.

— Eu nunca quis fazer você chorar.

— Bem, tarde demais para isso. — Ela vasculha sua bolsa em busca das chaves. — Vai embora.

— Não.

A culpa por ser a razão pela qual ela parece triste está me corroendo. Nicole é normalmente tão brilhante e calorosa, e eu quebrei isso. Nesse momento, ela está com raiva, magoada e distante. Preciso consertar isso.

Eu não vou embora. Ela tem que saber a verdade e saber que farei de tudo para consertar isso. Sou um maldito idiota por não ter contado a ela para começar, mas nada foi feito com más intenções.

— Deus, você é tão babaca. O fato de eu ter evitado suas ligações e mensagens de texto não mandou um recado claro o suficiente? Nós terminamos. Estou uma bagunça e você me deixou desse jeito.

Ela não está uma bagunça. Ela é linda.

Levo um segundo para olhar para ela, e mesmo com seus olhos vermelhos e inchados, ela é a criatura mais linda que eu já vi. Seu cabelo loiro está puxado para trás, e ela está vestida com uma calça de moletom e um top tomara que caia. Eu não mudaria uma única coisa.

— Eu é que estou fodido. Deveria ter te contado sobre a Lizzie, mas não pude admitir.

— Por favor, apenas pare. Se isso for sobre o bebê, não, eu não vou ser aquela garota. Você pode vê-lo ou vê-la a qualquer hora, e nós vamos dar um jeito nisso.

— Isso não vai funcionar para mim — digo a ela.

Eu não vou me afastar dela. Com bebê ou não, eu a amo. Quero uma vida com ela e não vou perdê-la por causa disso. Não posso suportar isso. Os últimos três dias foram um inferno absoluto. Eu precisava acertar as coisas em Londres e, no momento em que pude, entrei em um avião para a América.

Nicole dá um passo para trás.

— Não estou perguntando a você.

— Eu te amo, Nicole.

Ela ri.

— Você está de sacanagem, porra?

— Não.

— Sabe, eu realmente caí nessa de novo — ela diz com descrença. — Eu pensei que você fosse diferente. Pensei que, embora todas as coisas que eu estava sentindo fossem tão intensas e rápidas, fosse porque isso era certo. Pensei que poderia amar de novo. — Nicole põe a chave na fechadura e sei que a estou perdendo. — Pensei que eu poderia ser curada porque o que nós tínhamos parecia um conto de fadas. Então eu descubro que não só isso *não* é um conto de fadas, mas também sou a vilã da história.

Ela abre a porta e entra. Sei que esta é a última chance que tenho. Minha mão para a porta antes que ela me afaste e feche a porta para nós.

— Você não é a vilã, e essa é exatamente a história em que nós estávamos. Sou divorciado. Eu deixei Elizabeth seis anos atrás, depois dela... Só Deus sabe o número de casos que ela teve. Nosso divórcio foi finalizado há cinco anos. — Pego a papelada para provar isso e entrego a ela. — Leia. Está tudo aí. Eu nunca menti para você. Não te contei, porque essa parte da minha vida morreu. Ela estava morta para mim, e meu casamento era uma farsa desde o primeiro dia. Eu nem mesmo a considero uma parte da minha vida. Foi doloroso admitir que fui um fracasso em ser marido. Se eu soubesse...

Nicole pega o papel de mim e olha para ele.

— Obrigada por esclarecer isso — ela diz e então fecha a porta.

Acho que tenho que me rastejar um pouco mais.

Capítulo 29

NICOLE

O telefone toca novamente.

Olho para a tela, vejo o nome de Callum e envio essa merda direto para o correio de voz.

Já faz um dia que ele esteve aqui e eu ainda me recuso a atender qualquer uma de suas ligações, retornar suas mensagens de texto ou ler qualquer um de seus e-mails. Ele recorreu a ligar para a minha assistente, que está fazendo um trabalho esplêndido em ignorá-lo.

Não há nada que ele possa dizer neste momento que eu queira ouvir. Na minha cabeça, ele escondeu algo de mim, o que é tão ruim quanto uma maldita mentira. Ele não me contou sobre ela ou que tinha sido casado. Se eu soubesse que ela existia, quando ela apareceu, eu poderia ter lidado com ela.

Em vez disso, tive que ficar lá parada e me sentir uma merda completa.

Claro, eu entendo que ele é divorciado, o que é ótimo, mas ele poderia ter oferecido a informação quando perguntei se ele era casado. Ele escolheu não fazer isso.

Estou sentada no consultório médico, esperando para entrar, quando meu telefone toca novamente. Nem olho antes de colocar o telefone no modo silencioso.

Entenda a maldita dica, Callum.

Minha obstetra e ginecologista queriam que eu viesse imediatamente e confirmasse a gravidez. Uma vez que eu abortei no passado e estou na madura idade de trinta e nove anos, elas querem ser cautelosas. O funeral de Peter é amanhã, então achei que eu deveria ser verificada hoje. Além disso, essa é outra maneira de evitar Callum.

Estou sendo uma cadela, eu sei disso, mas estou magoada.

Também estou morrendo de medo porque, se eu deixá-lo começar a explicar as coisas, eu vou ceder. Se eu ceder e mais alguma coisa acontecer, nunca serei capaz de sobreviver a perdê-lo novamente.

Estes últimos dias foram um inferno. Nunca chorei tanto.

Eu realmente construí essa fantasia em minha mente, e quando minha história se repetiu bem na minha frente, foi uma tortura.

— Você não vai perdoá-lo? — Kristin pergunta, da cadeira ao meu lado.

— Você ainda está aqui?

Ela revira os olhos.

— Você pode fingir que não estou, mas sim, estou aqui. Babaca.

Kristin se recusou a me deixar fazer isso sozinha. Ela deveria estar com Danielle, mas disse que eu precisava de uma amiga mais do que qualquer pessoa.

— Para responder à sua pergunta, não tenho certeza.

— Ele não mentiu.

— Sim, sim, ele mentiu.

Kristin encolhe os ombros.

— Acho que você está tentando entrar no modo de autopreservação.

Eu acho que minhas amigas são muito intrometidas para o próprio bem delas, e estou bem ciente do que estou fazendo. É chamado de sobrevivência, que é a mesma maldita coisa que autopreservação.

— Podemos nos concentrar no fato de que estou grávida?

— Nós poderíamos, mas você engravidou de um cara que voou até aqui para consertar a merda com você, te deu uma prova de que ele não é casado e explicou que a ex-mulher dele é aparentemente uma prima do inferno da Jillian, há muito desaparecida, e você *ainda assim* não atende as ligações do homem.

— Então, você vai ficar em silêncio? — pergunto.

— Sem chance.

— Você costumava ser a minha favorita — digo a ela.

— Vou viver com a decepção.

Eu amo Kristin. Não importa o que aconteça, ela está sempre pairando ao redor. Ela é como um maldito urso panda, você só quer abraçá-la.

— Eu não consigo ficar brava com você. O que me faz te odiar mais.

A mão dela cobre a minha.

— Eu sei. Faz parte do meu charme. De volta ao assunto do Callum...

Tanto charme.

— Por que você está pressionando tanto isso?

— Porque ele não fez nada, e agora você está usando uma desculpa esfarrapada para se afastar dele. Se você tivesse ficado e conversado com ele, não estaria tão doida.

Como qualquer uma dessas vacas pode falar sobre ser louca? Não. Heather é uma lunática, Kristin é uma maluca e Danielle é... bem, ela tem permissão para ser o que ela quiser. Sou a única pessoa sã neste grupo.

— Eu não conversaria.

— Quer saber? Você está certa — ela diz e suspira.

— Hã?

— Você tem razão.

Por que eu sinto que isso é uma armadilha? Uma que eu vou me odiar por mergulhar de cabeça? Acho que esse é um daqueles truques de mãe em que a criança acaba concordando com algo que sabe que ela não quer fazer só porque foi enrolada. A mulher está tentando usar algum truque mental Jedi comigo para conseguir o que quer.

— Bom — digo, hesitante. — Acho...

— Estou falando sério. É uma coisa boa você se afastar antes de amá-lo. Dói muito mais depois que você tem esses sentimentos, sabe?

Aqui vamos nós.

Kristin continua:

— É melhor trancar seu coração, jogar fora a chave e ser uma mãe solteira em vez de estar com um homem que claramente te ama. Eu faria totalmente o mesmo. Inteligente da sua parte.

— Apenas pare — imploro.

— O quê? — Ela me dá sua expressão mais inocente. Como se eu fosse acreditar nessa merda por um segundo. — Estou concordando com você.

— Então, se fosse o Scott...

— Você não pode nem remotamente comparar o que Scott fez com o que Callum fez — Kristin me silencia. — Scott era meu marido e realmente me traía. Ele mentiu e me decepcionou até que eu acreditei que não merecia nada além do que ele estava me dando. Callum pode ter ocultado informações, mas ele não é realmente casado e, pelo que você me disse, fez de tudo para te tornar uma versão melhor de si mesma. Ah, e o homem está lutando por você.

— Estou lutando por paz e sossego — eu gemo.

— Só lamento. Bem-vinda à vida com você como amiga.

Eu sou realmente tão irritante? Jesus, quero me dar um tapa. Então, novamente, se não fosse por mim pressionando minhas amigas para pararem de olhar para o próprio umbigo, eu estaria lidando com as ligações, choramingos e tudo mais. Pelo menos agora, seus maridos, namorados, ou como quer que chamem hoje em dia, precisam ouvi-las.

Onde está aquela maldita doutora? A melhor maneira de calar a boca dela é receber um chamado para a sala.

— Nicole? — É uma voz que eu nunca mais quis ouvir, e me viro para Kristin, que parece tão chocada quanto eu.

— Não. — Tento desviar o olhar, fingindo que não sou eu. Não aguento muito mais.

— Nic? — Kristin sussurra, seus olhos brilhando por cima do meu ombro antes de voltarem para mim.

Posso sentir a cor sumir do meu rosto. Isso não pode estar acontecendo.

— É ele — sussurro de volta.

— Ele?

Dou uma olhada para ela, e a consciência pisca em seus olhos enquanto ela liga os fatos.

Andy caminha na minha direção em seu terno. Ele se parece exatamente como eu me lembro, só que agora, ele não está nem um pouco atraente. Não tem braços fortes que vão me fazer sentir segura ou a presença consumidora que parece seguir Callum. Seu cabelo é muito claro e o som de sua voz não faz nada por mim.

— Estou aqui para uma reunião comercial. Minha empresa cuida de todo o equipamento de monitoramento fetal deste grupo…

— Não me importo.

Ele concorda com a cabeça.

— Eu imaginei. Escuta, quero pedir desculpas.

Olho para ele como se ele tivesse perdido a porra da cabeça.

— Pelo quê?

Ele está um pouco atrasado para se desculpar.

— Por tudo. Eu fui um verdadeiro cretino com você e sinto muito por isso.

Esta é a conversa mais ridícula de todas. Fico de pé, não querendo fazer uma cena, mas disposta se isso significar que ele vai embora.

— Eu só sinto muito por ter acreditado em você. Se você pudesse, por favor…

— Eu estava perdido. Sei que isso não é uma justificativa, mas você me fez sentir como se eu tivesse sido encontrado. Deixei minha esposa, à propósito, ou bem, eu deveria dizer que ela me deixou.

— Boa. — Eu bufo. — Não sei o que você quer de mim, Andy.

— Nada. Eu tirei o suficiente de você.

Solto uma respiração pesada e fecho os olhos. Por muito tempo, esperei por este momento. Um tempo para contar a ele todas as coisas que ele fez comigo, como ele me machucou, como quebrou algo dentro de mim, mas agora que tenho o momento, não quero nem mesmo olhar para ele.

— Você me machucou. Me machucou de uma maneira que eu nunca pensei que pudesse machucar.

— Não era a minha intenção.

Como se eu me importasse.

— O que você pensou que fosse acontecer? Você poderia viver comigo, continuar casado e todos nós simplesmente encontraríamos uma maneira de contornar isso?

Tudo dentro de mim está desmoronando: meu coração, meu peito, minha força de vontade para não o atacar. Passei todos esses anos me odiando pelo que permiti que acontecesse. Houve tantas noites em que eu ficava deitada na cama, me perguntando como pude ser tão estúpida.

— Sei que esta não é a resposta que você quer ouvir, mas naquele momento, eu não me importava. Eu precisava de você.

— Você precisava de terapia — cuspo. — Você foi egoísta, mesquinho e irresponsável. Poderia ter tomado tantas decisões diferentes. Você sabe qual foi a pior parte?

Ele balança a cabeça e tem decência suficiente para parecer arrependido.

— Quando eu perdi o bebê, fiquei feliz. Inferno, eu nem te contei porque nunca quis que você soubesse que havia algo nosso vivendo dentro de mim.

— Você estava grávida?

Minha mão instintivamente cobre meu estômago.

— Estava. Eu perdi aquele bebê porque você destruiu tudo de bom na minha vida.

Acho que, bem, esse ponto é o que eu mais lutei. Claro, eu chorei, mas não estava *triste*. Eu fiquei aliviada. Não queria nenhum vínculo com Andy ou com aquela vida.

Com este bebê, eu nunca teria sentido isso. Se eu perder essa criança, nunca vou me recuperar. Minha vida inteira vai acabar porque eu já o amo. O filho de Callum. Que veio de um lugar de amor. Veio de duas pessoas que foram quebradas graças a outras pessoas…

— Isso é o suficiente, você já disse suas desculpas — Kristin diz a Andy e toca minhas costas.

— Cuide-se, Nicole.

— Vai se foder, Andy.

Ele se afasta e eu quero jogar alguma coisa.

— Bem, isso deve decidir o assunto — Kristin diz atrás de mim.

Eu me viro para olhar para ela.

— O quê?

— Você definitivamente não deveria resolver as coisas com Callum. Não. Vendo os dois lado a lado, você está totalmente certa. Ele é um bastardo assim como aquele lá.

Abro a boca para defender Callum. Ele não é nada como Andy. Nada. Mas, antes que eu possa dizer uma palavra, a enfermeira chama meu nome para voltar. Eu me viro, mas não antes de ver o sorriso no rosto presunçoso de Kristin.

Estou oficialmente cem por cento grávida.

O exame de sangue e o ultrassom dizem isso. Porém, tenho dúvidas sobre o balão de aparência estranha se transformando em uma criança em algum momento.

Kristin não disse uma palavra durante o ultrassom. Ela ficou sentada lá com lágrimas gigantescas e silenciosas descendo por suas bochechas. Então, quando eu olhava para ela como se pudesse sufocá-la, ela parava. Quem diria que um bebê era tudo o que bastava para calá-la?

Quando nós chegamos ao carro, ela recupera a voz e continua falando sem parar. Durante todo o caminho para casa, fico sentada em uma névoa, imaginando o que exatamente estou sentindo. Ver Andy foi um golpe nas minhas defesas.

Não tenho certeza se perdoar Callum é a coisa certa para o meu coração, mas eu sei que é o que quero fazer no fundo da minha alma. Minha vida é melhor com ele nela. Ele me fez sorrir, rir e confiar, coisas que ninguém mais foi capaz de fazer.

Eu o amo.

Eu o amo e o odeio ao mesmo tempo.

— O que está acontecendo no seu cérebro? — Kristin pergunta. — Eu estive falando e você não disse nada.

— Estou pensando.

Ela ri.

— Então é por isso o cheiro de queimado.

— Vai se foder.

— Você vai precisar prestar muita atenção na sua boca. Tem nove meses para se conter antes que o bebê chegue.

Reviro os olhos.

— Não, eu só preciso ensinar a criança a não dizer porra, merda e todas as outras bobagens que saem da minha boca.

Agora ela explode em gargalhadas.

— Ah, é assim que funciona? Eu não sabia disso com dois filhos e tudo mais… obrigada por essa dica.

Eu a odeio.

— Tanto faz. Eu nem vou lá ainda. A única coisa que consigo pensar é em como diabos vou fazer isso.

— Bem, você vai comer direito, tomar suas vitaminas, beber muita água e continuar a cultivar o bebê do Call… Quero dizer, o pequeno milagre dentro de você.

Estreito meus olhos, porque ela fez isso de propósito.

— Espero que você engravide.

Ela me encara.

— Não. Eu tomo minha pílula como uma boa menina.

— Eu tomei a droga da minha pílula também!

— Bem, a minha funciona. A sua não. Noah e eu estamos contentes. Estamos felizes por não sermos casados ou não termos filhos.

Eu a imito, dizendo:

— Não sermos casados ou não termos filhos.

— É bom ver que você está se comportando como uma pessoa crescida — Kristin retruca. — Escuta, você vai ficar bem. Realmente vai. Mesmo que não se ligue e perceba que tem um homem incrível que te ama e merece ser perdoado por algo que ele nem mesmo fez. — Seus olhos reviram enquanto ela balança a cabeça. — Você vai ficar bem. Você vai ter um *bebê*! Um bebê! Ah!

Ela é seriamente tão otimista às vezes que chega a ser nojento.

Nós entramos no bairro de Danielle. Nós nos recusamos a deixá-la cuidar dos preparativos para o funeral sozinha, e ainda há coisas a serem feitas antes do culto de amanhã. Eu cuidei das flores, transporte e peguei sua lápide, mas Heather está ajudando a fazer ligações e organizar a recepção de mais tarde.

A coisa boa é que Peter tinha instruções muito claras sobre quais eram seus desejos. Eu apenas facilitei tudo.

— Você vai dizer a Danni que está de fato com um pãozinho no forno? — Kristin pergunta e eu assisto os carros passando.

— Talvez. Eu não sei. Ela sabia que fiz o teste, mas eu não disse nada desde então.

— Você deveria.

Eu deveria fazer um monte de coisas.

— Eu não quero fazê-la sofrer por mim. Ela tem tantas coisas acontecendo que a última coisa que eu quero é fazê-la pensar que tem que fingir que está feliz.

Ela toca minha mão.

— Ninguém jamais pensaria isso. Além disso, talvez todas nós pudéssemos ter um pouco de felicidade nas nossas vidas.

— Talvez, mas... Quero dizer, não é como se isso fosse uma boa notícia.

— Pare com isso. Pode não ser esperado, mas não é uma má notícia. Você vai ter um bebê e, como suas amigas, nós estamos felizes com isso.

E os unicórnios estão cavalgando em suas nuvens do céu.

Quando chegamos à casa de Danni, meu queixo cai. Callum está sentado no degrau da varanda dela.

— Que diabos? Hoje é dia dos maridos traidores que dormiram com a Nicole? — pergunto, cruzando os braços e me recusando a sair do carro.

— Ele não era casado, mas eu entendo o que você quis dizer.

Olho brava para ela.

— Mesmo?

— Eu lido com dele — Kristin fala ao sair do carro.

Eu me sento aqui com um sorriso no rosto, esperando que ela faça um inferno com ele. Ela aponta para o peito dele algumas vezes, e eu a imagino o amaldiçoando, dizendo a ele todas as maneiras que ele estava errado. Os braços doces, engraçados e cheios de esperança de Kristin voam no ar e a cabeça de Callum cai.

Sim! Mostre a ele!

Estou me sentindo vitoriosa e nem fiz coisa nenhuma.

Ela continua, com as mãos se erguendo no ar novamente antes de disparar para onde eu estou sentada no carro.

— É isso aí! Diga a ele como ele não merece estar perto de mim! — comento, por trás da janela. — Sim, e você pode ir embora!

Seus ombros caem e eu aperto meus lábios porque... não. Apenas não. Quando ele estende a mão e ela a pega, eu tenho vontade de bater na janela.

— Não, não, não.

Ele beija o topo de seus dedos, e ela inclina a cabeça enquanto o maldito ombro dela sobe como se ela fosse uma menina doce e gentil.

— Maldição! Resista a ele, Kris — digo, batendo na janela. — Ei! Não caia nessa!

Claro, ninguém olha na minha direção ou me escuta.

Então ela o abraça.

A traidora de merda abraça o cara mau. O que infernos está acontecendo? Os olhos de Callum encontram os meus e ele sorri para mim como se soubesse que sou a próxima.

É isso. O bastardo escolheu a mais fraca.

— Babaca — solto por entre os dentes cerrados e saio do carro.

É hora de as garotas maduras lidarem com essa merda. Aparentemente, Kristin não está com raiva o suficiente. Eu tenho isso de sobra.

Bato a porta do carro e caminho na direção dele.

— Ei!

— Amor.

— Ah, eu não sou seu amor. O que você quer?

— Você — ele fala com sinceridade.

— Não. Você me teve, mas perdeu essa chance. — Cruzo os braços sobre o peito.

— Nic...

Eu me viro para Kristin e faço uma carranca.

— Você deveria ter vergonha de si mesma. Você disse que cuidaria disso. O que diabos você tem, falando com ele e depois caindo nas besteiras dele? Sério, você é péssima.

— Eu lidei com ele. Só não da maneira que você teria feito.

Reviro os olhos.

— Como? O que é isso? Dia de Abraçar um Traidor? Não. Você deveria ser toda malvada e escrota.

— Eu fui malvada! — ela se defende. — Mas, caramba, ele te ama demais… e sejamos realistas, você não é a pessoa mais fácil de amar. Você é meio que uma cretina.

Estou bem ciente disso, mas esse não é o ponto.

Enfrento Callum novamente.

— Você me ama?

— Sim.

— Só lamento!

— O que está acontecendo? — Danielle diz, de onde ela está parada na porta aberta.

— Nada. Estou me livrando de um problema de pragas — eu a informo.

Kristin bufa.

— Sim, ele é a peste? Eu acho que não.

Danielle dá um passo para fora.

— Nicole? Por que você está gritando com o Callum?

Balanço a cabeça para os lados.

— Nenhum motivo. Vai para dentro.

— Espere, por que você já estava de volta de Londres quando Peter… ai, meu Deus! — A realização pisca nos olhos dela. — Você está grávida! Não é?

— Sim, e ela não quer falar comigo — Callum fala.

— Porque você é um mentiroso e eu pensei que você era casado!

— Mas eu não sou. Te dei a prova de que você precisava, e você ainda não vai me dar a chance de mostrar que eu te amo. Que você é a única mulher que eu quero e preciso.

Danielle se aproxima.

— Espera, casado? Que diabos?

Olho para a minha amiga.

— Danni, você não precisa se preocupar com nada disso.

— Por quê? Meu marido está morto, ele não vai voltar à vida. Minha vida é uma merda completa, então pelo menos me diga por que você está um pouco infeliz.

Kristin ri uma vez, e eu a nivelo com um olhar fixo.

— Alguém precisa me atualizar. — Danni acena com a mão na frente de todos nós.

— Callum era casado.

— E daí? — ela pergunta.

— Ele nunca me contou sobre isso, e a vadia da ex-mulher dele apareceu em seu apartamento e me disse que ela não era uma ex.

Sua boca cai aberta.

— Ah, uau. Sim, cara, você fodeu as coisas.

Callum acena com a cabeça em acordo.

— Acredite em mim, eu entendo que foi um erro grave de minha parte, mas tentei explicar que enterrei essa vida quando meu divórcio foi finalizado.

— Claramente, você não fez isso, se ela tiver a chave do seu apartamento! — Dou o dedo do meio para ele. — Babaca.

Danielle e Kristin se entreolham e depois viram para Callum.

— Ela não pegou a chave de mim! Meu porteiro, que não trabalha mais no meu apartamento, deu a ela uma maldita chave.

— Pare de ter respostas para tudo! — grito, e dou um passo à frente. — Você me machucou! Eu chorei como uma pessoa louca no voo de volta para casa! — Outro passo. — Eu pensei… Eu pensei todas essas coisas. Senti uma dor tão profunda que estava convencida de que iria morrer! Você entendeu? Eu não faço isso! Eu sou a pessoa forte do grupo! — Empurro seu peito. Eu o odeio tanto por me deixar fraca. Algo que há muito tempo eu não permitia que ninguém tivesse o poder de fazer. — Agora você me fez ficar igual a elas! — Aponto para as minhas amigas.

— Umm — Danielle diz, mas Kristin deve tê-la impedido.

Estou muito focada em Callum para ver por que ela não concluiu o pensamento que provavelmente teria me dado mais raiva.

— Eu não queria me importar com você. Mas aí estava você, no meu coração estúpido, rasgando-o em pedaços. Agora você colocou um maldito bebê em mim! — Eu o empurro novamente. — Te odeio!

Callum agarra meus braços, me puxa com força contra seu peito e, em seguida, deixa sua boca cair na minha. Ele me beija com tanta força que não consigo me mover. Cada músculo do meu corpo está travado enquanto ele empurra meus lábios. Raiva, mágoa e decepção fluem ao nosso redor, e então ele suaviza um pouco. Eu beijo o idiota de volta. Eu o beijo através de toda a dor que ele causou, o amor que sinto por ele, o conflito que é como um vórtice dentro de mim. Eu quero odiá-lo, mas não importa o quanto eu tente me convencer de que deveria, eu não consigo.

A verdade é que ele é o único homem que eu desejo. Ele é a única pessoa que me amou pelo que sou. Ele não tentou me mudar ou me transformar em alguém que não sou. Ele é a calma para a minha loucura.

Claro, ele não me contou sobre sua ex-mulher, mas ele está aqui. Ele está aqui e, por mais que eu deseje não acreditar nele… eu acredito.

Ele tira sua boca da minha e eu fico aqui, parada como uma estátua.

— Eu nunca quis te machucar — ele diz e então dá um beijo suave nos meus lábios. — Nunca quis te deixar fraca. — E novamente ele me beija. — Eu amo você e o bebê dentro de você. Eu vou consertar isso. Não aguento mais um dia sem você. Por favor, me perdoa.

Uma das duas idiotas ao meu lado suspira audivelmente.

Por mais extravagantes que suas palavras tenham sido, eu sei o que ele quis dizer pra valer. Posso estar com raiva, mas por baixo disso há tristeza e medo. Todas as noites, estendi a mão para ele. Sentia falta dos sons de seu ronco e da sensação de sua pele. Tive saudades dele, e é por isso que encharquei meus travesseiros de lágrimas.

— Eu não quero me machucar — admito. — Não quero mais sentir dor.

As mãos de Callum seguram meu rosto.

— Então não se afaste de mim de novo.

Capítulo 30

CALLUM

Meu coração está batendo forte contra meu peito enquanto espero que ela diga alguma coisa. Não posso e não vou pensar na possibilidade de isso falhar. Eu vim aqui, querendo dar a ela apoio. Ouvi sobre a morte de Peter na televisão e vim apresentar meus respeitos a Danielle. Ela me agradeceu por ter vindo com Nicole. Parecia que ela não sabia que Nicole terminou as coisas comigo — embora, com tudo o que ela está passando, eu possa ver o porquê. Danielle explicou que Nicole e Kristin estavam a caminho e perguntei se podia esperar.

Eu não sabia como isso iria acabar. Está claro que a dor de Nicole é mais profunda do que eu tinha pensado, mas estava determinado a mostrar a ela o quão bom eu era para ela. Precisava fazer com que ela me ouvisse, ouvisse com seu coração e tentasse. Nicole, no entanto, tende a tentar falar primeiro.

Então, agora eu tenho uma nova maneira de calá-la um pouco — beijá-la até que ela perca os sentidos e depois fazê-la ouvir.

Seus olhos mostram a hesitação que deve estar em seu coração, e eu esfrego meu polegar em sua bochecha, tentando suavizar um pouco disso.

— Eu não vou esconder as coisas de você de novo — prometo. — Se eu não estivesse tão determinado a seguir em frente com o divórcio, você teria sabido disso. Eu não tinha ideia de que seria assim que você descobriria, e sinto muito. Tudo o que quero é te fazer feliz de novo. Deixe-me entrar, amor. Deixe-me te lembrar de como nós somos bons.

Eu a vejo amolecer e minha esperança cresce de que ela verá o quanto eu verdadeiramente a amo.

Sua mão se move para o meu peito.

— Estou grávida, Callum.

— Eu sei.

— É por isso que você está aqui? Por causa do bebê?

— Não. — Eu não hesito. — Estou aqui por sua causa. Eu vim porque perder você não é uma opção. Eu não me importo se eu perder tudo o que tenho, todas as outras pessoas na minha vida, qualquer coisa que me importe, contanto que eu tenha você. Porque é você… — Acaricio sua bochecha novamente. — Você é o que mais me importa.

— Ai, meu Deus, Nicole — Danielle resmunga. — Perdoe logo o homem! Homens como ele não aparecem o tempo todo.

Eu gosto dela.

Nicole revira os olhos e solta um suspiro profundo.

— Tudo bem. Mas se você estragar tudo de novo, você está morto para mim.

Trago seus lábios nos meus e a beijo antes que ela mude de ideia.

Palmas soam de suas duas amigas, e ela sorri contra os meus lábios.

— Eu realmente as odeio.

— Não acredito que isso seja verdade.

Ela se vira para as mulheres.

— Elas vão pagar por isso, eu prometo.

Danielle acena com desdém e, em seguida, ela e Kristin entram.

Nicole enterra o rosto no meu peito e inala.

— Vou ficar arisca.

Minha mão se move contra suas costas.

— Você vai me dizer por quê?

Lentamente, ela levanta sua cabeça e dá um passo para trás.

— Eu já estive apaixonada antes de você. Uma vez, deixei um cara entrar no meu coração. Pensei que eu poderia fazer isso, que poderia ser como as minhas amigas.

Eu me movo em direção a ela, não querendo deixá-la recuar muito.

— De qualquer forma. — Nicole enfia o cabelo atrás da orelha. — Eu fui ingênua ou o que seja. Ele era um cliente e eu o estava ajudando a projetar seu escritório e também um apartamento. Acontece que ele era casado e tinha uma família. Tinham tantas coisas que eu ignorei. Eu queria tanto acreditar que estava apenas sendo louca e que isso estava na minha cabeça, sabe? — Ela abaixa o queixo, mas ele só se move uma fração antes de ela o levantar novamente. — Eu estava tão errada.

Jesus Cristo. Não é à toa que ela pirou e saiu. Também faz sentido o porquê ela foi tão inflexível sobre sua regra.

— Eu não estava mentindo para você ou tendo algum caso maluco.

— Mas olhe para isso do meu ponto de vista. Você era meu cliente, e eu tenho uma regra estrita de "não foder o cliente". Nunca quis que nenhum homem tivesse a capacidade de me machucar novamente, o que você fez. Nós fomos para Londres e fizemos todos esses planos, mas aí sua mãe cancela e você não queria me levar para o seu escritório. Eu estava tipo: estou sendo louca ou ignorante? Então uma mulher aparece e diz que é sua esposa. O que eu deveria pensar?

Dou outro passo mais para perto porque não vou deixá-la me afastar. Ela pode não perceber que está fazendo isso, mas cada vez que ela fala, coloca mais distância entre nós. Eu entendo sobre erguer defesas mais do que ela sabe.

— Nada disso deveria ter acontecido, e a culpa é minha. Assim como você, eu tive minha cabeça fodida. Lizzie era minha vida, eu a amava e queria fazer funcionar, mas ela era, é, egoísta. Já se passaram anos desde que namorei alguém. Eu não senti necessidade, até você. Eu amo você, Nicole. Eu quis dizer isso quando disse.

Ela me olha com apreensão.

— Eu também te amo.

— Então saiba que o fato de eu não ter contado a você foi porque tentei muito esquecer. Provavelmente o mesmo motivo pelo qual você nunca me contou sobre o homem que te machucou.

— Pare de fazer sentido. — Ela bufa, mas não recua.

— Pare de ser teimosa e venha aqui.

O desafio está lá, ela não gosta que lhe digam o que fazer, mas eu vejo o quanto está lutando contra si mesma.

— Se eu for... você vai me beijar — ela me informa. — Você também vai ter que provar que me ama.

Eu sorrio e mantenho minha posição, esperando que ela se mova na minha direção.

— Vou fazer mais do que isso, mas você tem que vir aqui primeiro.

E então ela caminha direto para os meus braços, onde eu pretendo mantê-la.

Capítulo 31

NICOLE

— Você está bem? — Callum pergunta, segurando minha mão enquanto dirigimos para casa.

Eu não consigo parar de chorar. Sou como uma maldita torneira que goteja com lágrimas. Peter e eu podemos não ter nos dado muito bem, mas assistir Danielle com tanta dor foi incrivelmente difícil. Sinto como se fosse a minha própria dor. Então eu penso, e se fosse Callum?

E se eu o perdesse?

Sei o quanto doeu quando pensei que tínhamos terminado, mas ter passado nossas vidas juntos, ter filhos e depois perdê-lo sem aviso…

E aí vêm mais lágrimas.

— É só que é tão triste.

Ele concorda com a cabeça.

— Peter era um bom homem.

— Sim, simplesmente não faz sentido. Quero dizer, como você encontra qualquer tipo de paz depois disso? Como você explica para seus filhos? Como segue em frente? — pergunto retoricamente. — Não consigo imaginar a dor dela — eu soluço.

Descanso a cabeça em seu braço e ele beija o topo da minha cabeça.

— Ela perdeu o amor de sua vida.

— Eu nunca quero perder você — digo a ele.

Não planejei dizer as palavras, mas elas estão aí agora.

— Você não vai.

— Você não pode prometer isso. Você não é invencível, Callum Huxley.

Ele sorri.

— Não, mas vou sempre encontrar meu caminho de volta para você.

— Eu aprecio a besteira que está dizendo, mas... *meu Deus*, eu estou tão cheia de hormônios! Chorei mais em três dias do que nos últimos dez anos!

Nós voltamos para o meu apartamento e vou pegar o vinho, precisando de uma taça mais do que nunca. Maldição. Eu não posso beber.

Eu já odeio essa gravidez. Isso está me fazendo chorar todo o tempo, e agora eu não posso beber.

— Merda! — grito.

— O que é?

— Nós podemos fazer sexo?

Callum começa a tirar a camisa.

— Eu sou totalmente a favor.

Eu começo a bufar e soprar andando pela cozinha.

— Não! Você não entende! Eu não sei se temos permissão. Quero dizer, e se o seu pau grande atingir o bebê?

— Agradeço o elogio, porém tenho certeza de que as pessoas fazem sexo durante a gravidez. Duvido muito que casais passem nove meses sem isso.

Bem, ele não é tão inteligente? Ótimo, outra mudança de humor. Eu me viro, batendo minha mão no balcão.

— O que há de errado, amor? — Callum pergunta, envolvendo seus braços em volta de mim por trás.

— Eu não posso beber.

— Isso é verdade.

Olho para ele por cima do meu ombro.

— É totalmente culpa sua.

— Isso também é verdade.

Bem, pelo menos ele pode admitir isso. Eu me viro para ficar de frente para ele. Tem muita coisa em minha mente, e agora que toda a merda de esposa foi esclarecida, as coisas precisam ser resolvidas.

Não tenho certeza do que fazer ou pensar, mas aprendi que a comunicação é a chave aqui.

— Podemos conversar?

— Claro — Callum fala. — O que está pensando?

— Tantas coisas, mas principalmente... nós estamos mesmo tendo um bebê.

A expressão de orgulho em seu rosto me dá vontade de dar um tapa nele e beijá-lo. O que… eu posso apenas fazer.

— Com o que você está preocupada? Dinheiro? — pergunta, e eu zombo.

— Não. Eu tenho dinheiro.

— Assim como eu.

— Ok, e sobre criar ele ou ela? E sobre a custódia? E sobre tudo isso?

Seus braços caem e ele dá um passo para trás.

— Eu assumi que nós faríamos isso juntos.

Não tenho certeza do que dizer sobre isso. Ele quer dizer como uma equipe? Ou ele pensa em algo mais? Cansei de fazer suposições e acusações. Eu quero que conversemos.

— Você pode esclarecer como é isso?

— Significa que nós vamos nos casar e ser uma família.

Meus lábios se abrem e dou dois passos para trás. Callum, notando minha retirada, segue para frente.

— Eu preciso de espaço — aviso, colocando minha mão para cima.

Ele para de se mover.

— Eu preciso que você fique aqui comigo.

— Estou bem aqui, mas você não pode estar falando sério. Ter um bebê não precisa ser equivalente a casamento.

— Estou ciente disso. Eu não quero me casar porque você está grávida. Quero me casar com você porque te amo.

— Callum, é muito cedo!

— Quem disse?

— Eu digo, seu doido! — grito.

Casamento? Um bebê? Ele é louco? Sim. Sim, ele é. Não há nenhuma razão para nos casarmos. Se eu não estivesse grávida, nós não estaríamos tendo essa conversa. Não, estaríamos na cama e ele estaria tendo a melhor viagem de sua vida.

Sexo de conciliação é o melhor de todos.

— Por que eu sou doido? Porque eu te amo e nunca quero passar um dia longe de você? Porque eu nomeei um CEO da Dovetail em Londres para que eu pudesse ficar aqui em tempo integral, o que fiz antes de você me deixar, porque você pensou que eu era casado? Porque eu penso em você o tempo todo e desejo ter você como minha esposa? — Ele tira uma caixa preta do bolso e a estende para mim. — Eu comprei isto três semanas atrás.

No dia seguinte ao jogo de beisebol, passei por uma joalheria perto da pizzaria, vi pela vitrine e eu sabia... Eu sabia que tinha que comprar para você.

Minhas pernas começam a tremer e minha garganta fica seca.

— Callum...

— Eu planejei essa grande coisa antes de você decolar, sabe?

Balanço a cabeça para os lados.

— Nós estaríamos na Itália bem agora, subindo e descendo por diferentes vinhedos e lugares. Eu planejava levar você a este restaurante fantástico na Toscana que tem uma vista magnífica.

Lágrimas se formam em meus olhos. Eu sei o que ele vai fazer, e agradeço que ele esteja protelando para que eu possa dizer a coisa certa.

— Eu ia ficar de joelhos. — Observo enquanto ele faz o que acabou de descrever. — Eu teria segurado sua mão na minha, desse jeito, e então teria perguntado se você aceitaria ser minha esposa. Se você me deixaria cuidar de você, te amar e te dar o mundo.

Água vaza dos meus olhos, mas desta vez não são lágrimas de tristeza.

— É isso que você está fazendo agora?

Minha mente luta entre ser louca e simplesmente seguir meu coração, indo e voltando. Eu amo Callum. Sei que não há mais ninguém que eu queira. Sei que ele me entende, me aceita e é o homem com quem eu devo estar.

— Sim. Estou perguntando se você quer se casar comigo, Nicole Dupree. Seja minha esposa. Não por qualquer outra razão além de que eu te amo mais do que qualquer coisa e quero passar minha vida te fazendo feliz.

Eu sorrio, sabendo que realmente não há dúvidas sobre o que eu devo dizer.

— Com uma condição — eu coloco para fora.

— Diga.

Pego seu rosto em minhas mãos e sorrio.

— Se você só usar bonés dos Yankees de agora em diante.

Callum ri.

— Eu vou ser o fã número um deles.

Trago meus lábios para os seus e aceno com a cabeça.

— Sim, eu vou me casar com você.

Sua boca se fecha sobre a minha e ele me beija até perder os sentidos.

— Quer saber? — digo, entre beijos. — Nós vamos ter que nos casar em algumas semanas.

— Por mim tudo bem. — Sua voz está cheia de paixão quando junta nossos lábios novamente.

Com o que eu realmente não tenho problemas, mas estou falando sério.

— Não, tipo, nós temos que nos casar muito rapidamente.

Ele sorri.

— Amanhã funciona.

— Cal! — Eu o empurro para trás.

— Nicole, eu vou me casar com você esta noite, se é isso que você quer.

— Você tem tanta certeza assim?

— Tenho tanta certeza assim.

— Então, se eu dissesse vamos pegar um avião e nos casar hoje à noite, você faria?

Ele concorda com a cabeça.

— Sim. É isso que você quer?

— Não, eu quero que minhas amigas e nossas famílias estejam lá.

Seu braço aperta e ele me segura mais perto.

— Então é isso que você terá.

Eu realmente amo esse homem.

— Bem, ok então.

— Há mais alguma coisa, ou eu posso te levar para a cama agora?

Meus dedos roçam sua barba por fazer.

— Fale sujo com sotaque comigo e eu calo a boca.

Callum agarra minha mão, me puxando de volta para o quarto. Quando chegamos lá, ele se vira, seus olhos estão famintos e eu gosto disso.

Vamos ter o Callum safado esta noite.

Ele levanta meu vestido, revelando o fato de que estive sem calcinha o dia inteiro.

— Jesus Cristo — ele geme.

— Bem, o que você vai fazer sobre isso?

Suas mãos seguram minha bunda, me levantando no ar, e ele caminha para trás e me coloca na cama. Espero que fique em cima de mim, mas ele não fica. Ele cai de joelhos de lado e sua boca está em mim um momento depois.

— Sim, bem aí! — grito, quando ele está entre minhas pernas.

Sua língua se move em outro círculo e então ele empurra um dedo em mim. Minhas paredes prendem em torno de seu dedo e eu agarro seu cabelo, me segurando, pois meu orgasmo vem rápido. Quando seus dentes se fecham ao longo do meu clitóris, dando pressão suficiente, eu explodo.

Maldição, essa coisa toda de gravidez pode ser uma maravilha. Eu nunca gozei tão rápido.

Os olhos de Callum encontram os meus e o sorriso presunçoso diz que ele está orgulhoso pra caramba.

— Vou fazer amor com você, querida — ele diz.

Ele tira a roupa e sobe na cama.

— Você realmente é uma porcaria nessa conversa suja.

— Prometo te perverter mais tarde; esta noite, eu preciso te amar.

Eu entendo o que ele está dizendo. Nós quase nos perdemos, e posso ver o quanto isso o machucou.

— Nós vamos ter uma vida inteira de amor, Callum.

Seus lábios pressionam os meus.

— Mas eu quero que você se lembre desta vez.

Minha mão desliza para sua bochecha, e o anel em meu dedo reflete a iluminação suave ao nosso redor.

— Acho que nunca vou esquecer esta noite.

Ele puxa minha mão para baixo, olhando para o anel que está ali.

— Eu amo isto. Amo saber que você concordou em ter uma vida comigo.

Eu sorrio.

— Eu amo você.

— Você, verdadeiramente, me fez o homem mais feliz do mundo.

Meus olhos brilham com lágrimas. Eu choro com muita facilidade, quer eu esteja feliz ou triste. Hormônios estúpidos estão me fazendo uma bebê chorona.

— Pare de ser doce. — Limpo o rosto. — Eu não gosto disso.

— Eu sou sempre doce.

— Aham, pare com isso.

Ele ri e então beija meus lábios.

— Você prefere que eu seja mau?

Minha cabeça se move de um lado para o outro antes que eu traga minha boca para a dele.

— Não, eu gosto de você doce, mas gosto quando você é travesso também.

Callum é uma combinação para mim em todos os sentidos. Gosto dele doce e amoroso, mas nós dois gostamos de jogar duro. Ele é aventureiro quando eu quero que ele seja, e ele sabe que estou pronta para qualquer coisa. No entanto, eu não quero que mais ninguém compartilhe nossa cama.

Pela primeira vez em muito tempo, não preciso ou quero que outro homem me dê o que está me faltando. Ele é tudo que eu preciso.

— Amanhã, amor. Eu vou ser tão safado quanto você quiser.

— Bem, então vamos fazer amor e, em seguida, para a segunda rodada, nós podemos fingir que já passa da meia-noite.

— Gosto de como você pensa — ele diz, se alinhando com a minha entrada.

— Faça amor comigo, Callum.

Ele empurra para frente, me preenchendo de todas as maneiras possíveis.

— Você sabe o quanto significa para mim? — pergunta, entre as estocadas.

— Tanto quanto você significa para mim.

— Não é possível.

Aperto seu rosto, meus olhos dizendo a ele tudo o que está no meu coração. No entanto, eu digo em voz alta apenas para que não haja mal-entendido sobre o que estou sentindo. Vou ficar bem vulnerável, mas é o que ele merece — minha alma.

— Eu te amo com todo o meu ser. Pretendo fazer esses votos a você, porque você é meu coração e minha alma. Sei que milhares de pessoas terão falado antes, mas nenhuma delas jamais terá se sentido da mesma maneira que eu. Agora, cale a boca e me faça gozar de novo, ok?

— Que tal eu fazer você gozar duas vezes por isso?

Eu sorrio.

— Estou ansiosa para você tentar.

— Eu também, amor. Eu também.

Capítulo 32

NICOLE

— Você realmente não quer fazer um grande casamento? — minha mãe pergunta.

— Eu não tenho *tempo*. — Eu gemo. — Não estou usando um vestido de noiva para grávidas, então isso precisa ser logo. Tipo, prazo de menos de um mês.

Ela balança a cabeça.

— Eu queria netos, não esperava que fosse ser fora do casamento.

Agora ela está preocupada com as tradições?

— Só estou dizendo que vamos fazer algo muito simples.

— Simplesmente não parece seu estilo. Você sempre foi exagerada em tudo o que fez. Eu esperava que fosse o mesmo com isso, já que você gosta de ser o centro das atenções.

Só por uma vez, gostaria que nem tudo que saísse da boca dela soasse como um insulto.

— Estou feliz simplesmente fazendo isso antes de o bebê nascer.

— Se você tivesse me contado sobre isso há duas semanas, quando aconteceu, eu poderia ter garantido algo rápido — ela repreende.

— Está tudo bem.

— E quanto ao clube, Nicole? Eu posso conseguir isso.

Prefiro engolir pregos.

— Não.

— Mas você conheceu Callum lá.

Eu olho para ela.

— Também sei que, se nós fizermos isso no clube, você vai convidar um milhão de pessoas.

— Seu pai vai querer que seja um evento também. Sei que você não liga para decoro, mas nós dois temos imagens a manter. E se eu pudesse garantir que tudo será feito em menos de um mês?

Por que ela está pressionando tanto?

— Mãe, está tudo bem. Callum e eu estamos realmente bem se for apenas com família e as meninas. Além disso, na verdade, é praticamente impossível fazer um grande casamento neste momento.

Talvez se eu tivesse contado a ela quando ele me perguntou duas semanas atrás, seria diferente, mas eu não disse. Não queria ouvir sua opinião ou dizer a ela que estava grávida. Eu queria apenas deixar que ela e Callum gostassem um do outro, o que eles fizeram.

Tudo teria dado certo, nós íamos fugir na próxima semana, voltar para casa e contar a todo mundo, mas então minha bunda estúpida se esqueceu de tirar o anel de noivado quando encontrei minha mãe para almoçar. Foi por água abaixo a partir daí.

— Nunca é tarde demais. — Ela puxa o telefone. — Dê-me quarenta e oito horas. Se eu não conseguir resolver tudo até lá, você pode fazer qualquer versão horrenda de um casamento apressado que quiser. Você vai me dar isso?

Ela não vai deixar isso para lá. Por mais que eu não queira concordar, há uma parte de mim que quer ver o que ela pode fazer. A outra coisa é que este é o meu casamento, o único que planejo ter. Eu tenho praticamente o design dele desde os 12 anos.

Sempre quis o grande dia com milhares de rosas, tulipas e camélias cor-de-rosa enchendo o local.

Sonhei com o vestido de alcinha de seda que é mais apertado na parte superior e mais cheio na parte inferior. Não teria costas, então é elegante e sexy.

Meus sapatos... Meu Deus, os sapatos são tão perfeitos. Eu tenho um par de saltos Christian Louboutin de renda branca que são absolutamente a coisa mais sexy de todos os tempos.

São os sapatos que você calça quando fode naquela noite, porque, na verdade, você quer vê-los por cima dos ombros dele. Sério, uns sapatos estelares.

Tudo isso faz parte da minha mente desde que me lembro, e há uma pequena parte de mim que ficou desapontada por não ter isso.

Claro, o casamento é importante, mas na verdade, é o cara que estará me esperando no final que importa.

— Você tem vinte e quatro horas. E se não for o que eu quero, então não vai acontecer, entendeu?

Seu rosto se ilumina.

— Não me desafie, querida. Você está prestes a perder.

Alguém vai realmente perder aqui?

— Ok, mãe, faça o seu pior.

— Você realmente pensou que Esther iria falhar? — Heather pergunta. — Aquela mulher é destruidora como uma bola de demolição em uma loja de porcelanas.

— Acho que a frase é um elefante em uma loja de porcelanas.

Ela revira os olhos.

— Mesma merda.

Deslizo os vestidos nos suportes, tentando encontrar o mais feio que consigo. Não sou uma noiva legal. Eu sou *a* noiva. Quero ser a única coisa que alguém olhará no casamento. Também sou vaidosa o suficiente para admitir isso. Então, vou ser aquela amiga ridícula que encontra vestidos de dama de honra que parecem tendas.

E então eu encontro uma joia.

— Aqui! — Eu o levanto.

— Você está falando sério? — Os olhos de Heather se arregalam.

— Kristin! Danni! — chamo as outras. — Eu encontrei!

As duas avançam e Kristin ofega.

— O que diabos *é* isso?

— O vestido de vocês! Não é ótimo?

Danielle ainda não se moveu.

— Eles são únicos. — Kristin quase vomita.

Sorrio, sabendo que elas odeiam. Sinto que há muitas poucas coisas neste mundo que uma garota pode fazer para retribuir suas amigas. Quando Danielle se casou, nós éramos jovens e realmente muito duras, então usamos uns vestidos esquisitos que ela disse que podíamos usar de novo — mentira.

Então o primeiro casamento de Heather foi temático. Com um tema de merda. Ninguém, exceto ela, achou que era fofo fazer a gente se vestir como se estivéssemos na era vitoriana com alguma coisa estranha de colete que esmagava nossos seios em nossas gargantas. Ninguém. Mas fizemos isso. Fiquei ao lado dela, parecendo uma idiota total, e sorri.

Kristin foi a única que realmente não nos fez sofrer. Ela escolheu um estilo simples e nos deixou usar qualquer cor que quiséssemos. Algo sobre um arco-íris simbolizando o amor ou algo assim. Eu me sinto mal por fazê-la sofrer — estou brincando, não, não me sinto.

Este vestido é uma mistura de toalha de mesa e colcha. Vai ficar horrível e não me importo nem um pouquinho.

— Com sorte, eles serão capazes de encomendar se estiverem em falta.

— Ah, sim, tomara — Heather diz e então faz uma cara de horror.

Danielle finalmente fala.

— Você está falando sério? Tipo, isso não é uma daquelas coisas loucas que a Nicole apronta, nós rimos e depois passamos para o vestido de verdade?

— Não. Estou falando mortalmente sério.

— Por que você nos odeia? — Danni pergunta.

— Eu não te odeio, baby. — Minha mão agarra seu braço. — Eu só quero que você fique mais feia do que eu, isso é tudo.

— Ai, meu Deus! Caralho! — Heather grita. — Você é uma cretina.

— Não, eu sou a noiva. E *você* — aponto meu dedo para ela —, de todas as pessoas neste grupo, é a que menos pode reclamar.

— Eu? O que diabos eu fiz?

— Você nos fez parecer como fodidas leiteiras no seu casamento. Então pode calar a boca, sorrir e usar qualquer merda que eu escolher.

Danielle e Kristin acenam, concordando.

— Sério… — Danielle ri. — Eu queimei aquele vestido na nossa lareira.

— Eu era jovem!

— E nós parecíamos ridículas! — grito de volta.

— Foi fofo — Heather defende, os braços cruzados sobre o peito.

Danielle bufa.

— Foi mais que estúpido.

Todas nós começamos a rir.

— Bem, meu casamento com Matt também foi. Eu acho que é apropriado.

— Não posso argumentar contra isso. — Encolho os ombros.

— De volta para a Noiva Obsessiva aqui — Kristin chama a nossa atenção. — Eu sei qual é o seu motivo aqui, Madame Diabólica, mas você, a rainha do design, quer fotos feias? Porque estaremos nas fotos, e eu te garanto que, não importa o quanto você esteja se divertindo às nossas custas nesse momento, não será tão engraçado na sua parede.

Penso sobre isso por um segundo, mas não tenho tanta certeza. Eu sou diabólica pra caralho às vezes. Pode haver um momento em que me arrependa disso, mas realmente não acho que irei. Em vinte anos, consigo me ver olhando para isso e rindo de como foi divertido colocá-las em um pedaço do inferno que me fizeram passar.

— Não. Tenho bastante certeza de que será tão engraçado então quanto agora — argumento a ela e aceno para a balconista. — Senhorita? Podemos pedir on-line se não tiver o suficiente aqui?

A vingança é um prato que se serve melhor com vestidos feios de dama de honra.

— Está quase na hora — papai diz, entrando na área do provador. — Você está pronta?

Eu não tinha nenhuma intenção de deixá-lo me levar até o altar. Nenhuma. No entanto, a necessidade da minha mãe por status e decoro exigia isso. Eu estava totalmente bem de fazer a caminhada sozinha, assim como fiz a maior parte da minha vida.

A ideia dele agindo como um pai e "me entregando" é cômica. Ele nunca foi um pai para mim.

Mais uma vez, dei a Esther as rédeas e devo permitir que ela conduza o cavalo.

— Claro, pai.

— Então, você realmente quer fazer isso?

— Humm…

— Só estou dizendo que casamento e Dupree não andam exatamente de mãos dadas. Agora é a última chance de desistir.

Ele não pode estar falando sério, porra.

— Sério, pai?

— Vocês fizeram um acordo pré-nupcial?

— Pai! — grito. — Sério, é o dia do meu casamento. Não vamos ter essa conversa.

Ele encolhe os ombros como se não tivesse ideia do porquê eu poderia estar irritada.

— Eu só quero ter certeza de que você está protegida contra esse cara.

Reviro os olhos. Callum tem cerca de dez vezes mais dinheiro do que eu, possui duas empresas e está muito mais estabelecido no mundo dos negócios. Meu pai é ridículo. Se alguém olhasse de fora, pareceria que eu prendi Callum em vez do contrário.

Quero dizer… Eu pularia totalmente para essa conclusão.

— Você nunca deu a mínima para mim antes, por que agora?

Sua cabeça é jogada para trás.

— Que diabos você está falando? Você é minha filha.

— Sim. Eu sou, mas não é como se nós tivéssemos um relacionamento. Agora, você subitamente está preocupado com o meu casamento e futuro financeiro?

O rosto do meu pai empalidece.

— Eu realmente sinto muito que você pense assim, Nicole. Sempre te amei. Só não sabia que você não sabia disso.

Não chore agora. Não chore agora.

— Você sempre foi distante. Parecia que só aparecia para irritar a mamãe.

Ele dá um passo à frente e me puxa para seus braços. Eu posso contar em uma mão quantas vezes meu pai me abraçou. A primeira foi quando eu tinha seis anos e ele me disse que estava indo embora. Eu me agarrei a ele como um carrapato, me recusando a soltar, não importa o quão forte ele tentasse. A segunda foi quando meu cachorro morreu. Eu estava totalmente inconsolável. A última foi quando minha avó também morreu e, novamente, eu estava uma bagunça de tanto chorar no funeral. A mãe dele era a mulher mais doce de todas. Ela era calorosa e amorosa. Nunca entendi realmente como ele veio dela.

Nunca foi ele quem iniciou isso de verdade.

— Eu nunca soube que você se sentia dessa maneira.

— Como você não sabia? — Uma lágrima se forma e eu abano meu rosto.

Ele suspira.

— Sempre achei que era você que ficava com raiva de mim por ter ido embora quando era uma garotinha.

— Claro, eu estava com raiva, mas realmente só queria que você aparecesse mais. Por ser casado tantas vezes, você é realmente péssimo em saber o que as mulheres querem.

Meu pai ri algumas vezes e balança a cabeça.

— Talvez seja por isso que continuo perdendo todas elas...

— Pode ser.

Uma batida na porta interrompe esse momento estranho.

— Quase na hora — Kristin diz com um sorriso. — Está pronta?

— Estou pronta.

— Última chance... — Papai diz novamente.

Reviro os olhos e coloco a mão na dobra de seu cotovelo.

— Vamos antes que eu mude de ideia sobre deixar você andar ao meu lado.

Ele ri.

— Bem, você está linda.

— Obrigado, papai.

— Estou orgulhoso de você.

Aperto seu braço um pouco.

— Eu estou realmente feliz.

— Estou feliz. Você se parece muito com sua mãe no dia do nosso casamento. Feliz, cheia de esperança e praticamente radiante.

Deve haver algum tipo de coisa cósmica acontecendo, porque isso quase soou como se ele a estivesse elogiando.

— Bem, casamentos podem fazer isso com ela — eu tento brincar, porque estou ligeiramente preocupada que ele tenha sido tomado por um fantasma.

— Sim, ela com certeza ama seus casamentos — ele fala, e nós saímos do pequeno quarto.

Os nervos começam a girar dentro de mim. Vou me casar com Callum hoje. Vou ser esposa de alguém. Este homem deve estar louco por achar que essa é uma boa ideia. E se ele tiver remorso? E se perceber que sou realmente muito mais maluca do que ele sabe neste momento? E se todas as coisas que ele acha fofas agora se tornarem irritantes e ele me sufocar com um travesseiro? Ou pior... Eu o sufocar.

Não quero ir para a cadeia.

Chegamos à porta e estou tremendo. Meu pai coloca sua mão sobre a minha, o que é bom, já que tenho quase certeza de que estou prestes a perder o uso das minhas pernas.

Bater ou correr. Bater ou correr.

As portas se abrem comigo ainda de pé aqui, e todos os sentimentos que estavam girando ao meu redor param no minuto em que o vejo.

Ele está parado no final do corredor rosa-choque com milhares de pétalas ao redor. Está de costas para mim, mas seu perfil é claro.

Começamos a andar e eu olho ao redor com admiração. Há seda drapeada ao longo das cadeiras do corredor, e velas cobrem toda a área.

Minha mãe insistiu que nos casássemos por volta das oito da noite. Ela disse que não havia nada equivalente ao brilho do pôr do sol nas fotos, o que eu sei muito bem.

Quando viramos o corredor, meu coração começa a disparar. Não me importo mais com a beleza do evento, o pôr do sol ou os tecidos. Não me importo com as pessoas sentadas nas cadeiras sorrindo para mim. Eu não poderia dar a mínima para qualquer outra coisa que não fosse Callum.

É tão clichê, porque sempre achei as pessoas ridículas quando falavam isso.

Mas eu entendo agora que estou aqui.

O amor é um conto de fadas dentro de você. Ele vive lá, contando a história de tudo o que está por vir, se você apenas se lembrar das palavras. O amor é uma coisa viva que devemos nutrir nos tempos difíceis.

Eu vejo isso agora.

Porque, com Callum, é amor verdadeiro.

— Sra. Huxley, ou eu posso te chamar de mãe agora? — pergunto à minha nova sogra, enquanto nós estamos paradas para as fotos.

— Melhor Sra. Huxley.

Ela me odeia pra caramba. Odeia. Tipo, com o tipo de ódio vindo dos poços de fogo do inferno. Eu não apenas roubei seu filho perfeito, mas também o fiz se mudar para outro continente.

Eu. É *tudo* culpa minha.

Não é como se ele já não tivesse planejado antes disso. Não. Sou eu. O diabo encarnado. Desisti de tentar fazê-la mudar de ideia. Estou bem ciente de que isso nunca vai acontecer. Por enquanto, eu me conformaria com ela apenas me tolerando — pelo bem dele.

— Tudo bem, então. Eu só queria ver se podemos tirar algumas fotos juntas.

— Para quê?

Para que eu possa jogar dardos nelas?

— Bem, sei que Callum está realmente chateado por estar longe de você. Eu tinha me oferecido para ir para Londres — atiro isso, só para garantir —, mas ele insistiu que era onde ele realmente precisava estar, já que Dovetail agora é dele. Além do mais, eu só acho que seria algo legal que ele pudesse colocar na mesa, não acha? Ele pode ver as duas mulheres mais importantes de sua vida. Isso realmente o deixaria feliz.

Se eu não tivesse usado o nome de Callum, tenho cem por cento de certeza de que ela teria me dito para eu ir me foder da maneira mais educada possível. Ela parece ser realmente boa nisso.

— Se você acha que Callum gostaria, então creio que podemos tirar *uma* foto.

Caramba, valeu.

— Maravilhoso — digo, como se ela tivesse acabado de me dar um cheque de um milhão de dólares.

Aceno para o nosso fotógrafo e ele corre. Explico que gostaria de algumas fotos minhas e de minha sogra para Callum, e ele nos leva para outro local no terreno que tem algumas belas paisagens.

Ela não fala muito, provavelmente porque está planejando minha morte, mas tanto faz.

Eu agradeço que ela esteja tirando as fotos, e assim, pelo menos posso dizer que tentei.

— Obrigada, Sra. Huxley.

— Não há nada que eu não faça pelo *meu* filho. Sacrificar a própria felicidade costuma fazer parte da maternidade. Incluindo ter que entrar em um avião para voltar ao único lugar que me causou tanta dor, já que *você* não queria o casamento em Londres, mas pelo meu filho, eu fiz isso.

Eu concordo.

— Espero que saiba que sinto o mesmo por ele e pelo bebê.

Você pensaria que ela iria gostar pelo menos um pouco de mim, considerando que estou grávida de seu neto.

— Acho que o tempo dirá, querida. — Sua voz está cheia de ceticismo.

Sou uma pessoa bastante tranquila, pelo menos eu gostaria de pensar assim, e entendo que não sou a mãe dos sonhos para seu filho, mas eu amo o Callum. Eu me casei com o babaca, vou ter um filho dele e disse a ele para ficar com os três milhões de dólares porque projetaria sua vida inteira de graça. Isso deveria ter me conquistado pelo menos um pouco da confiança dela. *Deveria.*

— Sei que você não me conhece — começo, com minha voz suave. — Sei que sou apenas uma garota americana que engravidou, veio para Londres e depois foi embora sem dizer uma palavra. Não há como negar que não sou sua primeira escolha. — Ela começa a me interromper, mas eu continuo: — Só pediria a você para me dar uma chance. Eu amo muito o seu filho. Quero fazê-lo feliz e sei que ele te ama, e significa muito para nós que você me aceite.

A Sra. Huxley dá um passo para frente e coloca a mão na minha bochecha.

— Traga-o de volta para Londres e isso vai ajudar. — Sua mão cai e eu fico aqui atordoada.

Mães. Elas sempre me deixam louca.

Capítulo 33

CALLUM

— Quer dançar comigo, amor? — pergunto para minha linda esposa.

— Claro, marido.

Eu a puxo para o meu lado e caminho até o centro da pista de dança. Nicole sempre foi linda, mas hoje ela está deslumbrante.

Nada jamais se comparará a este momento.

— Lamento que seu irmão não possa estar aqui — ela diz, e eu a seguro em meus braços.

Eu tentei esconder isso, mas me incomoda. Não tive um padrinho com quem cresci. Sempre pensei que seria ele de pé ao meu lado. Embora ele estivesse lá para o primeiro casamento. Mesmo assim, esse é diferente. Nicole é diferente.

— Tive Eli Walsh e Noah Frazier no meu casamento. Acho que me saí melhor do que a maioria.

— Isto é verdade. Quero dizer… você provavelmente estará na capa de algum tabloide, já que os dois estiveram aqui.

— O que eu sempre quis na vida…

— Mesmo assim, lamento que ele não tenha vindo.

Eu aprecio que ela se sinta assim. Nicole geralmente não é suave com essas coisas. Quase esperei que ela o chamasse de idiota e babaca, mas ela parece triste com isso.

— Milo é quem ele é. Espero que, um dia, nós possamos encontrar uma maneira de estarmos próximo novamente.

— Também espero.

— Sabe, nós não fomos sempre assim. Por um tempo, éramos melhores amigos. Ele iria assumir um papel de liderança muito mais alto na empresa, mas algo aconteceu e ele simplesmente ficou quase que ressentido com qualquer coisa que eu tinha. Pensei que seguiríamos em frente, encontraríamos uma maneira de reconstruir qualquer ponte que foi demolida, mas isso nunca aconteceu. Ainda assim, não posso mudar isso, tudo que posso fazer é ficar feliz por ter você nesse momento.

Tenho pouquíssima compreensão do que causou a separação entre nós. Sei que ele sempre odiou que eu fosse tecnicamente seu chefe.

Ela acena com a cabeça.

— Parece que a sua mãe… você sabe… não está disparando olhares mortais para mim no momento.

— Ela vai passar a gostar de você.

Com sorte.

Mamãe voou para cá na semana passada, querendo passar um pouco de tempo com Nicole antes do grande dia. Eu esperava que as duas mulheres que eu amo se dessem bem, mas acho que Nicole assusta mamãe. Ela me perguntou várias vezes se eu estava pensando direito e então bati o pé, explicando que Nicole foi minha escolha.

— Pelo menos nossas mães parecem gostar uma da outra — observa, olhando ao redor.

— Sim, elas estão se dando muito bem.

Nicole ri.

— Vou ficar muito triste quando seu sotaque desaparecer e você estiver dizendo coisas como: e aí, e aí, o que tá rolando?

Balancei a cabeça.

— Acho que nunca vou dizer isso.

— Nunca se sabe. Posso dar o meu melhor bancando a gangster.

— Bom saber. Então, presumo que nosso filho será exposto a todos os tipos de música?

Seus dedos brincam com o cabelo na minha nuca.

— Absolutamente. Primeiro, o tio dele é Eli Walsh, então é claro, ele saberá sobre boybands. Então, nós temos você… que pensa que o rock é a única música aceitável, o que não é verdade. Eu tenho que completar com um pouco de DMX, Biggie e 2Pac. É muito importante que nosso filho seja bem versado no gênero rap.

Eu rio de seu raciocínio.

— Bem, que bom que as crianças também receberão um pouco de Kenny G, Prince e Eric Clapton.

— Crianças? No plural?

— Sim. Crianças.

Eu quero muitos filhos. Quero que enchamos nossa casa de brinquedos, risos e som de pezinhos.

Nicole ri.

— Você vai ter uma e fim de papo, querido.

— O quê?

— Uma criança e pronto.

— Vamos discutir isso em outro momento.

O rosto dela me diz que realmente não há mais discussão, mas vou encontrar uma maneira de convencê-la.

— Você teve um bom-dia? — pergunto, girando-a pela pista de dança.

— Tem sido o melhor. Você?

— Nunca fui mais feliz na minha vida, e é tudo por causa de você.

Ela sorri e, em seguida, descansa a cabeça no meu peito.

— Eu te amo, Cal.

— Eu te amo, Nic.

Seus olhos encontram os meus com o uso de seu apelido, e ela dá uma risadinha.

— Sabe, eu ia totalmente deixar você comer a minha bunda, mas agora...

— Eu tenho todos os planos do mundo para fazer isso, independentemente de qualquer coisa. Como minha esposa, eu sinto que é o certo.

— Você sente?

Concordo:

— Você prometeu me dar tudo de você.

— Prometi. Mas lembre-se, querido, de que você fez o mesmo.

O que diabos isso significa?

O som de pessoas batendo garfos contra seus copos enche a sala, me impedindo de perguntar a ela. Nicole sorri e olha para mim.

— Isso significa que eles querem que nos beijemos.

— Beijar?

— Sim, então coloque seus lábios nos meus — ela exige.

Longe de mim perder a oportunidade de beijá-la. Não preciso que ninguém peça isso, mas esse é um costume americano que posso apoiar. Se tudo que eu preciso fazer é bater em um copo, posso lidar com isso.

Puxo Nicole para mais perto e, em seguida, mergulho-a para trás. Seus braços envolvem meu pescoço e eu a embalo. Então, coloco um beijo profundo em seus lábios. É um daqueles momentos que merecem uma foto que eu espero que alguém tenha os meios para capturar.

Epílogo

NICOLE

Oito meses depois…

— Eu te odeio! Eu te odeio tanto! Espero que suas bolas caiam! — grito, quando outra contração me atinge.

Essa porra de criança não vai sair. Sei que sou ótima e tudo, mas ela está duas semanas atrasada. Duas semanas muito longas nas quais eu estive infeliz, com calor sem fim e incapaz de ficar mais do que cinco minutos longe do banheiro. Como se isso não fosse ruim o suficiente, não vejo minha virilha há meses e agora algum médico está enfiado até o cotovelo lá.

Eu quero morrer.

— Você está indo maravilhosamente bem — Callum diz, empurrando meu cabelo suado do rosto.

— Vai se foder.

Eu não me importo se estou indo bem. Eu tinha um maldito plano. Teria esse bebê com quarenta semanas, empurraria por algumas horas, sem realmente suar muito, e seria capaz de tirar fotos que estariam prontas para as redes sociais logo em seguida.

Já se passaram dezesseis horas de fodido trabalho de parto, um bebê do tamanho de uma criança está tentando sair porque ela queria ficar onde está, e tenho quase certeza de que estourei um vaso sanguíneo no meu olho de tanto empurrar com força.

— Respire fundo, Nicole, outra contração está chegando — avisa o médico. Estou tão feliz que ele quer que eu respire. Homens estúpidos. Todos eles.

Eu me viro para Callum.

— Não posso mais fazer isso. Acabou. Eu não posso, ela que simplesmente fique aí dentro.

Com vinte semanas, nós recebemos nosso ultrassom que dizia que estávamos tendo uma menininha. Juro, eu estava encomendando coisas on-line antes de sairmos do estacionamento. Esse é meu sonho. O quarto dela é absolutamente deslumbrante. É rosa-claro com detalhes em cinza e ouro. Callum me permitiu gastar o que eu quisesse no quarto dela.

Não que eu não fosse gastar de qualquer maneira, mas cada vez que uma caixa chegava, ele sorria, o que me fazia pegar mais, porque eu não queria privar meu marido de sua felicidade.

Agora, eu faria qualquer coisa para fazê-la parar de tentar me matar.

Ele balança a cabeça para os lados.

— Eu não acho que ela queira ficar.

— Porque vocês a deixaram com raiva! — Eles fizeram isso. Eles induziram meu trabalho de parto. — A criança quer ficar aqui dentro, por que a estamos forçando a desocupar o local?

— Você a queria fora — ele me lembra.

Eu realmente gostaria que os olhares pudessem pelo menos transformar as pessoas em pedra. Estátuas não podem falar.

— Isso foi antes de saber que era isso que eu estava pedindo!

— Quanto tempo mais ela tem que fazer isso? — pergunta ao médico.

— Se você puder empurrar realmente muito forte nesta aqui, vamos tirar a cabeça do bebê.

— Ah, tão nojento! — reclamo.

— Você quer ver? — ele pergunta a Callum.

— Não, ele não quer ver! — Agarro o braço do meu marido para impedi-lo de ir até lá.

Não há espelhos ou câmeras. Minha vagina está uma bagunça e ele não a verá neste estado.

Porra, de jeito nenhum.

Nenhum.

Ele deve ficar firmemente fora da minha região inferior.

Eu gostaria que ele estivesse lá apenas para o prazer, não quando essa coisa grande está abrindo caminho.

— Por que não?

— Eu te disse o porquê!

Ele suspira.

— Nicole, eu já te disse que não me importo e prometo ainda te amar, não importa o que eu veja.

Sim, ele diz isso agora, mas o que acontece se eu me cagar porque, aparentemente, isso acontece enquanto você está em trabalho de parto. Nenhum cara pode simplesmente esquecer isso. Eu prefiro muito mais prevenir do que remediar, e acho que ele deveria saber que é melhor não me pressionar sobre isso. Ele teve que lutar comigo até mesmo para estar na sala de parto. Eu votei em Kristin ou Danielle.

Claro, Danielle está trabalhando na Dovetail, e ela disse que preferia não irritar Callum tomando seu lugar aqui e perder seu emprego. Como se ele fosse despedi-la. Ela é uma grande covarde de merda.

Kristin tentou me dizer que eu iria me arrepender antes de admitir que preferia não ser o alvo dos meus surtos de raiva.

Outra grande covarde de merda.

Heather não era uma opção. Eu a amo, mas ela é toda durona, e eu não preciso disso. Eu quero carinho e compreensão enquanto estou no inferno.

Então, sobrou o meu marido.

— Se você for ver, vai se arrepender pelo resto da vida. Experimente, Callum Huxley.

Ele revira os olhos e volta para a zona de segurança.

— Ah! Porra! — eu grito com a próxima contração. — Obrigada pelo aviso, doutor! — Dou a ele o olhar que acabei de dar a Callum não muito tempo atrás.

— Só mais alguns empurrões, Nicole.

Sim, e então vou encontrar uma banheira de gelo, porque juro que minha vagina está pegando fogo.

— Tire-a para fora! — exijo. Eu não quero mais saber. Tudo isso; a gravidez, os hormônios, o inchaço e a dor. Eu desisto.

Eu sou a imbecil que fez uma aposta que poderia fazer isso sem anestesia. Mais uma vez, meu lado estúpido e teimoso me ferrou. Adivinha quem fez essa aposta? Heather, agora conhecida como A Cadela.

Ela tentou dizer que não havia como minha bunda "fresca" aguentar o trabalho de parto sem analgésicos. Não é como se ela tivesse tido um bebê, mas tanto faz, eu ainda fiz a maldita aposta.

Pela décima hora, eu estava implorando pela droga da epidural, mas eu já estava muito dilatada. Eles pensaram que isso impediria a progressão. Mal sabiam eles que isso iria acontecer de qualquer maneira só porque Deus tem senso de humor.

— Aí vem outra — o Doutor Eu Não Tenho Coração fala. — A cabeça está para fora, agora eu quero que você realmente empurre desta vez.

Olho para ele com raiva.

— Eu estou fazendo isso.

Callum empurra meu cabelo para trás.

— Você está, amor. Só precisa fazer isso de novo, ok?

Quero dizer não a ele, mas sei que ele encontrará alguma coisa estúpida para dizer, e eu realmente não tenho escolha. Nunca ouvi falar de uma mulher ser capaz de realmente parar o parto. Embora, se alguém pudesse, seria eu.

— Estou tão cansada — digo, ofegante.

— Eu sei, mas ela está quase aqui. Nossa garotinha está chegando.

— Ok.

— Ok. Eu estou bem aqui.

Pego a força que ele oferece porque não tenho mais nenhuma. Estou completamente exausta.

— Empurre, Nicole.

Não sei de onde vem o poder quando se não tem nenhum, mas vem de algum lugar. Por mais exausta, abatida, dolorida e até um pouco despedaçada como estou, sei que minha filha precisa de mim. Tenho que encontrar tudo o que me resta para poder dar a ela o que ela precisa.

Então, eu agarro a mão de Callum e empurro o mais forte que consigo. Eu vagamente registro as pessoas contando, mas não me concentro nisso. Só penso no bebê. Penso em Callum e em como ele está feliz. Penso em nossos amigos e familiares na sala de espera. Penso no amor que compartilhamos, e isso me dá o combustível para empurrar.

— O bebê saiu! —Ouço uma enfermeira gritar.

Deixo a cabeça cair de volta no travesseiro e Callum beija a minha testa.

— Você conseguiu, amor. Você fez isso.

— Onde ela está? — pergunto, com literalmente zero energia restante.

A enfermeira a traz, colocando-a no meu peito.

— Aqui está seu filho.

Isso me desperta.

— O quê?

— É um menino.

Balanço a cabeça em negação.

— Não. Não, eu não. Eu vou ter uma garota. Onde está a garota?

O rosto de Callum está radiante de orgulho.

— Um menino?

— Não, eu estava cozinhando uma menininha que iria adorar rosa. Eu...

A enfermeira levanta a perna e, com certeza, há um fodido pênis.

A grande mão de Callum segura a nuca do bebê.

— Olá, filho.

Olho para o lado, ainda esperando pela garota porque... foi isso o que eles me disseram. Eu estava tendo uma garota, droga.

— Nós temos um menino? — pergunto de novo.

— Nós temos um filho.

— Merda. Eu acho que chamá-lo de Olivia não vai funcionar. — Olho para o meu peito, tocando seu rosto.

Ele é perfeito. Ele tem o nariz de botão mais fofo de todos e sua cabeça é redonda, não como alguns dos filhos das minhas amigas que saíram parecendo como um cone. Seus olhos se abrem ligeiramente, mas fecham imediatamente.

— Não, eu acho que não — Callum concorda.

— Oi, bebê — digo ao nosso filho. — Eu sou sua mãe, você sabe, aquela que tem te chamado de Livvy nos últimos meses, desculpe por isso.

Callum ri.

— Nós não escolhemos um nome de menino.

Não, porque pensamos que faltava uma parte do corpo. Olho para ele novamente, e então sorrio.

— O que acha de Colin?

— Colin?

Eu concordo.

— Sim, é próximo ao seu nome e inglês.

Ele parece pensar sobre isso, e eu limpo a garganta.

— Dezesseis horas de trabalho de parto, Callum. Dezesseis.

Ele ri e então beija meus lábios antes de beijar a cabeça do bebê novamente.

— Colin Huxley. Bem-vindo ao mundo.

FIM

Obrigada por ler a história de Nicole & Callum. Se você gostou dele, leia o livro de Heather, *Esta Noite é Nossa*, e Kristin, Pela Última Vez! O livro de Danielle & Milo — *Se eu soubesse* — virá em breve!

Livros de Corinne Michaels publicados pela The Gift Box

SÉRIE A SEGUNDA CHANCE

Esta noite é nossa
Pela última vez
Nada até você
Se eu soubesse (em breve)

ROMANCES INDEPENDENTES

Surpresa natalina
Você me amou um dia

Agradecimentos

Se você lida comigo durante esse processo, merece muito mais do que um agradecimento por voltar aqui. De verdade, eu sou um pouco louca e você sabe disso, mas… aqui está.

Para meu marido e meus filhos. Não sei como vocês lidam comigo, mas não posso dizer o quanto eu os estimo. Amo todos vocês com todo o meu coração.

Minhas leitoras beta, Katie, Melissa, Jo: muito obrigada pelo apoio e amor de vocês durante este livro. Amo vocês e não poderia imaginar não tê-las comigo. Espero ter deixado as partes britânicas orgulhosas.

Minha assistente, Christy Peckham: quando eu digo que te odeio, estou mentindo totalmente. Eu te amo muito. Eu vou negar totalmente isso.

Meus leitores. De jeito nenhum eu posso agradecer a vocês o suficiente. Ainda me surpreende que leiam minhas palavras. Vocês são tudo para mim. Tudo.

Blogueiros: vocês são o coração e a alma desta indústria. Obrigada por escolherem ler meus livros e me encaixarem em seus horários insanos. Eu aprecio isso mais do que vocês sabem.

Ashley, minha editora, por sempre me pressionar para escrever fora da minha zona de conforto. É realmente uma bênção trabalhar com você e eu adoro o nosso processo louco. Sommer Stein, da Perfect Pear Creative, por ser minha amiga e criar as capas mais incríveis de todos os tempos. Janice e Michele pela revisão e por se certificarem de que cada detalhe está perfeito! Christine, da Type A Formatting, seu apoio é inestimável. Eu realmente amo seus lindos corações.

Melanie Harlow, obrigada por ser a bruxa boa em nossa dupla ou a Ethel para a minha Lucy. Sua amizade significa o mundo para mim e eu amo escrever com você (especialmente quando você me deixa matar personagens).

Bait, Stabby e Corinne Michaels Books: eu amo vocês mais do que jamais saberão.

Minha agente, Kimberly Brower, eu estou tão feliz por tê-la na minha equipe. Obrigada por sua orientação e apoio.

Melissa Erickson, você é incrível. Eu te amo.

Vi, Claire, Mandi, Amy, Kristy, Penelope, Kyla, Rachel, Tijan, Alessandra, Syreeta, Meghan, Laurelin, Kristen, Kendall, Kennedy, Ava e Natasha: obrigada por me manterem me esforçando para ser melhor e por me amarem incondicionalmente.

Sobre a autora

Best-seller do New York Times, USA Today e Wall Street Journal, Corinne Michaels é a autora de vários romances. Ela é a mãe emotiva, espirituosa, sarcástica e divertida de duas lindas crianças. Corinne tem um casamento feliz com o homem dos seus sonhos e é esposa de um ex-marinheiro.

Ao passar meses longe do marido enquanto ele estava implantado, ler e escrever foi sua fuga da solidão. Ela gosta de fazer seus personagens passarem por um intenso sofrimento e encontrar uma maneira de curá-los durante suas lutas. Suas histórias são repletas de emoção, humor e amor implacável.

A The Gift Box é uma editora brasileira, com publicações de autores nacionais e estrangeiros, que surgiu no mercado em janeiro de 2018. Nossos livros estão sempre entre os mais vendidos da Amazon e já receberam diversos destaques em blogs literários e na própria Amazon.

Somos uma empresa jovem, cheia de energia e paixão pela literatura de romance e queremos incentivar cada vez mais a leitura e o crescimento de nossos autores e parceiros.

Acompanhe a The Gift Box nas redes sociais para ficar por dentro de todas as novidades.

 www.thegiftboxbr.com

 /thegiftboxbr.com

 @thegiftboxbr

 @GiftBoxEditora